알라딘
뒤바뀐
램프의 주인

지은이
리즈 브라즈웰

어린 시절 동화를 읽고 꿈꾸며, 고양이와 함께 숲에서 모험을 즐기며 보냈다. 브라운대학교에서 이집트학을 전공하고, 십 년간 비디오게임을 제작했지만 결국 이야기의 매력을 잊지 못해 소설가가 되었다.

지은 책으로는 디즈니 오리지널 노블인《피터 팬, 사라진 그림자》,《겨울왕국, 또 하나의 이야기》와 미국 드라마로도 제작되어 큰 인기를 얻은《더 나인 라이브즈 오브 클로이 킹The Nine Lives of Chloe King》시리즈 등이 있다.

옮긴이
김지혜

이화여자대학교에서 영어영문학을 공부하고, 한국외국어대학교 통번역대학원에서 한영 통역을 전공했다. 현재 번역에이전시 엔터스코리아에서 전문 번역가로 활동 중이다.

옮긴 책으로는《디즈니의 악당들3. 버림받은 마녀》,《디즈니 악당들5. 가짜 엄마》,《이상한 나라의 앨리스》,《빨간 머리 앤》외 다수가 있다.

DISNEY

A TWISTED TALE

Aladdin

알라딘
뒤바뀐 램프의 주인

리즈 브라즈웰 지음 | 김지혜 옮김

라곰

Prologue

태양이 북쪽 나라들을 환히 밝히는 동안 새하얀 달은 자신이 품은 도시를 밝게 비춘다. 하얀 석고 건물들이 머나먼 해안가에서 건너온 조약돌마냥 반짝인다. 수도에 위치한 황금 돔은 꿈결처럼 빛난다.

무더운 오후 내내 꾸벅꾸벅 졸던 도시는 마침내 활기를 되찾는다. 이제 길거리는 차를 마시며 왁자지껄 떠들거나 지인을 만나기 위해 발걸음을 옮기는 이들로 북적인다. 노인들은 찻집 거리 한쪽에 마련된 챠트랑(아랍 체스놀이-옮긴이) 게임판에서 승부를 펼치고, 어린아이들은 길가에서 이런저런 놀이에 푹 빠져 있다. 젊은이들은 장미향을 머금은 빙수나 장신구 등을 놓고 야시장 상인과 흥정을 한다. 이렇듯 달빛을 머금은 아그라바의 일상은 소란스럽고 활기차다.

하지만 아그라바가 모두 그렇다는 건 아니다. 이 도시의 다른 지역은 그림자처럼 적막하고 죽음마냥 어둡기만 하다. 그곳에서는 사람들조차 숨어 살 정도다. 하얀 건물은 군데군데 칠이 벗겨져 홈이 파였다. 흙을 바른 곳들은 점토가 덩어리째 떨어져나가 석고 뼈대가 앙상한 자태를 드러낸다. 절반쯤 짓다가 만 목재 건물만이 한때 이곳을 재건하겠노라 다짐했던 고대 어느 술탄의 꿈을 보여줄 뿐이다.

쥐떼거리라 불리는 마을. 이곳은 도적떼와 거지떼, 살인자와 극빈자들에게 삶의 터전이다. 버림받은 아이들, 떳떳한 일을 해볼 기회조차 주어지지 않은 어른들이 이곳에서 지낸다. 고아와 불행한 사람들, 병들고 버려진 사람들이 모여 사는 이곳은 아그라바의 또 다른 모습이기도 하다.

오두막, 돼지우리 같은 막사, 쓰러지기 일보직전인 공공건물, 낡아빠진 예배당 사이로 아주 작은 집 한 채만이 그나마 말끔한 모습이다. 이 집은 지난 10년 동안 적어도 한 번 정도는 벽에 백토를 덧바른 듯했고, 대문 밖의 깨진 항아리에는 사막에서 피는 꽃 한 다발이 담겨 있었다. 생수가 귀한 곳임에도 누군가가 물을 정기적으로 주는지 꽃에서는 생기가 감돈다. 많이 낡긴 했지만 손님들이 오면 신발을 벗어놓을 깔개도 있었다. 이 마을 사람들 중에 신발을 가진 이가 몇이나 될까를 따져보면 흔치 않은 일이었다.

지나가는 사람들은 열쇠 구멍 모양의 창문을 통해 한 여인이 부드러운 목소리로 흥얼대는 것을 들을 수 있었다. 누더기를 걸쳤으나 몸짓만큼은 왕비처럼 우아한, 선한 눈망울의 여인. 깨끗한 옷차림의 그녀는 창문으로 들어온 한줄기 달빛을 등불 삼아 깨끗한 바지를 바느질하고 있었다.

문을 세차게 두드리는 소리가 들렸다. 세 차례의 거친 두드림. 쥐떼거리마을에서 그렇게 문을 두드리는 이는 없다. 수상한 사람이 틀림없었다. 이럴 때는 대체로 꿍꿍이가 있게 마련이다. 여인은 놀란 듯했으나 이내 하던 일을 조심스레 내려놓고는 머리의 스카프를 매만지고 문으로 향했다.

"누구시죠?"

누군가가 답했다.

"저예요, 엄마."

여인은 활짝 미소를 지으며 자물쇠를 풀었다.

"알라딘! 이러지 말고……."

그녀는 문가에 네 사람이 서 있는 것을 알아차리고는 입을 다물었다.

한 사람은 아들 알라딘이었다. 쥐떼거리마을의 다른 아이들처럼 비쩍 마른 모습이었다. 제 아버지를 닮아 가무잡잡한 피부에 칠흑같이 검은 머리카락의 알라딘은 맨발인 데다 거리의 먼지는 죄다 뒤집어쓴 채였다. 하지만 아이는 엄마에게 배운 대로 고개는 뻣뻣이 들고 상체는 앞으로 쭉 내밀었다. 쥐떼거리는 그저 마을 이름일 뿐, 부끄러워할 이유가 없으니까. 알라딘과 조금 떨어진 채 한쪽에서 낄낄대며 빠져나갈 틈만 노리는 또래 친구들도 보였다. 무슨 사고라도 쳤다면 당연히 저 녀석들도 얽혀 있을 것이다. 저 두 아이의 이름은 모르지아나와 두반이었다.

알라딘의 뒤편으로는 기다란 푸른색 가운과 같은 색상의 터번(이슬람교도나 시크교도 남자들이 머리에 둘러 감는 수건-옮긴이)을 두른, 키가 크고 마른 남자가 서 있었다. 말린 과일과 견과류를 파는 아크람이었다. 그는 알라딘이 도망가지 못하게 어깨를 꼭 붙들고 있었다.

아크람은 정중하지만 성난 목소리로 말했다.

"당신 아들과 그의 패거리가 장터에서 또 물건을 훔쳤소. 주머니에 든 것을 모조리 꺼내봐라, 요 쥐떼거리 녀석들아!"

알라딘이 애교스럽게 어깨를 으쓱했다. 그러고는 주머니를 열어 말린 무화과와 대추야자를 꺼내 보였다. 알라딘의 엄마가 날카롭게 소리쳤다.

"알라딘! 이 못된 녀석! 정말 죄송합니다, 나리. 내일 제 아들이 하루 종일 일을 거들어드릴 겁니다. 무슨 일이든 시키세요."

알라딘은 뭐라고 대꾸하려다 엄마의 얼굴을 보고는 꿀 먹은 벙어리가 되고 말았다. 이 모습을 지켜보던 두반과 모르지아나가 낄낄댔다. 여인이 덧붙였다.

"너희 둘도 마찬가지야."

모르지아나가 버릇없게 대들었다.

"우리 엄마도 아니시잖아요. 저희한테 이래라 저래라 하지 마세요!"

아크람이 엄격하게 타일렀다.

"네게 이런 어머니가 안 계시다니 안됐구나!"

모르지아나가 아크람을 향해 혀를 쏘옥 내밀었다. 두반이 불안한 듯 재촉했다.

"여기서 나가자. 어서!"

둘은 어둠 속으로 줄행랑을 쳤다. 알라딘은 친구들의 뒷모습을 바라보았다. 당연히 다 함께 벌을 받아야 하는데 억울했다. 아크람이 알라딘에게 진심 어린 충고를 건넸다.

"저 녀석들과는 어울리지 않는 게 좋겠구나. 다른 사람이 아니라 나한테 걸린 걸 천만다행이라고 생각하고. 과일을 훔쳤다고 손목을 베어버리는 상인들도 있거든."

아들이 쥐고 있던 과일을 챙긴 알라딘의 엄마가 말했다.

"나리의 물건들을 담아드릴게요. 가져가세요."

그러고는 과일을 담을 만한 적당한 보자기가 있는지 주위를 두리번거렸다. 아크람이 안쓰러운 표정을 지으며 입을 열었다.

"괜찮소. 오늘 장사는 이미 끝났으니까. 게다가 홀로 되신 부인이…… 다른 사람의 첫값까지 치러서야 되겠습니까. 선물이라 여겨주시오."

"동정은 필요없습니다. 제 남편은 곧 돌아올 거예요. 카심은 돈을 벌어올 거예요. 그러면 우리 가족은 이사할 겁니다. 이런 일이 터져서 그저 부끄러울 따름이에요."

"물론이지요. 물론입니다. 나 역시…… 카심이 무척이나 보고 싶소. 그가 나의 캐슈(열대 아메리카가 원산지인 견과류 열매-옮긴이)를 참 좋아했었는데."

알라딘이 털썩 주저앉았다. 아크람이 다가와 알라딘의 어깨에 손을 갖다 댔다. 좀 전처럼 화가 나서 거칠게 움켜잡았다기보다는 아이가 안쓰러워서 감싸주는 것에 가까웠다. 하지만 그런 손길은 알라딘을 더욱 속상하게 만들 뿐이었다.

"여기, 별일 없습니까? 나리의 가게에 소란이 있었다고 들었습니다."

장터를 지키는 경비병들 가운데 어린 병사가 어둠 속에서 성큼 다가왔다. 그는 한 손에 곤봉을 들었고 눈빛은 삼엄했다.

"아무 일도 아닐세, 라줄."

알라딘의 엄마에게 하듯 나긋한 목소리였다.

"오해가 좀 있었다네. 신경 써줘서 고맙네."

차분하고 엄격해 보이는 여성과 풀이 죽은 알라딘 그리고 궁핍한 집 안까지 봤으니 더 이상 추궁할 필요가 없었다.

"알겠습니다, 아크람 나리. 제가 가게까지 모셔다 드리겠습니다. 여기는 나리같이 지체 높은 분께서 늦은 밤에 다니실 만한 곳이 못 됩니다."

"정말로 고맙네, 라줄."

아크람은 알라딘의 엄마에게 목례하며 말했다.

"부인에게 평화가 깃들기를 바랍니다."

알라딘의 엄마 역시 목례하며 답했다.

"나리도요. 그리고 감사드립니다."

상인과 경비병이 떠나자 알라딘의 어머니는 힘없이 문을 닫고는 아들의 머리를 쓰다듬었다.

"알라딘, 너를 어쩌면 좋니?"

"네?"

알라딘은 더는 바닥에 주저앉아 있지 않았고 오히려 악당처럼 히죽대며 신나게 여기저기를 뛰어다녔다.

"성공했어요! 보세요! 오늘 밤에 먹을 게 있다고요!"

신난 알라딘은 주머니에서 무화과와 대추야자를 더 많이 꺼낸 뒤 이가 빠진 그릇에 담았다. 바지 띠를 풀자 신선한 아몬드와 구운 피스타치오가 쏟아졌고, 셔츠 주머니에서 캐슈가 나왔다.

"엄마를 위해서였어요. 엄마도 좀 드셔야죠. 항상 괜찮다고만 하시잖아요."

"오, 알라딘! 엄마는 아무것도 필요 없어. 너만 있으면 돼."

그러고는 아들을 두 팔로 꼭 끌어안았다. 알라딘이 엄마의 옷자락에 속삭였다.

"엄마는 먹을 게 있으면 제일 큰 걸 제게 주시잖아요. 그건 공평하지 않아요. 전 엄마를 보살펴드리고 싶다고요."

"이 세상에는 공평하지 않은 게 많단다, 알라딘."

그녀는 여전히 아들을 양손으로 잡고 마주 보며 말했다.

"삶이란 그렇단다. 넌 좋은 성품을 타고났어. 그러니 친구들과 가족을 늘 보살피렴. 누구도 우리에게 관심을 갖지 않으니 더더욱 그렇게 해야 한단다. 그렇다고 해서 도둑이 되라는 뜻은 아니야!"

알라딘은 분한 표정으로 고개를 숙였다. 그러자 그녀가 알라딘의 턱을 살짝 들어서 자신을 바라보게 했다.

"삶이 불공평하다고 해서 가난이라는 현실 앞에서 네 인생을 포기하지는 말거라. 네 미래는 네가 결정하는 거야, 알라딘. 약하고 힘없는 자들을 보살피는 영웅이 되겠니? 아니면 도적이 되겠니? 아니면 거지? 그건 전부 네게 달렸어. 네 미래는 어떤 상황이나 주위 사람이 정해주는 게 아니야. 너는 더 나은 사람이 되겠다고, 스스로 결정할 수 있단다."

알라딘이 고개를 끄덕였다. 입술이 파르르 떨렸다. 엄마 품에서 울음을 터트릴 나이는 지났지만, 그는 울고 있었다. 여인은 아들에게 입을 맞추고 한숨을 내쉬고는 과일을 살펴보았다.

"네가 이곳에서 엄마와 단둘이만 지내서 더욱 그러는지도 모르지. 두반과 모르지아나 말고는 다른 친구가 없으니까. 네게 단짝 친구가 필요하겠구나. 애완동물 같은 것 말이다. 그래 맞아, 애완동물……."

하지만 알라딘은 듣는 둥 마는 둥이었다. 그는 창가로 다가가 창문을 열어젖혔다. 창밖으로 보이는 풍경은 이 집의 유일한 자랑거리이기도 했다. 기묘한 지그재그형 거리와 건축가가 놓쳐버린 사각지대가 절묘하게 어우러져서 궁전이 한눈에 내다보였기 때문이다.

알라딘은 달빛을 머금고 더욱 하얗게 빛나는 사원들과 반짝이는 돔들을 바라보았다. 다채로운 색상의 깃발들이 하늘을 찌를 듯한 뾰족한 첨탑에서 휘날렸다. 알라딘은 엄마의 말을 다시 떠올렸다.

'너는 더 나은 사람이 되겠다고, 스스로 결정할 수 있단다.'

Chapter 1

"조심하세요!"

알라딘은 애써 얻은 보물을 꽉 움켜쥐고는 히죽대며 외쳤다. 그는 건물의 모서리를 재빨리 둘러보며 위에서 자신을 본 사람이 있는지 살폈다. 그러고는 가무잡잡한 두 팔로 거친 벽돌을 짚고는 가볍게 담을 넘었다. 그는 바닥에 주저앉아 숨을 고르며 소중한 보물을 반으로 가를 준비를 했다. 그의 크고도 맑은 갈색 눈망울이 행복한 기대감에 반짝였다.

"빵 한 덩이, 번쩍이는 보석들보다 귀한 거라고."

곁에 있던 원숭이가 기대 어린 표정으로 재잘댔다. 아부는 엄마의 마지막 선물이었다.

멀리서 돈을 벌어오겠다던 알라딘의 아버지는 결국 돌아오지 않았다. 애초에 그런 동화 같은 이야기를 믿은 적도 없으니 상관 없었다. 하지만 엄마는 아들이 제대로 된 가정에서 자라지 못해 거칠고 외로운 사람이 될까 봐 걱정하곤 했다. 그래서 애완동물을 키우면 아들의 방황을 잡아줄 수 있지 않을까 생각했던 것이다.

엄마의 생각대로 되었는지도 모른다. 이제 2인분씩 훔쳐온다 는 것만 제외한다면. 알라딘이 친구에게 빵을 건네는 순간 외침 소리가 들려왔다.

"게 섰거라! 도둑놈!"

아부가 줄행랑을 쳤다. 알라딘도 뛰어올랐다. 장터 경비병이 알라딘 뒤편에 있던 사다리를 오르고 있었다. 병사 두 명이 잔뜩 화난 라줄을 뒤따라왔다. 요즘 라줄은 검은 오닉스(유백색의 반투 명한 부분과 다른 빛깔이 줄무늬를 이루는 마노-옮긴이)가 박힌 줄무 늬 터번을 쓰고 다닌다. 병사들 중에서 대장이라는 뜻이다. 병사 들의 급습에 당황하긴 했지만 알라딘도 라줄이 올곧은 행동으로 지금의 지위에 올랐다는 것쯤은 알고 있었다.

"내 기필코 네 손모가지를 베어다 기념품으로 삼을 테다, 이 쥐떼거리 녀석!"

라줄이 고함을 쳤다. 그는 숨을 헐떡이며 힘겹게 사다리를 기 어올랐다. 약이 오를 대로 오른 듯했다. 알라딘이 화를 돋우듯 물 었다.

"고작 빵 한 덩어리 때문에요?"

그 빵은 행차에 나선 술탄의 왕실 마차 하나에서 빼돌린 것이 었다. 술탄은 사막 연날리기 시합이라는 어처구니없는 놀이를 하겠다며 외부 행차에 나선 참이었다. 땅딸보에 살까지 찐 술탄 이 고작 빵 한 덩이 때문에 기를 쓰고 도적의 뒤를 쫓지는 않을 것이다.

라줄의 언월도(초승달 모양으로 생긴 큰 칼-옮긴이)가 햇빛을 받 아, 잠깐 동안 유난히 날카롭게 번뜩였다. 그 순간 알라딘은 건물 옆으로 뛰어내렸다. 알라딘은 재주가 많았다. 순발력과 강인함, 영리함과 민첩함, 빠른 두뇌 회전력과 노련함을 다 갖췄다. 경솔 하지도 않았다.

경비병들이 바짝 뒤쫓았다가 눈앞에 펼쳐진 위험천만하고도 황당한 광경에 충격을 받아 머뭇거렸다. 그사이 알라딘은 길 아 래로 몸을 날렸다. 알라딘은 굴러떨어지면서 그 자리에 매달려 있는 빨랫줄을 붙들었다.

하지만 행운은 알라딘의 편이 아니었다. 아래로 내려오는 동 안 밧줄을 부여잡고 있던 손바닥이 타들어가는 듯했다. 도저히 못 견디겠다 싶을 무렵 밧줄을 놓자 알라딘은 먼지 가득한 길바 닥으로 굴러떨어졌다. 살갗에 멍이 들고 뼛속까지 욱신거렸다. 하지만 지금 제 몸이 성한지를 따져볼 여유 따위는 없었다. 당장 움직여야 했다.

알라딘은 빨랫줄에 걸려 있던 과부 굴바하르 아주머니의 가운을 걸쳤다. 이 가운을 뒤집어쓰고 여자 행세를 하며 빈민가를 빠져나갈 수 있을 것 같았다. 하지만 머리 위에서 아낙네들이 깔깔대자 알라딘은 발걸음을 멈췄다. 위를 올려다보니 옷 주인인 굴바하르 아주머니가 창문을 내다보며 미소를 짓고 있었다. 그녀 옆에는 두 여인이 있었다. 그가 유쾌하게 등장하기 직전까지 여인들은 수다에 빠져 있었던 듯했다.

"사고를 치기에는 아직 이른 시간 아니니, 알라딘?"

굴바하르가 놀렸다.

"그건…… 붙잡히고…… 나서 할 소리죠."

굴바하르가 눈을 굴리며 고개를 가로저었다.

"알라딘, 이젠 자리를 잡아야지. 괜찮은 아가씨를 얻어라. 아가씨가 네 버릇을 고쳐줄 거야."

다른 여자들도 고개를 끄덕였다. 물론 저들이 말하는 괜찮은 아가씨란 다른 사람들이 말하는 것과는 거리가 멀었다. 괜찮은 아가씨들도 먹고살아야 하는데, 아그라바에서는 대부분 형편이 그렇지 못하기 때문이다.

"저기 있군!"

그때 멀리서 라줄이 소리쳤다. 그와 그의 병사들이 쿵쿵 골목을 걸어 내려와 알라딘 앞의 출구를 막아섰다.

"이제 정말 큰일이군."

알라딘은 재빨리 도망치려 했지만 라줄은 남아 있는 분노와 체력을 쏟아부어 알라딘을 잡을 작정이었다. 그는 알라딘의 팔을 낚아챈 다음 둘러업었다.

"이번엔 말이야, 이 쥐떼거리 녀석! 내가 기필코 너를……."

하지만 라줄이 으름장을 놓기도 전에 소리를 꽥꽥 질러대던 아부가 그의 머리 위로 뛰어올랐다. 아부는 라줄의 두 눈을 날카로운 발톱으로 할퀴기 시작했다.

"정말 제때 나타났구나, 아부!"

줄행랑친 알라딘은 도시의 틈새로 기어 들어갔다. 그곳에는 무너져 내린 건물 두 채가 마치 두 노인처럼 서로 기대고 있었다. 알라딘은 그 틈새로 기어 들어가 버려진 뜰에서 발걸음을 멈췄다. 뜰 중앙에는 말라비틀어진 분수대가 있었다. 아주 오래전 이곳에서도 물이 샘솟았던 적이 있을 것이다. 아그라바의 가난한 주민들이 살아가는 삶의 공간도 돌봐주던 술탄이 있었을 적에는 말이다.

그때 라줄이 뜰의 반대편에서 모습을 드러내더니 언월도를 치켜들었다. 그러고는 단호하게 말했다.

"다시 도망칠 수 있을 거라 생각한다면 꿈 깨라, 알라딘."

알라딘이 놀란 표정을 짓자 라줄은 거의 미소에 가까운 표정을 지었다.

"난 네 생각을 꿰뚫고 있다. 넌 법을 어겼어. 죗값을 치러야 해!"

알라딘이 발가락을 꼼지락대며 분수대를 빙빙 돌았다. 그는 시간을 벌기 위해 다시 이야기를 꺼냈다.

"고작…… 빵 한 덩어리 훔쳤다고 제 손목을 자르시겠다는 건가요?"

"법은 법이야!"

알라딘은 옆으로 가는 척하다가 오른쪽으로 돌진했다. 하지만 그런 속임수에 넘어갈 라줄이 아니었다. 그가 오른쪽으로 언월도를 내리쳤다. 알라딘은 몸을 숙이고 배를 움츠렸다. 칼날은 알라딘이 옷에 동여맨 작은 진홍색 리본을 끊은 다음 그의 살을 베어버렸다. 알라딘은 고통에 울부짖었다.

"재판관님께 네 사정을 말하면 온정을 베푸실 거다. 하지만 그건 재판관님의 역할이지. 내 역할은 너를 잡아들이는 거야."

"정말요? 전 대장님은 바클라바(종이같이 얇은 파이 반죽 사이에 견과류를 넣고 달콤한 시럽을 부은 전통 과자—옮긴이)를 먹는 게 일인 줄 알았죠. 몸이 둔해지셨네요, 어르신?"

알라딘이 놀려댔다. 그러자 라줄은 고함을 지르며 언월도를 힘껏 내리찍었다.

알라딘은 몸을 둥글게 말고는 칼을 피했다. 뾰족한 언월도의 끝자락이 자갈길에 부딪히자 불꽃이 튀었다. 혼란에 빠진 라줄은 욕을 퍼부었고 알라딘은 힘껏 줄행랑을 쳤다. 그는 지붕과 지붕을 이리저리 넘나들었다. 고요하고 침울한 쥐떼거리마을로 무사히 돌아오기 전까지 최대한 장터와 거리를 두었다.

찍찍대는 소리가 들리자 알라딘은 마침내 아부가 자신을 따라잡았음을 알아차렸다. 아부가 제 주인의 어깨에 올라타더니, 그를 바짝 붙들었다. 알라딘은 여전히 경계를 풀지 않고 그늘진 곳으로 몸을 숨기고 계속 달려가다가 조금 커다란 창문이 나타나자 그곳을 통해 빈집으로 들어갔다.

막다른 골목, 낡고 쓸모없어서 마치 빈민가의 쓰레기장과도 같은 곳에 이르자 알라딘은 이제 그만 도망가도 되겠다고 판단했다. 악취가 진동했지만 이곳은 안전해 보였다.

"휴우, 늙은이가 몸이 더뎌졌군. 그런데 영리해졌단 말이지."

알라딘이 바지와 조끼에서 먼지를 털어내며 마지못해 인정했다.

"자, 이제 존귀하신 분이시여! 식사를 하시지요!"

알라딘이 담벼락에 걸터앉은 뒤, 빵을 절반으로 갈라 아부에게 건넸다. 아부는 신이 나서 한 덩이를 채갔다. 알라딘이 한 입 가득 빵을 베어 물려는 찰나, 자갈길을 따라 달그락거리는 소리가 들렸다. 그는 순간 멈칫했다.

거죽만 남은, 조그만 아이 두 명이 나왔다. 알라딘은 상상도 하지 못했다. 아이들은 먹을 것을 찾아 쓰레기더미를 뒤적이다 자신들이 낸 소음에 지레 겁을 먹고 뒷걸음질을 쳤다. 알라딘과 눈이 마주치자 아이들은 서로를 지키려는 듯이 더욱 바싹 붙었다. 아이들은 눈을 동그랗게 떴다.

"난 너희를 해치지 않아. 우리 낯이 익네? 우리 언제 만난 적 있니?"

아이들은 아무 말도 하지 않고 자신들이 가진 것을 등 뒤에 숨기기 바빴다. 뼈다귀, 멜론 껍질 등이었다.

'쥐떼거리마을에서는 서로를 돌봐야 한단다.'

알라딘은 엄마의 말씀을 오랫동안 마음에 간직해왔다.

"자, 받아."

알라딘은 서서히 자리에서 일어나며 말했다. 절대 급하게 움직이지 않았다. 나보다 몸집이 크고 나이 많은 누군가가 나를 해치고 내 것을 빼앗아갈지도 모른다는 두려움을 알라딘 역시 잘 알았기 때문이다. 알라딘이 두 손을 내밀었다. 해치지 않겠다는 의미에서 한 손은 빈손이었고 다른 손은 빵을 쥐고 있었다. 두 아이는 빵에서 눈을 떼지 않았다.

"어서."

좀 더 용감한 여자아이가 손을 내밀어 빵을 집었다. 여자아이는 세게 움켜쥐지 않으려고 조심하는 듯했다.

"고맙습니다."

여자아이는 빵을 절반으로 잘라서 좀 더 큰 덩이를 자신보다 마르고 몸집이 작은 남동생에게 건넸다. 아부가 자신의 빵을 우

적우적 먹으며 이 광경을 흥미롭게 바라보았다.

알라딘은 분노가 치솟아 목구멍이 꽉 막히는 것만 같았다. 이 아이들에게 한동안이라도 온전한 한 끼의 식사나 제대로 마실 만한 물이 주어졌던 적이 있을까? 알라딘이 아이였을 때나 지금이나 달라진 것은 없었다. 술탄은 여전히 아름다운 황금 돔의 궁전에서 자신의 장난감들을 가지고 놀기 바쁘고, 그사이 사람들은 길거리에서 굶주리고 있었다.

알라딘은 한숨을 내쉬며 아부를 어깨에 올렸다. 그러고는 천천히 집으로 걸어갔다. 빵으로 채우지 못한 굶주린 배에는 분노와 절망이 한가득 들어찼다.

Chapter 2

저녁이 되었다. 태양은 저물 채비를 하고 달은 뜀박질을 시작했다. 알라딘은 쥐떼거리마을을 빠져나왔다.

"멜론이네."

알라딘은 목표물로 찍어둔 낙타 짐수레의 그림자를 살폈다. 잘 익어 즙이 가득한 멜론을 떠올리자 알라딘의 배도 꼬르륵대기 시작했다. 멜론 상인이 어느 여인에게 값을 깎아줄 수 없다고 고함을 쳤다.

"값을 깎아주면 내가 굶어죽는단 말이오. 게다가 머리 스카프는 어디 있는 거요? 천박한 여자 같으니! 빈민가로 돌아가시오."

여인은 슬픈 표정을 지으며 발걸음을 돌렸다. 그녀는 회색 줄무늬 끈으로 길고 검은 머리카락을 질끈 묶은 채였다. 겉옷은 후

줄근했다. 알라딘의 눈에 여인은 자신의 어머니와 너무나도 닮아 있었다. 뼈만 남은 여자아이가 여인의 꽁무니를 졸졸 따라갔다.

"아, 그래. 멜론."

알라딘은 이렇게 중얼거리고는 아부를 높이 들어 올려서 가판대를 가리켰다.

"친구, 네 차례야!"

아부는 발코니로 뛰어오른 뒤, 멜론 가게의 천막을 지탱하는 기둥을 가볍게 무너뜨렸다. 알라딘은 몸을 숙이고 귀를 쫑긋 세웠다. 상인이 고래고래 소리를 지르며 아부를 쫓아다니는 동안 알라딘은 뱀처럼 가판대로 기어가서 잘 익은 멜론 하나를 집어 올렸다. 그리고 눈에 띄지 않을 만큼 안전한 곳에 이르자 휘파람을 짧게 불었다. 그러자 찍찍대던 아부가 입을 다물었다.

"그래! 꺼져라! 이 도둑 쥐새끼 같으니!"

알라딘은 상인의 고함 소리를 들었다. 얼마 후에 아부가 알라딘 옆에 있는 기둥 위로 뛰어 올랐다. 알라딘은 멜론을 나뭇가지의 뾰족한 부분으로 갈라서 절반을 아부에게 건넸다. 알라딘은 즙이 가득한 과일을 한 입 크게 베어 물며 기쁘게 말했다.

"이거면 됐지. 이만하면 살 만한 인생이지."

그러고는 편하게 저녁 식사를 즐겼다. 살갗과 근육에 따스한 햇살이 느껴졌다. 아침에 팔과 다리에 들었던 멍 자국은 서서히 옅어지고 있었다.

하루의 막바지 열기가 주춤해지자 많은 인파가 장터로 모여들었다. 색색의 천막이 곳곳에 세워지고 깔개도 자리를 잡았다. 주황 빛깔의 노을 아래로는 백색 아치, 사원, 발코니가 고대 황금 건축물처럼 찬란하게 빛나고 있었다.

이곳 아그라바 사람이라면 남성은 튜닉과 터번, 조끼와 바지를 걸치고 여성은 비단 또는 면으로 만든 다채로운 색상의 망토를 두른다. 머리에는 겉옷과 색을 맞춘 머리 스카프를 두를 때도 있고 그렇지 않을 때도 있다. 장터에 모인 무리 중에는 타지에서 찾아온 떠돌이도 있고 어두운 갈라비아(지중해 연안의 아랍 국가에서 이슬람교도가 입는 헐렁하고 긴 옷-옮긴이)를 걸친 요상한 눈의 사내들이나 어둡게 화장한 여자들도 섞여 있었다. 이따금 손목에 금덩이가 치렁대거나 목 주위에 녹색의 보석이 반짝이는 사람이 지나가기도 했다. 이토록 활기차고 다채로운 아그라바보다 더욱 멋진 곳이 이 세상에 있을까?

하지만 이내 야위고 헐벗은 노인들의 그림자가 나타났다. 이들은 동전 한 닢이라도 벌어보기 위해 낙타의 배설물이나 가축의 내장을 치우라는 말이 떨어지길 애타게 기다렸다.

"자, 아부, 이제……."

알라딘은 순간 멈칫했다. 장터의 분위기가 심상치 않았다. 사람들은 어느 소녀가 걸어가는 모습을 지켜보았다. 소녀는 황갈색 가운과 머리 스카프를 둘렀다. 현지인의 옷차림이었지만 장터에 흔한 옷차림은 아니었다.

그녀는 천천히 걸으며 호기심 어린 눈망울로 주위를 훑었다. 두 눈은 크고도 맑았고, 머리카락은 깊은 밤처럼 어두운 흑색이었다. 예쁘장한 입술 위로는 다정한 미소가 걸렸다. 마치 그리 관심이 없거나 말을 걸 생각이 없는 사람들에게 '반가워요' 내지, '실례합니다'라고 중얼대는 것 같았다. 그녀는 고개를 곧게 정면으로 향한 채 우아하게 걸었다. 자연스럽게 기품이 묻어났다. 알라딘은 심장이 움츠러드는 듯했다. 그녀를, 아니 그녀와 같은 사람을 지금껏 한 번도 본 적이 없었던 것이다.

소녀가 스카프를 매만지자 머리카락 사이로 정교하게 장식된 왕관이 살포시 모습을 드러냈다. 왕관에는 지나치게 커다란 에메랄드가 박혀 있었다.

'아하! 부잣집 아가씨가 하인 없이 장터에 나왔나 보군. 겁은 없고 잔꾀는 많은가 봐.'

이내 그녀를 주시하는 다른 무리의 사람들이 눈에 들어왔다. 살쾡이 같은 눈빛과 엉큼한 미소를 보자 알라딘은 가슴이 내려앉았다. 그녀는 광장의 맞은편에 이르기도 전에 몸에 걸친 보석류나 금품을 죄다 도둑맞을 게 뻔했다. 그녀는 완벽한 먹잇감이었다.

쥐떼거리 녀석 하나가 실수인 척, 그녀의 앞길을 가로막았다. 알라딘은 그 녀석을 알았다. 실제 나이보다 키와 몸집은 작지만 머리와 눈은 큰 편인 아이. 아부가 옆에서 찍찍거렸다. 만약 알라딘이 제 몫의 멜론을 빨리 먹지 않는다면 자신이 빼앗아먹을 거라고 경고하는 듯했다.

"쉿!"

알라딘이 주의를 줬다. 그다음에 벌어진 일은 알라딘이나 쥐떼거리 사람들 누구도 예상치 못한 것이었다.

아름다운 소녀는 가장 가까운 가판대에서 과일 한 알을 집어 소년에게 건네고는 유유히 걸어가 버렸다. 쥐떼거리 소년은 사과와 멀어져가는 그녀의 뒷모습을 번갈아보며 혼란스러워했다.

이내 과일 가게 상인이 그녀를 붙들고는 돈을 달라고 했다. 그녀는 주눅이 들어 머리를 가로저었다. 쥐떼거리 소년을 포함한 모두가 그녀를 미친 사람 보듯 쳐다보았다. 상인 역시 의아하다는 듯 그녀를 잠시 뚫어져라 쳐다보았다. 그러고는 그녀를 잡아다가 과일 진열대 쪽으로 밀쳐버렸다. 사람들이 구경하러 몰려왔다.

몇몇 남자들이 목도리로 얼굴을 가린 채 중얼대듯 따졌지만 정작 그녀를 돕겠다고 나서는 이는 없었다. 상인은 날카로운 칸자르(고기 써는 나이프-옮긴이)를 꺼내서 그녀의 손목 위로 치켜들었다.

그녀가 비명을 지르는 순간 알라딘은 이미 공중으로 뛰어올라 과일 진열대로 절반쯤 날아들고 있었다. 상인이 고함을 쳤다.

"그 누구도 내 물건을 거저 가져갈 순 없어!"

날카로운 검의 날이 저무는 햇살에 붉게 번뜩였다. 소녀가 소리쳤다.

"안 돼!"

단검은 공기 중에서 휙 소리를 내며 빠르게 아래로 돌진했다. 구경꾼들은 경악했다. 알라딘이 상인과 소녀 사이로 비집고 들었다.

"감사합니다, 친절한 나리."

사람들이 알라딘의 갑작스러운 등장을 알아차리기도 전에, 알라딘은 상인의 팔을 한 손으로 부드럽게 밀어젖힌 다음 다른 손으로 소녀의 팔을 붙들었다.

"제 동생을 찾아주셔서 얼마나 감사한지 모르겠습니다."

상인은 어리둥절한 표정으로 물었다.

"뭐라고? 이 계집아이를 안다고?"

알라딘이 소녀의 얼굴을 향해 손가락을 흔들며 나무랐다.

"너를 동네방네 찾아다녔다고!"

소녀는 도통 이해할 수 없다는 표정으로 반문했다.

"지금 뭐라는……?"

알라딘이 입을 막고 속삭였다.

"쉿! 하라는 대로 해요."

상인이 소리쳤다.

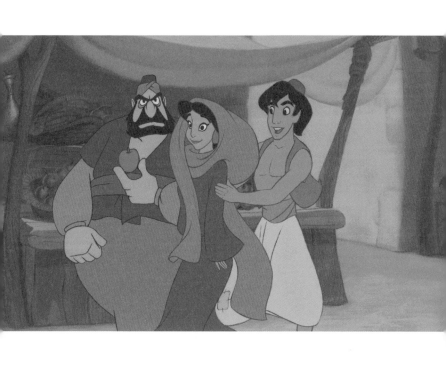

"직접 설명해보시지! 저 계집아이가 내 가판대에서 물건을 훔치려고 했다고!"

알라딘이 슬픈 표정으로 말했다.

"제가 사과드릴게요, 나리. 제 동생이 가끔 말썽을 좀 일으킵니다. 집을 또 나갔거든요."

그러고는 제 옆머리를 손가락 하나로 톡톡 두드리며 덧붙였다.

"아쉽게도 정신이 약간 오락가락합니다."

알라딘은 소녀를 바라보며 슬픈 표정을 지어 보였다. 이내 소녀는 눈치를 채고는 고개를 살짝 끄덕였다.

"저 계집애가 술탄을 안다던데!"

상인이 눈을 크게 뜨고 알라딘을 위아래로 훑어보았다. 알라딘은 마음이 조급해졌다. 어쩔 수 없었다. 알라딘은 상인의 귓전에 대고, 구경꾼들과 소녀에게 들릴 만큼 큰 소리로 외쳤다.

"제 동생은 원숭이가 술탄이라고 생각해요."

알라딘의 계획을 어렴풋이 눈치챈 소녀는 장단을 맞추기 시작했다.

"아이고, 우리 위대하고 현명한 술탄님."

소녀는 흙바닥에 몸을 던진 뒤, 아부 앞에 절을 했다. 주위에 모인 남녀들은 혀를 차며 동정 어린 시선을 던지더니 이내 발걸음을 돌리기 시작했다. 상인은 예쁘장한 소녀가 흙바닥에 엎드린 모습을 보고 알라딘의 말을 믿기 시작했다.

"비극이지요. 그렇지 않습니까?"

알라딘은 유감이라는 듯 한숨을 내쉬고는 상인에게 사과 한 알을 건넸다.

"과일에 생채기가 나진 않았군요. 동생아, 가자꾸나. 이디나 유모가 계신 집으로 가야지."

소녀는 자리에서 일어나 최대한 얼빠지고 정신 나간 듯한 표정을 지어 보였다. 알라딘은 그런 표정이 좀 과하다고 생각했지만, 그래도 순진무구한 부잣집 아가씨가 그 정도면 절반은 성공이라고 생각했다. 그는 그녀의 뒤에서 양손을 그녀의 어깨에 올리고는 군중들 사이로 그녀를 이리저리 조종하며 앞으로 나아갔다. 그녀는 그가 인도하는 대로 뻣뻣하게 나아갔다. 그녀는 낙타 앞에서 발걸음을 멈췄다. 그녀가 바보같이 헤죽거렸다.

"안녕? 이디나 유모?"

알라딘이 이를 갈며 말했다.

"저건 유모가 아니라고!"

그러고는 소녀에게 더욱 빨리 움직이라고 재촉했다. 알라딘이 아부를 불렀다.

"술탄! 가자!"

알라딘이 아부를 부르는 바람에 상인은 못 볼 장면을 보고야 말았다. 아부는 가판대에서 작은 사과들을 쓸어 담고 있었고, 심지어 제 입에는 한 알을 물고 있기까지 했다. 상인은 분노로 얼굴이 붉으락푸르락했다.

"거기 멈춰! 이 도둑놈아!"

알라딘은 소녀의 손을 잡고 줄행랑을 치기 시작했다. 아부가 적어도 사과 한 알은 빼앗기지 않으려고 필사적으로 애쓰며 총알처럼 그들을 뒤따랐다.

Chapter 3

궁전 깊숙이에 위치한 비밀 다락방이 누르스름하고도 붉게 빛났다. 이글대는 핏빛 화염에도 불구하고 실내는 서늘하다 못해 냉기가 감돌았다. 가운을 여러 겹 걸쳐 입은 자파는 조심스레 방 안을 돌며 번쩍대는 지팡이를 초조하게 두드려댔다.

자파는 술탄의 수상이자 최측근 책사이며 술탄의 유일한 친구이기도 했다. 사람들은 자파에 관해서는 거의 이야기를 하지 않았다. 기껏 늦은 밤에나 겨우 입에 올리는 것이 고작이었다. 소문에 따르면 그는 사악한 마법에 빠져 있다고 했다. 코브라 머리가 박힌 지팡이가 그에게 마법의 힘을 주어서 술탄은 완전히 자파의 손아귀에 붙들리고 말았고 자파의 힘이 닿지 않는 곳은 없다고 했다.

자파는 이 왕국에서 두 번째 권력자였다. 그는 아그라바에서 발생한 일들에 대해 모르는 것이 없는 듯했다. 그는 여러 번 사람들을 잡아다가 지하 감옥 같은 곳에 가둬버렸다.

자파가 기댄 탁자 위에는 기괴하고 끔찍한 기구가 널려 있었다. 검은 철제 조각이 불안하게 걸려 있는 새장처럼 나무 탁자 근처에 엉성하게 못 박혀 있었다. 헝겊, 거미줄, 피로 물든 깃털 등은 한데 엉켜 흐트러져 있었다. 방 안의 분위기는 사람들을 몸서리치게 하고 세상을 반 토막 낼 것만 같았다.

검은 구멍으로 흐느적대는 형상이 모습을 드러냈다. 자파가 가까이 몸을 기대어 그 형상이 무엇인지 살펴보았다. 금단의 영역에 속하는 그것은 그와 같은 마법사들에게는 가장 고난도 주술로 꼽히는 '리자르 하디노크', 즉 미래를 보는 눈이라고 불리는 마법이었다. 자파는 즉시 경비대장 라줄을 불렀다.

문 밖에 서 있던 라줄이 방으로 들어왔다. 그는 긴장한 티를 애써 감추며 절도 있게 경례했다.

"부르셨습니까, 수상님?"

"이 사내를 찾아 나에게 데려오거라. 이건 아주 중요한 일이지…… 수…… 술탄께 말이다."

자파는 길고 뾰족한 손가락을 허공에 대고 흐릿한 형상을 가리켰다. 라줄은 형상에 조금 가까이 다가갔다.

"이 녀석 말입니까? 그저 쥐떼거리에 사는 녀석일 뿐, 그 이상도 이하도 아닙니다. 술탄께 해를 끼칠 만한 위인이 못됩니다."

자파가 경비대장의 생각이 못미더운 듯 한쪽 눈썹을 치켜떴다.

"나의 마법에 따르면 이자는 아그라바의 운명을 좌지우지할 어떤 사건과 관련이 있다. 당장 이자를 잡아와!"

자파가 소리치자 라줄이 머리를 조아렸다.

"예, 알겠습니다, 수상님."

대장은 몸을 일으켜 세운 뒤 경례를 하고 마지막으로 금지된 다락방을 훑어보았다. 그러고는 저도 모르게 질문을 하고 말았다.

"이아고는 어디 있는지요?"

"응?"

마법의 기구에 다시 정신이 팔린 자파는 관심 없다는 듯 되물었다.

"그…… 수상님의 앵무새 말입니다. 항상 어깨에 올려두시거나 가까이에 데리고 다니셨던 것 같은데……."

순간 자파가 대장을 무섭게 곁눈질로 노려보았다.

"아마 어딘가에서 과자 부스러기를 주워 먹고 있겠지."

라줄이 다시 머리를 조아리며 답했다.

"아, 그렇겠지요, 수상님."

그런 다음 그는 최대한 빨리 다락방에서 빠져나왔다.

자파가 나타난 형상에 대해 곱씹으며 천천히 왼쪽 손가락들로 테이블을 두드려댔다. 그러고는 형상 속의 소년에게 천천히 말했다.

"그래…… 네 녀석이 바로 고대의 마법사들이 말한, 동굴에 들어가서 살아남을 수 있는 유일한 사람이란 말이지? 얼마나 쓸 만할지는 두고 봐야 알겠지만. 진흙 속 나의 진주여……."

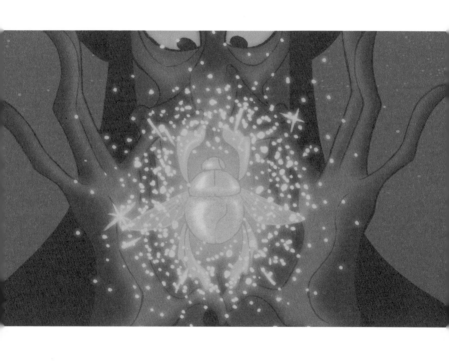

Chapter 4

장터에서 멀리 떨어졌다고 생각될 무렵 알라딘은 마침내 낡고 깨진 여물통에 등을 기대고 주저앉았다. 그러고는 깔깔대며 말했다.

"하하, 아까 그 나리의 얼굴을 봤어요? 어찌나 화난 표정이던지. 지금쯤 얼빠진 느낌이겠죠. 전부 다 믿었으니까."

소녀는 몸을 구부린 채 한 손을 옆구리에 대고 숨을 헐떡였다. 가파르던 호흡이 잠잠해지자 그녀는 양 손을 포개고 두 눈을 감았다. 그런 다음 스트레칭을 시작했다. 그녀의 동작은 우아하고 노련했다. 알라딘이 물었다.

"실례지만, 뛰는 데는 익숙하지 않으신가 봐요?"

"맞아, 넌 내 손목이 잘릴 뻔한 상황에서 날 구해낸 걸 유감이라고 생각하게 될 거야. 난 사람들에게서 도망치는 데는 익숙하지 않아. 라자와 달리기 시합을 하기는 했지. 라자는……."

그녀는 잠시 머뭇거렸다. 적당히 둘러댈 말을 찾느라 고민하는 듯했다.

"내 강아지야……."

그녀는 대충 얼버무렸다.

"근데, 우리 지금 어디에 와 있는 거지?"

그녀가 주위를 둘러보며 화제를 바꾸었다. 두 사람은 무너져 내린 세 건물이 교차하는 지점에서 숨을 돌리고 있었다. 알라딘은 문득 지금 이 순간 소녀는 어떤 기분일까 생각해봤다. 낯선 이를 따라 알 수 없는 곳으로 깊숙이 들어온 뒤, 어떻게 되돌아갈지도 알지 못하는 상황에서 말이다. 알라딘이 최대한 다정한 목소리로 말했다.

"음, 알려드릴 수는 있지만 별 의미는 없을 겁니다."

그러고는 자리에서 일어나 마치 완벽한 여행 가이드처럼 손을 움직여가며 설명을 시작했다.

"저희는 지금 아그라바의 극빈층이 거주하는 지역에 발을 디뎠습니다. 여기는 기이한 곳이지요. 이곳에는 이름이 없는 사람도 많으니까요. 그저 '쥐사냥꾼들의 썩어빠진 옆 동네'에 사는 녀석들이라고 불리곤 한답니다. 가장 가까이에 있는 유명 건물을 꼽자면 오래된 오트만 사원이 있어요. 바로 저곳이에요. 하지만 수백 년 동안 방치되었답니다. 비둘기나 집 없는 사람들이 사막의 모래바람을 피해 모여들죠."

소녀가 얼굴을 찌푸렸다. 화난 표정은 아니었다. 그저 무언가를 애써 이해해보려는 눈치였다.

"음, 제가 제대로 설명하지 못한 부분이 있나요? 비둘기? 사막 바람? 아니면 썩어빠진……?"

소녀가 천천히 대꾸했다.

"사람들이 그 오래된 사원에 산다는 말이지?"

"늘 그런 건 아니에요. 좀 으스스하거든요. 누가 그러는데, 귀신이 산대요. 아, 집 이야기가 나와서 말인데, 제가 어디에 좀 모시고 가도 될까요?"

소녀가 고개를 끄덕이자 알라딘은 기쁨에 겨웠다.

"네 집을 보여줘. 네가 사는 곳을 보고 싶어."

알라딘은 두 볼이 화끈거리는 것 같았다. 흔치 않은 일이었다.

"어, 보면 실망하실 텐데요. 별것 없어요."

정말로 그랬다. 사면이 벽으로 둘러싸이고 지붕이 있으며 문지방 같은 것이 덩그러니 있는 곳을 집이라고 부른다면.

"난 너 때문에 원숭이한테 절까지 했다고! 내가 네 집이 어떤지 신경이나 쓸 것 같니?"

알라딘은 웃음이 나왔다.

"좋아요. 하지만 당신이 부탁한 거예요!"

알라딘은 소녀를 이끌고 당장 쓰러질 듯한 오두막 뒤편을 돌아서 낡은 사다리를 기어오르기 시작했다. 소녀는 사다리를 하나씩 밟아 오를 때마다 이대로 발판이 와장창 무너져 내리는 것은 아닐까 하는 걱정에 움찔댔다. 알라딘은 발코니로 폴짝 뛰어오르며 손을 내밀었다. 소녀는 그의 손을 못 본 척하며 빠르게 발코니로 뛰어올랐다.

"제가 썩어빠진……에 대해 말씀드렸던 것 기억하시요? 음, 전 아그라바에서 아주 안전하다고 할 만한 곳에 살고 있지는 않아요. 우리가 눈에 띄기 전에 이곳을 떠나시는 게 좋을 것 같아요."

"눈에 띄는 게 무슨 문젠데?"

"글쎄요. 돈도 내지 않고 남에게 과일을 줘버리는 것은 뭐가 문제일까요?"

"그건…… 내가 잘 몰라서……."

그녀의 목소리가 작아졌다. 알라딘이 점잖게 미소를 지으며 그녀의 말을 끝맺음해주었다.

"값을 치러야 했다는 걸 몰랐다는 거죠?"

"맞아. 난 장터에 와본 게 처음이야. 지금까지 무언가를 사본 적도 없고. 실제로 무엇이 어떻게 돌아가는지 한 번도 생각해보지 않았던 거지."

소녀는 말을 마치고는 무언가를 골똘히 생각하다가 눈을 게슴츠레 뜨고 소년을 바라보았다.

"너한테는 금화가 담긴 주머니가 보이지 않는데? 그러는 너는 물건 값을 어떻게 치르지?"

"예리하시네요……. 하지만 저는 완전히 상황이 다르다고요. 저는 훔치지 않으면 굶어죽기 때문에 어쩔 수가 없다고요."

"그 말은, 너는 먹고살아야 하니까 훔쳐도 되지만, 잘못인 줄도 모르고 행동한 나는 괜찮지 않다는 거구나? 게다가 나는 그저 어린아이를 도와주려던 것뿐인데?"

알라딘이 팔짱을 꼈다.

"그래요, 알겠어요. 당신은 완전히 똑똑해요. 당신은 훔친다는 게 무엇인지를 몰랐고 저는 알았고……. 그런 삶에 익숙하기 때문이라고 해두죠. 저길 보세요."

알라딘은 발코니에 쭈그리고 앉아 그녀를 자신의 옆으로 끌어당겼다. 찌그러진 사원의 그늘에 어린아이들과 십대들 열댓 명이 제멋대로 드러누워 있었다. 누더기를 걸친, 눈 밑이 그늘진 아이들이었다. 가장 어린 아이 두 명이 돌멩이를 주워서 주거니 받거니 하며 장난을 치고 있었다. 좀 더 큰 아이들은 일부러 옷에 흙을 묻히고 있었다. 좀 더 불쌍해 보이려는 듯이.

"누구라도, 제 말은…… 쥐떼거리 출신이 아닌 사람이 이곳에 나타나면, 저 녀석들이 에워쌀 겁니다. 그리고 그 남자나 여자가 아무것도 내놓지 않으면……."

소녀는 겁에 질린 모습이었다.

"그럼 저 아이들은 그냥 가난한 척을 한다는 거야?"

알라딘이 어이없다는 듯이 웃었다.

"척한다고요? 가난한 척, 신발이 없는 척, 집이 없는 척, 굶주린 척하는 게 아니에요. 전부 진짜예요."

소녀는 아이들을 바라보았다. 알라딘은 방금까지 보고 들은 것을 소화해내려고 애쓰는 그녀의 얼굴을 보았다. 그녀에게서 순수함과 진정성이 느껴졌다.

"아이들의 부모는 어디 있지?"

"죽었거나, 병들었겠죠. 아니면 일감이나 먹을거리를 찾으러 갔거나."

알라딘은 소녀가 이제껏 한 번도 경험해보지 못한 무언가를 이해하기 위해 적당한 단어를 찾는 중임을 알아챘다. 그녀는 마침내 질문을 했다. 다소 분노가 섞인 목소리였다.

"왜 이렇게 될 때까지 다들 손을 놓고 있었던 거지?"

"쥐떼거리를 누가 신경 씁니까?"

알라딘은 슬프게 반문했다.

"술탄은 궁전에만 머물면서 하루 종일 금덩이 장난감만 가지고 놀아요. 기껏 밖에 나와봐야 일식을 보거나 연날리기를 하는 정도죠. 시민의 절반이 굶주리고 있다는 걸 과연 알기는 하실지."

술탄의 이야기가 나오자 소녀가 눈을 가늘게 떴다. 소녀는 무슨 말을 하고 싶은 듯했지만 고민 끝에 단념한 듯이 입술을 꼭 깨물었다. 알라딘이 자리를 박차고 일어나 그녀에게 손을 내밀었다.

"에이, 그렇다고 전부 나쁜 건 아니에요. 저희에게는 거리를 활보할, 온전한 자유가 있으니까요……. 날 믿어봐요. 이곳에서 자랐다면 어디든 혼자 다녀도 걱정할 필요가 없을 테니까요. 사람들이 오히려 당신을 무서워할 테죠."

소녀는 이번에는 알라딘의 손을 잡았다. 아마도 그녀의 생각이 다른 곳에 팔려 있었기 때문일 것이다. 그녀의 살갗은 보드라웠고 손톱은 완벽하게 다듬어져 있었다. 알라딘은 손에 약간 힘을 주어 그녀를 붙든 다음 그녀가 다른 사다리를 오르도록 도와주었다.

"아까…… 우리라고 말했지……. 그렇다면 너도 쥐떼거리 출신이라는 거니?"

알라딘은 다소 어두운 표정으로 답했다.

"네, 전 가난하고 이곳에서 컸어요. 저 아이들은 제 친구들이자 가족이죠. 그렇다고 제가 저 아이들과 한통속이라는 말은 아니에요. 아까 말씀드렸듯이 저는 그저 먹고살기 위해서 훔치는 거라고요."

"뭔가 복잡하게 들리는구나."

소녀는 야릇한 미소를 지으며 알라딘이 사다리를 오르는 모습을 바라보았다. 순간 알라딘은 낯선 따스함을 느꼈다. 알라딘은 재빨리 몸을 돌려서 지붕의 가장자리로 뛰어올랐다. 그런 다음 한 손을 내리 뻗어서 그녀가 올라오도록 도와주었다.

소녀가 옆으로 오다가 옷자락에 발이 걸렸다. 그녀가 넘어지기 직전 알라딘이 붙잡았다. 그녀가 양손으로 그의 어깨를 붙들면서 두 사람의 몸이 가까워졌다.

알라딘은 그녀의 가운에서 따뜻함을 느꼈다. 그녀에게서는 쥐떼거리마을에서는 도저히 맡을 수 없는 좋은 향이 났다. 알라딘이 지금껏 맡아본 어떤 향기와도 비교할 수 없는 것이었다. 심지어 엄마에게 선물하려고 훔쳤다가 결국 엄마의 말대로 그냥 돌려주었던 장미 향수병에서 맡았던 향기보다도 좋았다.

한편 그녀는 알라딘을 신기하다는 듯 올려다보고 있었다. 마치 알라딘이 그녀를 그렇게 바라보았듯이 말이다. 그러자 이제 지붕 아래로 발을 헛디딜 듯이 위태로워진 사람은 알라딘이 되었다. 소녀가 말했다.

"나는……."

알라딘이 또 다른 사다리를 오르며 말했다. 사다리 끝까지 오르니, 햇볕에 굳은 점토 항아리가 보였다. 알라딘이 지지대로 쓰기 위해 그곳에 놔둔 것이었다. 장대 역시 저번에 놓아둔 곳에 그대로 있었다. 알라딘은 장대 하나를 잡으려고 손을 뻗었다. 소녀가 못다 한 말을 속삭였다.

"그 남자에게서 구해줘서 고맙다는 말을 아직 못 했네."

알라딘이 진심 어린 말투로 답했다.

"아, 신경 쓰지 마세요. 장터에 들어설 때부터 도움이 필요한 분처럼 보였어요."

알라딘은 건물 가장자리로 달려가서는 장대를 짚고 건물과 건물 사이의 공간을 훌쩍 뛰어넘었다. 소녀가 의외라는 듯 물었다.

"그렇게 티 났어?"

알라딘이 웃었다. 주위를 신경 쓰지 않는 이 소녀에게는 매력적인 무언가가 있었다.

"좀 눈에 띄긴 하시죠. 아, 제 말은, 아그라바가 얼마나 위험한 곳인지 잘 모르시는 것 같다고요."

알라딘이 머리카락을 쓸어 넘기면서 그녀가 건너오도록 지붕 사이에 걸칠 만한 널빤지가 있는지 두리번댔다. 하지만 알라딘이 무언가를 해보기도 전에 소녀는 장대 하나를 집어 들더니 가뿐히 그가 있는 쪽으로 건너왔다. 심지어 알라딘보다 우아하게 말이다. 그녀가 젠체하며 말했다.

"내가 좀 빨리 배우긴 해."

알라딘은 다시 할 말을 잃었다. 이 소녀는 어느 부잣집 아가씨일까? 알라딘이 손을 내밀며 말했다.

"자! 이쪽입니다."

소녀는 알라딘의 손을 잡았다.

두 사람은 열쇠구멍 모양의 창문을 통해 사원으로 들어갔다.

이곳은 분명 한때 색색의 영롱한 광채가 빛나던 곳이었을 것이다. 하지만 빛나고 고귀한 모든 것은 이미 수십 년 전에 쓰레기더미로 전락하고 말았다. 알라딘이 외쳤다.

"머리 조심하세요!"

소녀는 사원 중앙에 엉성하게 쌓인 거대한 목재 더미 아래로 고개를 숙였다.

"여기에…… 사니……?"

"네, 저랑 아부랑요! 저희는 어디든 마음대로 오고 가죠."

두 사람은 알라딘이 집이라고 부르는 곳에 자리를 잡았다. 알라딘의 엄마는 집이라는 곳을 최대한 안락하고 아늑한 곳으로 가꾸려 했다. 알라딘은 엄마의 뜻에 따라 최대한 비슷하게 집이라는 곳을 꾸몄다. 바닥에는 올이 풀린 낡은 깔개를 깔았고, 이제 흉물이 되어버린 깨진 석조물 위에는 한때 화려했을 옷 몇 벌을 가리개처럼 널었다. 심지어 베개와 물 항아리, 장식용 항아리까지 갖췄다.

"멋지구나."

"전망은 더 끝내준답니다."

알라딘은 소녀가 분명 크게 감동할 것이라 생각하며 가리개를 걷었다.

정면에 궁전이 보였다. 2킬로미터 정도 떨어져 있었지만 손을 뻗으면 닿을 것처럼 너무나도 거대하게 다가왔다. 열댓 개의 황금 돔은 선명하게 태양처럼 빛나고 있었다. 격조 높은 왕궁의 미닫이문과 내리닫이문이 하늘처럼 빛났다.

"궁전이 꽤 멋지지요?"

"음…… 멋…… 져……."

하지만 소녀는 그와 함께 감상하려고 하지 않았다. 대신 알라딘의 잠자리로 이어지는 계단에 철퍼덕 주저앉더니 지친 듯이 머리를 두 손에 올리고 쉬었다.

"이곳에 산다는 건 어떤 느낌일까 궁금했어."

알라딘은 그녀의 반응에 실망감을 애써 감추며 생각에 잠겼다.

"하인들이나…… 시종들이나……. 아, 옷 입는 걸 도와주거나…… 하는 사람들이 사는 곳 말이야……."

소녀가 눈을 굴리며 말했다.

"그분들이 사는 곳은 여기보단 낫죠."

"넌 아부랑 원하는 곳이면 어디든 왔다 갔다 한다고 했지. 만약 네가 왕실에서 태어났다면 넌 시키는 대로 해야 해. 정해진 삶을 살아야 하지. 그리고 아무데도 갈 수 없어."

"쥐떼거리 출신도 사회적으로는 아무 곳에나 갈 수 없어요. 저희가 위로 올라가는 건 엄격하게 금지되어 있거든요. 심지어 떳떳한 일을 하고 싶어도 아무도 저희에게 일감을 주지 않아요. 어떤 일도요. 어디 하인으로도 못 들어가죠. 그러니 달리 갈

곳도 없답니다. 일단 쥐떼거리마을에서 태어난 이상…… 당신
은…….”

“덫에 걸린 거지.”

알라딘이 그녀를 올려다보았다. 알라딘은 깜짝 놀랐다. 그녀
는 마치 그의 마음을 진심으로 이해한 것 같았다. 알라딘이 소녀
옆에 다가가 앉았다. 서로의 다리가 맞붙었다.

알라딘은 창틀에서 사과 두 알을 꺼내어 한 알은 그녀에게, 다
른 한 알은 아부에게 건넸다. 소녀는 작은 은장도를 품에서 꺼내
사과를 깔끔하게 반 토막 내더니 한 조각을 그에게 건넸다. 알라
딘은 마침내 용기를 내어 질문했다.

“그래서, 어디서 오신 거예요?”

그녀가 버럭 화를 냈다.

“그게 중요해? 난 도망쳐 나왔고 돌아가지 않을 거야.”

“정말요? 왜죠? 어머니, 아버지, 언니, 아니면 누구라도 다시
보고 싶지 않을 정도로 끔찍한 일이 뭐가 있을까요?”

“언니가 있다면 정말 좋을 것 같군. 오빠도 좋고 말이야. 그리
고 엄마는 내가 아주 어렸을 때 돌아가셨어.”

소녀의 목소리가 조금 누그러졌다. 알라딘은 마음이 저려왔다.

“그리고 내 아버지는…… 결혼을 강요하셔.”

그녀의 눈빛이 다시 거칠어졌다.

“네 평생을 누구와 보내야 할지 네게 선택권이 없다고 해봐.

네 기분이 어떻겠니?"

소녀가 분노에 휩싸여 주먹을 불끈 쥐었다.

"그 남자는 머저리일지도 몰라. 물론 돈은 많겠지. 어쩌면 거만함이 하늘을 찔러서 나를 그저 자기 물건 정도로 여길지도 몰라. 내 아버지가 나를 그런 식으로 대하고 있다는 말이야. 마치 물건을 떠넘기듯 그 남자에게 날 보내려고 한다고. 내 아버지는 잔인해. 게다가……."

소녀는 말을 이어가려다가 순간 멈칫했다. 입 밖으로 꺼내기에는 너무 끔찍한 이야기라는 듯이 다소 민망해하며 알라딘의 눈치를 보다가 말을 이어갔다.

"나는 아직 스무 살도 되지 않았는데 아버지는 내 인생을 전부 정해놨어. 내가 결정할 수 있는 몇 가지 안 되는 것들도 날아가 버렸다고."

"끔찍하네요……. 유감이군요."

그때 아부가 천장에서 뛰어내려 왔다. 알라딘은 작은 원숭이가 소녀의 사과 반쪽을 향해 돌진하는 모습을 걱정스레 바라보았다. 그래서 아부를 공중에서 낚아챈 다음 어깨에 올리고는 나무라듯 중얼댔다. 소녀가 물었다.

"왜 그래? 저 녀석이 뭘 하려던 거지?"

아부의 익살스러움에 소녀는 다시 평정을 되찾았다. 알라딘이 아부의 등을 쿡쿡 찌르며 말했다.

"아무것도 아니에요."

소녀가 몸을 구부리며 아부의 턱을 간질였다.

"아부는 그저…… 어…… 당신 아버지가 당신에게 하려던 끔찍한 일 때문에 화가 난 거예요."

알라딘이 말했다.

"오, 그래?"

소녀는 못 믿겠다는 듯 부루퉁한 표정을 지으며 입술을 오므렸다. 알라딘은 가슴이 오그라드는 것 같았고 머리는 텅 비는 것 같았다.

"네, 맞아요. 저 녀석은 오늘날과 같은 문명사회에서 젊은 여성의 삶을 통제하려는 남성이 있다는 것에 화가 난 거예요."

알라딘은 여전히 아부를 쓰다듬고 있었지만 눈은 소녀를 향하고 있었다. 자신도 무슨 말을 하고 있는지 사실 잘 알지 못했다. 무슨 말이든 영원히 할 수 있을 것 같았다. 그녀가 자신을 이렇게 계속 바라보고만 있다면.

그녀가 가까이 다가와 물었다.

"재미있네. 아부는 다른 할 말은 없대?"

시나몬. 그녀의 숨결 사이로 시나몬향이 묻어났다. 알라딘은 그 거리에서도 그녀의 피부에서 나는 향을 맡을 수 있었다. 알라딘은 사이프러스와 백단유의 속삭임을 실어 나르는 산뜻한 사막 바람을 떠올렸다.

"무언가 도움을 드리고 싶다네요."

알라딘은 진심이었다. 그러면서 소녀와 입맞춤을 하고 싶다는 강렬한 욕망에 휩싸였다. 소녀가 눈을 감고 고개를 약간 기울인 채 말했다.

"녀석에게 전해줘. 내가 허락했다고."

알라딘은 소녀 역시 입맞춤을 원하고 있다고 생각했다. 그는 그녀의 등에 팔을 두르고 제 인생 최고의 순간을 맞이할 준비를 했다.

하지만 때마침 병사들이 들이닥쳤다. 라줄의 부관과 병사들이었다. 덩치 큰 사내들이 기척도 없이 계단을 올라왔다는 것이 불가사의한 일이었다. 라줄의 부관이 외쳤다.

"마침내 찾았군!"

알라딘이 펄쩍 뛰어오르며 말했다.

"또예요? 정말로요? 고작 빵 한 덩어리 때문에?"

소녀가 동시에 외쳤다.

"날 어떻게 찾았지?"

두 사람은 고개를 돌려서 서로를 바라보았다. 그가 물었다.

"병사들이 당신을 쫓는다고요?"

그녀가 물었다.

"빵이라니?"

라줄의 부관은 그런 소란 때문에 상관의 명령을 잊는 사람이 아니었다.

"도망칠 생각은 하지 마시오. 더 험한 꼴을 당하기 싫으면 순순히 따라오시오!"

알라딘은 자신이 침실로 구분해놓은 돌담 위로 뛰어올랐다. 이 돌담 아래로는 사실상 낭떠러지였다. 알라딘이 소녀에게 손을 내밀었다.

"저를 믿으시나요?"

소녀는 잠시 혼란스러워했다.

"으…… 응…….."

"그럼 뛰어내려요!"

알라딘은 소녀의 손을 잡고는 그녀를 자신의 옆으로 홱 잡아당겼다. 그런 다음 공중으로 몸을 날렸다. 그녀와 함께.

그녀가 소리를 질렀다. 두 사람은 장밋빛 정점에서 칠흑 같은 나락으로 그렇게 추락하고 있었다. 하지만 아주 절묘하게 묶인 두 갈래의 방수포로 인해 두 사람의 하강 속도는 금세 더뎌졌다. 그건 알라딘이 만약을 대비해 설치해둔 것이었다.

알라딘은 재빨리 몸을 일으켰다. 그는 소녀의 손을 여전히 붙잡고 있었다. 하지만 아쉽게도 출입문 앞에는 이내 익숙한 옷자락이 나타났다. 라줄이었다. 알라딘과 소녀는 라줄과 정면으로 부딪히고 말았다.

"계속 꼬이는구먼. 그렇지 않나, 쥐떼거리 녀석? 이번에 넌 지하 감옥행이야. 꼬맹이, 탈출구 따위는 없어!"

라줄이 비꼬듯 말했다.

그러자 소녀는 거대한 경비대장을 공격하기 시작했다. 알라딘과 경비병들은 소녀가 작은 주먹으로 라줄의 가슴팍을 무의미하게 계속 내려치는 모습을 의아해하며 바라보았다.

"저 소년을 보내줘!"

소녀가 말했다.

하지만 라줄은 그녀를 가뿐히 밀쳐냈다. 알라딘은 소녀가 바닥으로 나가떨어지자 피가 끓는 것 같았다. 병사들이 낄낄대기 시작했다.

"놓아주거라! 이 나라 공주의 이름으로 명한다."

소녀가 바닥에서 일어나 겉옷을 털며 말했다.

낄낄대던 라줄이 멈칫했고, 병사들은 얼어붙었다.

알라딘은 속이 뒤집어지는 듯했다. 오후 한나절을 함께 보낸 소녀. 건물에서 같이 뛰어내리고, 함께 장대높이뛰기를 하고, 아부를 귀여워해주고, 사과를 나눠주었던 소녀는 그저 바깥구경을 나왔거나 집을 뛰쳐나온 부잣집 아가씨가 아니었다. 공주였다. 이 나라의 공주 자스민.

자스민의 검은 두 눈에는 힘이 들어가 있었다. 등은 꼿꼿했다. 양팔은 우아하게 허리춤에 걸친 채였다. 그녀의 왕관이 번뜩였다.

알라딘이 새하얗게 질렸다.

"공주님……?"

자스민이 아름답다는 소문은 익히 들었다. 영특하다고도 했다. 과연 소문대로였다. 자스민이 호랑이를 능숙하게 다룬다는 말도 있었다. 그로 인해 구혼자가 나타나면 호랑이가 남자를 갈기갈기 찢어버릴 기세라고.

"자스민 공주님, 궁전 밖에서 뭘 하고 계시는지요? 게다가 이 쥐떼거리 녀석이랑……."

라줄이 즉시 눈을 내리깔고 몸을 숙이며 말했다.

자스민은 손을 허리에 얹고는 그가 있는 곳으로 곧장 다가왔다.

"그건 네 알 바가 아니다. 당장 내 명령대로 하거라. 저자를 풀어줘라."

"공주님, 저는 그저 자파 수상님의 명에 따르는 것뿐입니다. 그러니 수상님께 직접 말씀해주십시오."

"자파?"

자스민은 경멸하는 표정을 지어 보였다. 경비병들에게 끌려가기 전에 알라딘이 마지막으로 목격한 것은 그녀의 걱정스러운 눈빛이었다. 자스민이 소리쳤다.

"두고 봐. 내가 반드시 저 소년을 찾을 테니까!"

Chapter 5

 궁전에서 가장 높이 치솟은 사원의 지하에는 아그라바에서 가장 깊은 구덩이가 있다. 단 하나의 횃불만 켜진 곳. 햇빛도 달빛도 별빛도 그곳까지는 미치지 못한다.

 궁전의 지하 감옥. 그곳은 창문이 없고 창살은 삼중이었다. 창살 너머로는 열댓 구의 해골이 썩어 문드러진 채 쇠고랑에 묶여 벽에 매달려 있었다. 주위에는 빛을 단 한 번도 본 적이 없는 쥐들이 바삐 오가고 있었다.

 알라딘은 이곳에 온 지 고작 몇 시간밖에 지나지 않았기에, 아직은 이 지하 감옥의 존재 이유가 크게 와 닿지 않았다. 알라딘은 여전히 이곳으로 자신을 이끈 일련의 사건들에서 헤어 나오지 못하고 있었다.

"공주."

그가 사십 번째 되뇌었다.

"공주님이셨다니 믿어지지 않아. 내가 얼마나 우스꽝스러워 보였겠어."

그녀가 공주라는 것도 알라딘이 지하 감옥에 갇히는 데 한몫했다. 자파가 두 사람을 보고는 쥐떼거리 녀석이 공주를 가난, 범죄, 악행이 가득한 삶으로 끌어들이려 했다고 생각했던 것이다.

알라딘이 자스민의 눈빛과 따뜻한 손을 기억하며 한숨을 내쉬었다.

"후, 공주님이라면 그럴 가치가 있지."

잠시였지만 알라딘은 위대한 무언가에 손을 댔던 것이다. 자그맣게 찍찍대는 소리에 알라딘은 정신이 들었다.

"아부?"

알라딘은 위를 올려다보았다. 자그마한 원숭이의 그림자가 기둥과 바위 사이를 뛰어 알라딘이 있는 곳으로 내려오는 것이 어렴풋이 보였다. 알라딘이 흥분하여 외쳤다.

"여기야!"

아부가 그의 어깨로 뛰어내렸다. 알라딘은 제 머리로 아부의 복슬거리는 배를 마구 비벼댔다.

"아부! 정말 반가워! 돌아봐봐!"

둘은 서로 끌어안고 잠시 재회의 기쁨을 느꼈다. 알라딘은 이런 순간에 대비해서 아부의 작은 조끼에 꽂아둔 바늘을 조심스레 꺼냈다. 이 작은 원숭이는 알라딘이 물건을 슬쩍하는 동안 시선을 분산시키는 역할만 하는 것이 아니었다. 둘은 수년간 수많은 일을 함께하며 문제에 휘말리기도 하고 빠져나오기도 했다.

알라딘은 고개를 돌리고 최대한 목을 뻗은 다음 이와 입술로 바늘을 고정하고는 자신의 오른손 수갑의 구멍 안으로 밀어 넣었다. 수갑은 단순한 잠금식이었다. 궁전에서 가장 깊은 곳에 위치한 지하 감옥에 내던져진 이상, 삼엄한 감시는 불필요해 보였다. 아부가 부루퉁하게 찍찍댔다.

"알겠어, 알겠어. 간다고. 빨리 궁궐을 빠져나가자! 그녀를 다시 볼 순 없겠지만……."

알라딘은 당장 도망치는 일보다는 공주를 다시 보지 못하는 것이 더 걱정되는 듯했다. 더없이 아쉬운 목소리였다.

"공주는 왕자하고만 결혼할 수 있지. 난 얼간이야."

"애야, 네가 포기할 때에만 얼간이란다."

알라딘이 몸을 돌렸다. 그림자와 쥐뿐이었다. 희미하지만 분명 인간의 목소리였다. 알라딘이 보이지 않는 어둠을 향해 외쳤다.

"누구야? 정체를 밝혀!"

사슬이 질질 끌리는 소리, 뼈다귀 같은 단단한 무언가가 바닥에 가볍게 부딪히는 소리가 났다. 어둠 사이로 아주 나이 많은 사내가 다리를 절뚝거리며 모습을 드러냈다. 걷기는커녕 서 있기도 버거워 보였다. 그를 채운 수갑은 없었다. 눈에는 총기가 남아 있었다. 요상한 일이었다.

"난 그저 너와 같은 보잘것없는 죄수란다."

노인이 말을 이었다. 제멋대로 난 이는 이쑤시개마냥 가늘고 누렇게 변색되어 있었다. 그는 못난 나뭇가지를 지팡이로 쓰고 있었다.

"하지만 힘을 합치면 나을 거야."

"네, 말씀해보세요."

"동굴이 하나 있어. 신비의 동굴이란다. 네가 상상도 못 할 보물이 가득 차 있어."

노인은 마디진 손가락을 알라딘의 낡은 겉옷 안으로 밀어 넣었다. 그러더니 자신의 움켜쥔 주먹을 꺼내어 알라딘의 얼굴에 들이밀었다. 노인이 손을 펼치자 알라딘의 눈앞에 루비 세 덩어리가 나타났다. 알라딘은 깜짝 놀라서 엉거주춤 물러서고 말았다. 이 보석만으로도 쥐떼거리마을의 땅 대부분과 그곳 주민들까지도 다 살 수 있을 것 같았다.

"네 '공주'를 매혹시키기에도 충분한 보물이지."

노인이 음흉한 미소를 지으며 보석을 도로 숨겨버렸다. 알라딘은 얼굴이 화끈거렸다.

"금이든 보석이든 아무리 많아도 의미 없어요. 그녀는 왕자와 결혼해야 하거든요. 귀족이나 왕실 출신이어야 해요."

노인이 잠시 인상을 쓰고 씩씩대며 고통스러워했다. 무언가 알 수 없는 고통이 그를 괴롭히는 것 같았다. 그러다 그는 이내 숨을 깊이 내쉰 다음 자신의 얼굴을 알라딘의 면전에 가져다 댔다.

"황금의 법칙에 대해 들어봤느냐? 황금을 쥔 자가 법칙을 만드는 거지!"

노인이 웃었다. 정신이 나간 듯했다. 알라딘은 노인이 웃으면서 그의 입술이 활짝 벌어지는 것을 바라보았다. 하나뿐인 그의 멀쩡한 치아는 금으로 되어 있었다.

"알겠어요."

알라딘이 조심스레 대꾸했다. 사실 돈으로는 거의 모든 것을 할 수 있다. 병사들은 금덩이를 바치면 딴 사람이 되곤 한다. 물론 라줄은 예외지만. 라줄은 고지식한 바위 같은 사람이다. 어쩌면 뇌물로 술탄이나 왕을 구슬려볼 수 있을지도 모른다. 금덩이만 꽤 있다면 왕의 지위를 살 수 있을지도 모르고.

"근데 왜 저와 그 멋진 보물을 나누고 싶어 하시는 거죠?"

"나는 젊은이의 다리와 튼튼한 허리가 필요하다네. 보물은 동굴에 있거든. 사막에 말일세. 난 예전처럼 날쌔지가 않아. 그래서 자네가 가주었으면 하네. 이제, 나와 거래를 할 텐가?"

알라딘이 웃었다.

"아, 물론이지요."

루비가 아니었다면 노인이 미친 것으로 생각했을 것이다.

"근데 동굴은 저 밖에 있고 우리는 이 안에 있잖아요."

알라딘의 말에 노인이 낄낄댔다.

"세상은 눈에 보이는 것이 전부는 아니라네."

노인은 지팡이로 벽에 있는 돌을 여러 차례 두드렸다. 그러자 벽이 옆으로 움직이면서 밖으로 나갈 수 있는 공간이 생겼다.

"다시 묻겠네. 나와 거래하겠나?"

노인이 손을 건넸다. 알라딘은 순간 머뭇거렸으나 이내 노인이 건넨 손을 맞잡아 흔들었다.

비좁은 공간을 기어가다 보니 칠흑같이 어두운 동굴이 나왔다. 기이한 지하 동굴의 냉기는 이내 불타는 열기로 바뀌었다. 사방에서 사악한 붉은빛이 번뜩이기 시작했다. 뜨거운 공기가 불어와 알라딘의 뺨을 그슬렸다. 아부가 비명을 지르며 알라딘의 목덜미를 움켜쥐었다.

"지구의 피가 바로 이곳에서 뿜어져 나오지."

노인이 말했다. 그는 말 안 듣는 다리를 질질 끌며 길을 안내했다. 두 사람이 모서리를 돌자 깜박거리는 붉은빛이 나타났다. 암석들이 녹아내려 이글거리고 있었다. 대장간의 가마보다도 더 뜨거울 것 같았다.

"우린 궁전의 아주 깊은 곳에 와 있지. 살아 있는 암석 위에 궁전이 세워졌거든."

"이런 곳이 있을 거라곤 생각도 못 했어요."

노인이 낄낄댔다. 두 사람은 계속 걸어갔다. 노인은 이따금 혼 잣말을 해대거나 새처럼 꽥꽥거렸다. 아마도 오랫동안 죽은 자 들과 이야기를 나눈 듯했다. 알라딘은 갈림길이나 곁길이 거의 없는, 잘 닦인 복도가 흥미로웠다. 이따금 알라딘은 노인이 보지 않는 틈에 단검으로 삐져나온 부분을 긁거나 벽에 화살표를 남 겨두었다. 이런 표식이 언젠가 유용할지도 모르니까.

"아이야, 듣거라. 신비의 동굴에 들어가거든 낡아빠진 못난 놋 쇠 램프 외에는 어떤 것도 만져서는 안 된다. 그곳에는 금으로 채 워진 방, 루비 궤짝, 수천 개의 왕국만큼 가치가 있는 고대 보물 들이 가득하지. 하지만 램프 외에는 어떤 것도 만져서는 안 된다. 그러지 않으면 너는 살아서 나오지 못할 거야."

"잠깐만요! 그럼 저는 그냥 황금 더미 위를 걷기만 해야 한단 말인가요? 절 부자로 만들어주신댔잖아요, 어르신."

"이 멍청아!"

노인의 목소리가 조금 젊게 들렸다.

"램프가…… 신비의 동굴과 그 보물들을 향해 마법을 부릴 수 있거든. 램프가 손아귀에 들어오기 전에 다른 걸 만지면 넌 죽을 거야. 램프를 내게 가져오거라. 그러면 약속하지, 넌 원하는 걸 얻게 될 거야."

알라딘이 움츠러들며 말했다.

"그렇게 말씀하신다면……."

마침내 두 사람이 바깥에 나온 것은 밤이었다. 비밀 터널은 궁전에서 멀리 떨어진 사막으로 연결되어 있었다. 알라딘은 하수구 뚜껑을 열고 밖으로 나왔다. 그러고는 신선한 공기부터 깊게 들이마셨다. 하늘은 맑았고 별들이 사막 모래와 먼지 틈에서 반짝이고 있었다. 노인은 지쳤는지 당장 쓰러질 것만 같았다.

알라딘은 주변에서 마구간을 발견하고 말과 낙타가 묶여 있는 곳으로 갔다. 그러고는 눈에 띄지 않고 튼튼해 보이는 작은 말을 골라다가 노인을 그 위에 앉혔다. 노인이 고삐를 잡고서는 즐거운 듯 낄낄댔다.

"만약 어르신 말씀이 맞는다면 우리는 동트기 전에 돌아오게 될 거예요."

사막 바람이 모래 소용돌이를 일으켜서 숨을 막는 모래 악마처럼 덤벼댔기에 알라딘은 조끼로 제 얼굴을 감싸야만 했다. 알라딘의 발은 움직이는 사구(해안이나 사막에서 바람에 의하여 운반·퇴적되어 이루어진 모래 언덕-옮긴이) 사이로 자꾸만 빠져들었다. 말은 사막의 지형에 좀 더 익숙한 듯했지만 그럼에도 끊임없이 힝힝거리며 불만을 드러냈다.

만만치 않은 여정이었다. 마침내 두 사람은 서늘한 사막 너머 심술궂은 이프릿(아랍의 전설 등에 등장하는 강인하고 교활한 악령-옮긴이)의 눈과 같은 시리우스 장미가 피고, 기반암으로 이뤄진 단단한 절벽이 있는 곳에 이르렀다. 아래는 널찍한 구렁 같았다. 별빛이 아름답게 쏟아지는 모래 언덕은 적막하고도 치명적이었다. 그 어떤 식물도 살지 않았다. 도마뱀도, 심지어 흔한 돌멩이조차 없었다.

알라딘은 노인을 말에서 내려주었다. 노인은 투덜대고 중얼거리며 해진 옷에서 무언가를 꺼냈다. 그러더니 마치 살아 있는 무언가를 다루듯 그것을 양손으로 받쳐 들었다. 황금 스카라베(풍뎅이 모양의 장신구-옮긴이)였다. 처음에 알라딘은 그것이 뒷면에 보물지도가 새겨진 보석이나 조각상일 것이라고 생각했다. 그런데 스카라베는 이내 바깥쪽 날개를 펼치며 날아오를 채비를 하는 것이었다. 이 곤충 역시 금으로 되어 있었다. 이 황금 곤충은 번쩍대며 눈부시게 공중으로 날아오르더니 묵직하게 윙윙거리는 소리를 냈다.

알라딘은 놀라서 뒷걸음질을 치고 말았다. 아름답고도 위협적인 황금 곤충은 언덕 아래로 가뿐하게 뛰어내렸다. 하지만 그것은 곤충의 몸짓이라고 보기는 어려운 것이었다. 그놈은 마치 앞으로의 일을 예언하듯 커다란 언덕을 빙빙 돌더니 마침내 모래더미 사이로 텀벙 빠져들었다.

거의 순식간에 사구는 걷잡을 수 없이 앞으로 미끄러져 내려갔다. 그러자 그 사이로 거대한 무언가가 모습을 드러냈다. 거대한 호랑이 석상이었다. 그것은 마치 살아 있는 것처럼 목을 뒤로 젖히고 으르렁댔다. 호랑이 석상의 눈동자가 쌍둥이 태양처럼 이글거렸다.

누가 감히 나의 곤한 잠을 깨운 것이냐?

실제로 누군가가 말을 했는지는 분간하기 어려웠다. 땅은 으르렁댔고 하늘에서는 번개가 쾅쾅 내리쳤다. 놀란 알라딘이 뒷걸음치자 노인이 서두르라고 손짓했다.

"뭐라고요? 제정신이세요?"

알라딘의 물음에 노인이 비웃으며 되물었다.

"공주를 원하잖아, 꼬맹아. 어서 가!"

호랑이가 주둥이를 쩍 벌렸고, 거대한 황금 목구멍이 드러났다. 혀 아래로 황금 계단이 있었다. 그 끝은 보이지 않았다. 알라딘은 한 걸음 발을 내딛었다.

"기억하거라, 꼬마야. 램프만 내게 가져오거라. 그러면 내가 반드시 큰 상금을 내리겠다. 절대, 램프 말고는 그 어떤 것도 건드려서는 안 돼."

노인은 호랑이 입안으로 걸어들어 가는 알라딘에게 소리쳤다. 알라딘은 두려웠지만 이내 자스민을 떠올리며 마음을 다잡았다. 그러고는 말했다.

"아부! 가자!"

알라딘과 아부는 황금 계단을 내려가기 시작했다. 몇 개 계단은 가팔라서 숨이 멎을 정도였다. 길은 깊게 파이고 굴곡져 있었다. 알라딘은 이쯤이면 끝일 거라고 몇 번이나 생각했지만 그때마다 계단은 더욱 아래로 이어지기만 했다.

마침내 도달한 곳은 꽤나 마음이 놓이는 곳이었다. 너무도 완벽하게 평범한 동굴이었다. 알라딘 눈앞에 돌로 된 출입구가 보였다. 출입구는 안쪽에서 새어 나오는 번뜩이는 빛으로 밝게 빛나고 있었다. 알라딘은 눈이 부셔서 눈을 가린 채 문을 열고 안으로 들어가야 했다.

"이것 봐봐!"

황금이었다. 상상할 수조차 없는, 어마어마한 양이었다. 금화와 그릇, 항아리와 조각상이 수북이 쌓여 언덕을 이루고 있었다. 거대한 황금 가마솥에는 목걸이와 반지, 팔찌와 장신구들이 넘쳐났다. 황금 왕관, 황금 테이블, 과일 모양의 황금 장식품들은 말 그대로 감상용이었다. 형용할 수 없는 아름다움과 크기를 자랑하는 양탄자, 각종 산딸기와 꽃 모양의 보석이 가득 든 장식장도 있었다.

"한 움큼만 가져가도 술탄보다 부자가 되겠어."

아부가 찍찍댔다. 아부는 사과 크기의 루비를 보며 알라딘의 눈치를 살폈다.

"아부! 만지지 마! 그 어떤 것도!"

알라딘이 필사적으로 아부를 쫓아가서 꼬리를 잡아당겼다. 알라딘은 자신의 손가락을 친구에게 흔들어대며 꾸짖었다.

"우리는 램프를 찾아야 해. 그게 우선이야. 그런 다음 보상을 받으면 되는 거라고."

알라딘은 바닥에서 원숭이를 들어 올린 다음 안전하게 자신의 어깨 위에 올려두었다.

"여기 어딘가에 있을 거야……."

알라딘은 보물로 둘러싸인 길을 둘러보며 보석들에 몸이 닿지 않게 조심했다. 한 손으로는 아부가 말썽을 부리지 못하게 꼭 붙들고 있었다.

"내 생각에는 작은 기름 램프 같아. 그 노인은 분명 우리가 그걸 쉽게 가지고 나올 수 있을 거라고 생각했던 거야. 주전자, 그릇, 꽃병 등등 집에서 쓰일 만한 다른 물건들은 보이는데 램프는 아직……."

아부가 고개를 뒤로 향한 채 다시 찍찍거렸다. 이번에는 재촉하는 소리였다.

"미안해. 최대한 빨리 찾아볼게."

아부가 소리를 꽥 지르더니 알라딘의 목을 할퀴었다.

"왜 그래?"

알라딘이 뒤를 돌아보며 물었다. 뒤에는 아무도 없었다. 그저 아부가 조금 전에 중심을 잃고 넘어졌을 때 코가 닿을 뻔했던 황금 술이 달린 양탄자뿐이었다. 아까 출입문 근처에서 봤던 양탄자와 같은 것이었다. 알라딘은 다시 걸음을 옮겼다. 그런데 아부가 이내 다시 비명을 지르기 시작했다. 알라딘은 다시 뒤를 돌아보았다. 이번에도 아무것도 없었다. 양탄자 말고는.

알라딘은 양탄자를 바라보며 인상을 찌푸렸다. 그러자 갑자기 양탄자가 두둥실 바닥에서 떠오르기 시작했다. 공중에서 헤엄치는 물고기처럼. 알라딘의 눈동자가 휘둥그레졌다.

"마법 양탄자야! 엄마가 잠자리에서 이야기해주시곤 했던 마법 양탄자!"

그러고는 천천히 손을 내밀어 양탄자를 만져보았다. 양탄자는 마치 보이지 않는 산들바람이 불어오듯 앞으로 미끄러져 내려왔다. 양탄자의 옆면이 깃발처럼 휘날렸다. 알라딘은 고양이의 털을 쓰다듬듯 양탄자 표면을 쓰다듬고 만지작댔다.

"훌륭한 양탄자야. 훌륭해. 저기…… 저희가 좀 올라타도 되겠습니까?"

알라딘이 정중하게 물었다. 양탄자를 타고 램프를 찾는 편이 훨씬 빠를 것 같았다. 양탄자는 알라딘의 질문에 대답하듯 알라딘이 쉽게 올라탈 수 있도록 제 몸을 낮추었다. 한쪽 다리를 구부리고 기수를 태우는 잘 훈련된 코끼리처럼.

알라딘은 조심스럽게 발을 디뎠다. 묘한 기분이었다. 알라딘은 양반다리를 하고는 아부를 무릎에 앉혔다. 아부는 이런 상황

이 마음에 들지 않는 듯했지만 알라딘이 겁먹지 않으니 꽤 얌전히 앉아 있었다.

"우린 램프를 찾고 있어."

양탄자에게 말을 거는 것이 조금 바보가 된 기분이었지만 이내 양탄자는 날아올랐다.

"특별한…… 램프……?"

알라딘의 말에 양탄자는 마치 생각에 잠긴 것처럼 잠시 출렁거렸다. 그러더니 아무런 소리도 내지 않은 채 공중으로 높이, 더 높이 떠오르며 속도를 냈다. 이내 그들은 보물로 산을 이룬 둔덕들을 구름 속의 독수리마냥 가뿐히 미끄러져 지나쳤다. 아부는 제 작은 발톱에서 피가 날 때까지 알라딘의 팔을 부여잡았다.

보물이 가득한 수많은 터널과 통로를 지나 알라딘은 첫 번째 동굴보다 더 큰 동굴에 들어섰다. 저 멀리에 있는 벽이 잘 보이지 않았다. 전부 어둠 속에서 표류하는 것 같았다. 바닥은 한없이 잠잠하고 티 없이 맑은 물로 채워진 호수였다. 그 중앙에 솟은 것은 반들거리는 바위가 한데 모인 버섯 모양의 섬이었다. 바위들은 켜켜이 높이 쌓여 있었고, 그 바위들의 정중앙은 계단처럼 깎여 있었다. 그리고 계단의 가장 높은 곳에는 눈에 보이지 않는 저 높은 어딘가에서 내리 비치는 유일한 빛을 받으며 자그마한 청동 물체가 반짝이고 있었다. 램프였다.

양탄자는 그곳을 향해 날아가지 않았다. 대신 울타리 근처 암석이 튀어나온 부분에 살며시 착지했다. 그곳에서부터는 좁은 흙길이 이어져 있었다.

"좋아. 가보는 거야!"

그곳에는 적막감과 경외감이 감돌았다. 알라딘은 신속하지만 신중하게 발을 내딛었다. 천천히, 소리 없이 돌계단을 밟고 위로 올라갔다. 가장 꼭대기에 이르자 알라딘은 양손으로 조심스럽게 램프를 집어 들었다. 어느 집에서든 쉽게 찾아볼 수 있는 튼튼하고 투박해 보이는 램프였다.

"고작 이거?"

알라딘은 아부와 양탄자를 바라보며 미심쩍은 미소를 지었다.

"얘들아, 이걸 보렴. 고작 이것 때문에 우리가 여기까지 왔다고."

바로 그때 알라딘은 아부가 거대한 보랏빛 보석을 움켜쥐려는 걸 보고야 말았다. 아부는 황금 원숭이신의 손에서 보석을 억지로 빼내려 하고 있었다. 알라딘이 소리쳤다.

"아부! 안 돼!"

불경한 자여!

바닥에서, 공중에서, 대지에서 울려 퍼지는 소리였다.

네가 금단의 보물에 손을 대었다.

알라딘은 공포에 떨면서 아부의 자그마한 손에서 먼지처럼 녹아내리는 보석을 바라보았다. 아부는 불에 데인 듯이 비명을 질러대면서 녹아내리는 황금 조각상에서 재빨리 도망쳤다.

다시는 대낮의 광명을 보지 못하리라!

램프를 내리비추던 황금 빛줄기는 이제 핏빛으로 변해 있었다.

동굴이 흔들리기 시작했다. 알라딘은 출구를 향해 달렸다. 바위들이 그의 발밑으로 굴러떨어졌다. 계단이었던 것들이 경사로가 되어버리자 알라딘은 균형을 잡지 못하고 미끄러져 내려갔다. 동굴 전체가 흔들리며 무너지기 시작했다.

땅 밑에서부터 죽음 같은 열기가 뿜어져 나왔다. 아래를 내려다보니 동굴의 밑바닥은 더 이상 물이 아닌 용암으로 채워져 있었다. 이제 동굴은 알라딘을 저 아래 황금 핏빛으로 부글대는 용암으로 날려버릴 수도 있었다. 그때 무언가가 생각난 알라딘이 외쳤다.

"양탄자!"

알라딘은 팔다리를 마구 흔들면서 추락 속도를 늦추려고 안간힘을 썼다. 열기는 그의 다리털을 그슬렸고, 녹아내린 바위가 함성을 지르며 그를 맞이했다.

바로 그때 보드랍고 견고한 마법 양탄자가 알라딘의 몸을 받쳤다. 겨우 목숨을 건졌지만 알라딘은 안심할 틈이 없었다. 알라딘에게 달려가던 아부가 둑길의 마지막 돌 세 개를 남겨두고 오도 가도 못하고 있었다. 아부의 꼬리에서는 연기가 나고 있었다. 아부가 도움이 필요하다는 것을 감지한 양탄자가 아부에게 날아

갔다. 알라딘은 불붙은 아부의 꼬리를 잡아챘다.

양탄자가 열기를 뚫고 허공을 가로질러 속도를 냈다. 뜨거운 바람이 등 뒤로 느껴졌다. 알라딘이 고개를 돌렸다. 용암이 하나로 합쳐져서 소용돌이치는 거대한 하나의 파도를 이루더니, 당장에라도 알라딘 일행을 덮치고 모든 것을 파괴할 기세였다.

"더 빨리."

마법 양탄자는 속도를 두 배로 올리고는 동굴 입구를 향해 날아갔다. 눈 깜짝할 사이에 용암이 바짝 뒤를 쫓았다. 불덩이는 이내 문을 뚫고 쏟아져 나와, 끊임없이 화염을 토해내며 이글거렸다. 양탄자는 불길에 휩싸인 신비한 보물의 방을 하나씩 지나쳤다. 양탄자가 첫 번째 보물의 방으로 향하는 마지막 문으로 들어가자 알라딘과 아부는 함께 몸을 숙였다.

알라딘이 안도의 숨을 내쉬려던 찰나, 거대한 황금 무더기가 폭발하기 시작했다. 화염이 천장까지 치닫자 거대한 호랑이 석상을 받친 바위와 암벽들이 무너져 내렸다. 용암이 대지의 온갖 구멍 사이로 핏물처럼 솟구쳐 나왔다.

알라딘은 제 얼굴을 가리고는 양탄자에 몸을 맡겼다. 양탄자는 호랑이의 목구멍까지 이어지는, 빠르게 사라져가는 돌계단을 뒤쫓아갔다. 무너져 내리는 종유석이 양탄자의 끝부분에 내리꽂히려는 순간 이들은 거의 출입문 근처에 와 있었다. 양탄자는 바위에 부딪힌 뒤, 아래로 떨어져 내렸다. 알라딘과 아부는 몸을 날려서 호랑이의 주둥이 가장자리에 위치한 계단의 끝자락을 간신히 붙들었다. 하지만 그것을 붙들고 빠져나가기에는 동굴이 너무 심하게 흔들렸고 잔뜩 기운 채였다.

그때 마법처럼 노인이 모습을 드러냈다. 알라딘이 외쳤다.

"도와줘요."

노인이 말했다.

"램프를 다오."

알라딘은 노인의 말을 따를 수 없었다. 그건 정신 나간 짓이었다.

"버틸 수가 없다고요. 어서요! 절 잡아줘요!"

노인이 두 눈을 이글대며 재촉했다.

"램프 먼저 내놔!"

손에서 힘이 빠지고 있었다. 알라딘은 한 손으로는 필사적으로 난간을 붙들었고, 다른 한 손으로는 몸에 두른 띠에서 램프를 꺼냈다. 노인이 알라딘의 손에서 램프를 낚아챘다. 그러고는 승리한 듯 키득거리며 소리쳤다.

"옳거니! 마침내 얻었어!"

알라딘은 더 이상 노인에게만 의지할 수는 없어서 힘껏 한쪽 다리를 난간으로 올렸다. 아부가 잽싸게 제 머리를 움직여 그를 도와주었다. 그러자 노인이 난간으로 다가왔다. 위협적인 눈빛이었다. 그는 알라딘의 손가락을 자신의 지팡이로 콩콩 두드렸다.

"뭐 하시는 거예요?"

"네게 상을 주는 거지. 영원한 보상 말이다."

노인은 이제 꼿꼿이 서 있었다. 그는 무시무시한 흑색 단검을 빼들어 알라딘의 머리 앞에 들어 올렸다. 그러자 아부가 잽싸게 노인의 발을 물었다. 하지만 노인은 비명을 지르는 와중에도 용케 알라딘의 손가락을 걷어찼다. 알라딘은 다시 어둠과 용암이 있는 동굴로 굴러떨어지고 말았다.

알라딘은 무언가에 몸이 쿵 닿는 것을 느꼈다. 양탄자였다. 아부가 짧은 비명을 질렀다는 것은 양탄자가 아부 역시 구했다는 뜻이었다. 양탄자는 용암 위로 솟은 절벽으로 날아갔다.

알라딘은 자신의 머리 위에 있는 동굴의 입구를 실망스럽게 바라보았다. 호랑이 석상은 주둥이를 다물고 모래 아래에서 잠들기 전에 마지막으로 하품을 하고 포효를 했다.

그렇게 알라딘은 육지에서 수백 킬로미터 떨어진 지하 동굴에 갇히고 말았다. 여기서 나갈 방법이 없었다. 이곳에는 이제 보석도 없다. 그리고 램프도 없다.

Chapter 6

자스민 공주는 속이 부글부글 끓었다. 자스민은 주위의 시선에 개의치 않고 알라딘을 찾기 위해 궁전의 이곳저곳을 샅샅이 뒤지고 다녔다. 왕실 감옥은 물론 지하 감옥까지 뒤졌지만 알라딘은 보이지 않았다. 인내심을 잃은 자스민은 비밀 지하 감옥에도 데려다달라고 했다. 그곳은 악질적인 강간범, 반역자, 무단침입자들이 던져져서 영원히 존재가 잊히는 곳이었다. 양손에 언월도를 움켜쥔 병사 두 명이 마지못해 공주를 모시고 그곳으로 갔다. 하지만 알라딘은 그곳에도 없었다.

이쯤 되니 자스민은 병사들을 의심하기 시작했다. 라줄은 이 문제에 대해 침묵으로 일관했다.

"저는 드릴 말씀이 없습니다. 저는 자파 수상의 명에 따랐을 뿐입니다."

자스민은 몹시 화가 난 듯 울부짖었다.

"그 소년은 반역자나 스파이가 아니었단 말이야. 그냥 소년이었다고. 나에게 아그라바를 구경시켜준 무고한 자란 말이야!"

자스민은 거의 이성을 잃은 듯 발로 바닥을 쿵쿵 내리쳤다. 라줄은 아무 말도 하지 않았다. 하지만 그녀의 마지막 말에 그의 눈빛은 잠시 흔들렸다.

"내가 자파를 만나 직접 문제를 해결하지."

자스민은 재빨리 마음을 가다듬고는 발걸음을 옮기며 말했다. 라줄이 그녀의 뒷전에 대고 말했다.

"뜻대로 하십시오, 공주 마마."

하지만 그의 목소리에서는 안도감이 느껴졌다.

몇 시간이 흘렀지만 자스민은 아버지의 교활한 수상을 찾지 못했다. 자스민은 자파가 일부러 자신을 피해 다니며 그녀의 화를 북돋우고 있다고 생각했다. 자스민은 아버지를 정식으로 찾아가 공주답게 요구해야겠다고 마음먹었다.

"분명 서재에 계시겠지."

자스민은 복도를 걸어갔다. 숱 많은 그녀의 검은 머리카락이 머리끈에서 빠져나왔다. 장터와 쥐떼거리마을에서 진땀을 뺐으니 머리가 헝클어질 만도 했다. 땀은 이미 다 말라버렸지만 찝찝

함이 가시지 않았다.

자스민은 거대한 서재로 향하는 정교한 문을 홱 열어젖혔다. 그곳은 어머니가 돌아가신 뒤에 아버지가 거의 대부분의 시간을 보내는 곳이었다. 자스민은 아그라바 모형의 시계장치가 놓인 테이블을 지나며 한숨을 내쉬었다. 이 작은 물시계는 실제로 작동했다. 작은 태양과 달이 하루 동안 뜨고 진다.

자스민은 천장에 걸려 있는 색색의 비단 연에 눈이 휘둥그레졌다. 머나먼 동방 국가에서 구입한 것들로 용의 형상을 하고 있었다. 자스민은 아버지가 최근 즐기는 장난감이 머나먼 서방 국가 어딘가에서 온 것임을 알게 되었다. 자스민은 아버지를 놀라게 하지 않으려고 예의를 갖춰 그를 불렀다.

"아바마마."

자스민은 이를 악물고 조급한 마음을 애써 억눌렀다.

"오, 자스민!"

그는 비대한 몸집의 땅딸보 노인이었다. 그의 수염은 머나먼 산꼭대기에 쌓인 눈처럼 새하얗게 보였다. 그는 자스민의 엄마와 결혼할 때도 나이가 많았다. 터번에는 매끈한 원형 루비와 청색 깃털이 달려 있었다. 그의 옷자락에는 황금이, 몸의 띠에는 터키옥이 박혀 있었다.

술탄이 의심쩍은 표정으로 자신의 딸을 안으로 들였다. 자스민의 바지는 먼지를 뒤집어썼고 발목 부위는 찢어져 있었다. 띠는 삐딱했고, 당연히 윗옷도 살짝 삐뚤어져 있었다.

"딸아, 괜찮니?"

자스민이 깊이 한숨을 내쉬며 얼굴 주위의 머리카락을 매만
졌다.

"아니요, 아바마마. 다 괜찮지는 않습니다. 제가 어젯밤 몰래
궁을 빠져나갔었거든요."

"자스민!"

아버지가 다그쳤다. 그녀는 숨을 다시 깊게 내쉬고는 말을 이
었다.

"그런데 자파 수상이 병사들을 시켜서 소년을 잡아갔어요. 장
터에서 손목이 잘려나갈 뻔했던 저를 구해준 소년인데."

술탄이 눈을 끔벅거렸다. 자스민이 다시 큰 소리로 말했다.

"자파 수상이…… 병사들을 시켜서…… 소년을…… 잡
아……."

"네 손목을 잘라간다고……?"

왕으로서의 분노와 아버지로서의 비명 중간이었다. 자스민은
아직 떨어져나가지 않은 손을 아무렇지 않게 흔들었다.

"아니요."

그러고는 잠시 고민하다가 말했다.

"핵심은, 그 소년이 절 구했다는 거예요."

"자파가 그랬다고?"

"아니요, 그 소년이요."

자스민은 더는 조급함을 감추지 못하고 털어놓았다.

"어떤 소년이요. 이름도 모르는 소년이 제 손목을 자르려는 상인을 저지했고, 나중엔 제게 아그라바를 구경시켜주었어요. 그런데 자파 수상이 그를 잡아다가……."

"넌 경호대도 없이 궁을 나간 거냐? 그게 자파가 그 소년을 체포한 이유인지도 모르지."

자스민이 이를 악물며 대꾸했다.

"하지만 저를 해치지 않았다고요. 저를 도와주었어요. 상을 받아 마땅한데 옥에 가두다뇨! 게다가 그 소년을 찾을 수가 없어요. 걱정이 돼요."

술탄은 잠시 말없이 딸을 바라보았다. 그러고는 마침내 입을 열었다.

"흠, 누군가가 붙들려왔다는 보고를 아직 받지는 못했구나. 하지만 즉시 자파와 이야기해보마."

"감사해요."

자스민이 고개를 숙이며 답했다.

"그리고 네가 경호대 없이 궁을…… 도망쳐나간 것에 대해서 이야기해보자꾸나……."

술탄의 말에 자스민이 쏘아붙였다.

"제 생각에 그건 별개의 일인 것 같네요. 보아하니 자파 수상이 제 일거수일투족을 꿰고 있는 듯하니까요."

"오, 그렇지. 그건 자파에게 감사해야겠구나. 네 안위를 보장할 수 있으니."

"무엇을 감사한다고요, 폐하?"

자파가 방에 들이닥치자 자스민은 수상을 노려보았다. 오전 내내 그를 찾았을 때는 보이지 않다가 연락이라도 받은 듯, 갑자기 모습을 드러내다니.

그는 평소처럼 머리끝부터 발끝까지 검은색과 붉은색으로 갖춰 입었다. 사막 도시인 아그라바가 지금 한여름이 아닌 것처럼 웃옷의 흰 깃을 높게 세우고 끝이 뾰족한 어깨 망토까지 두르고 있었다. 그는 긴 지팡이를 두드렸다. 코브라 머리에 사악한 두 눈이 박힌 것이었다. 누군가에게는 위협적이었지만 자스민에게는 과장되고 우스꽝스럽게만 보였다.

그나마 그 얼빠진 앵무새는 주위에 없었다. 다른 사람들은 그 맹랑한 새가 으스대는 꼴을 높이 평가할지도 모른다. 하지만 그 녀석은 제 주인이 제정신이 아님을 나타내는 또 다른 징표일 뿐이었다. 그 알록달록한 녀석은 하루 종일 자파의 어깨 위에 앉아 있거나 이따금씩 제 주인이 건네는 과자 부스러기를 받아먹었다. 궁전이나 도시의 그 누구도 앵무새에 대해 입도 뻥긋하지 않았다.

자스민이 팔짱을 끼며 다그쳤다.

"소년을 어떻게 한 거죠?"

"네?"

자파는 진심으로 어리둥절한 듯했다.

"당신이 잡아들인 소년 말이에요!"

"아, 그자. 가만있어보자. 지금쯤 죽었을 겁니다. 하지만 저는 그보다 훨씬 중요한 일로 이 자리에 왔습니다만."

"죽었다고?"

"네, 죽었지요. 공주님께 손을 댔다는 죄목으로 사막에 데려가서 처형했습니다."

자파가 성가시다는 듯 손으로 떨쳐내는 시늉을 했다. 술탄이 따졌다.

"누가 자네에게 처벌을 내려도 된다고 허락했지?"

자스민은 거의 아무것도 귀에 들어오지 않았다. 소년을 안 지 하루도 채 지나지 않았다. 하지만 눈매와 얼굴이 샅샅이 기억났다. 웃으면 쉽게 잔주름이 잡히던 눈매와 커다란 갈색 눈망울까지도. 그의 왼쪽 인중에 있는 작은 상처와 웃을 때마다 쓸어넘기던 머리카락까지도. 하지만 이제 모두 사라졌다. 모래로. 자신 때문에.

자파가 말했다.

"입 다물어. 아무짝에도 쓸모없는 땅딸막한 노인네 같으니. 난 쥐떼거리 녀석의 운명을 이야기하러 이곳에 온 것이 아니야."

자스민의 아버지는 말없이 그를 노려보았다. 누구도 술탄을 그렇게 대하지 않는다. 하지만 그런 시선에는 아랑곳하지 않고 자파가 말했다.

"난 당신의 시대가, 아쉽지만 끝났다는 것을 알려주러 왔네."

술탄이 경고했다.

"말 조심하게!"

자파가 느릿느릿 자신의 말을 이어갔다.

"내 말은, 당신의 시대는 끝이 났다는 거지. 나의 세상이 도래하고 있어."

술탄이 폭발했다.

"그게 무슨 말이냐!"

그의 얼굴은 붉으락푸르락해졌고, 양손은 꽉 움켜쥔 채였다. 자스민은 정신을 차리고 집중하려고 애썼다. 소년의 일로 충격이 가시지 않았지만 석연치 않은 일이 눈앞에서 벌어지고 있었다.

자파가 과장되게 어깨 망토 안으로 손을 넣어 무언가를 꺼냈다. 찌그러진 낡은 놋쇠 램프 같았다. 술탄이 호기심 어린 표정으로 물었다.

"오늘이 내 생일이오?"

술탄이 어리둥절해하며 말했다. 자스민 역시 처음에는 어리둥절했지만 이내 공포감이 스멀거리며 그녀를 일깨웠다. 자스민의 유모는 마법의 요정과 사막 깊숙이 도사린 것들에 대해 들려준 적이 있었다. 또한 자스민은 전설에 대해 책으로도 많이 읽었다. 램프 바닥에 새겨진 문자는 고대의 것이었다. 아주 오래전에 새겨진.

자스민은 전설 속으로 들어온 것만 같았고 자파는 그녀가 예상하는 일을 하려고 했다. 자파는 자신의 소매 끝자락으로 램프를 문지르기 시작했다.

처음에는 아무 일도 일어나지 않았다. 자스민은 참고 있던 숨을 내뱉었다. 조금 지나자 푸른색 연기가 램프 주둥이에서 빙글빙글 새어나오기 시작했다. 술탄은 램프 가까이 다가가 살펴보았다.

"안 돼, 안 돼요."

자스민이 속삭였다. 불붙은 벌집에서 벌떼가 빠져나오듯 순간 더 많은 연기가 램프에서 뿜어져 나왔다. 자파는 들고 있던 램프를 자신의 몸에서 멀리 떨어뜨렸다. 술탄이 화들짝 놀라서 뒤로 물러섰다. 램프는 불꽃을 튀기며 마구 흔들렸다. 작은 번개들이 튀어나와 소음을 내기 시작했다. 아니, 무언가가 비명을 지르기 시작했다. 램프에서 줄무늬가 있는 푸른 무언가가 툭 튀어나오더니 정신 나간 강아지마냥 방 안을 이리저리 뛰어다녔다. 그건 날아다닐 수도 있었다. 자스민은 돌아서서 얼굴을 가렸다.

"마아아아아아안안안세에에에에!"

비명은 차츰 인간다운 소리로 바뀌었다. 푸른 덩어리들이 잠잠해지고 몸집이 커지더니…… 인간이 되었다. 아니, 절반짜리 인간이었다. 거대한 푸른색의 인간 형상은 금귀고리에 노예의 금색 손목띠를 둘렀다. 금색 가죽 끈으로 동여맨 검은 뒷머리를 제외하고는 머리가 벗겨졌고, 수염은 끝부분이 말려 올라갔다. 아몬드 모양의 두 눈은 반짝거렸다.

그의 하반신은 연기에 휩싸여 있었다. 그가 우레 같은 목소리로 외쳤다.

"1만 년이라니! 난 1만 년 동안 램프에 갇혀 있었어!"

자파가 느끼한 미소를 지으며 말했다.

"지니, 지니, 나는……."

지니가 더욱 정상적인 목소리로 기지개를 켜고 웃으며 말했다.

"밖에 나오니 기분이 좋네!"

지니가 빙글빙글 돌며 주위의 공기를 느꼈다.

"아무런 소식도 없이 1만 년을 보내는 기분이 어떤지 아시오? 아니면……."

자파가 말을 끊었다.

"지니, 나는 그대의 주인이다. 말조심하라."

지니가 숱 없는 머리카락을 매만지고 허리띠를 제대로 두르며 말했다.

"자신이 뭘 원하는지 아는 분이 여기 계시는구먼! 내게 털어놓으시오, 주인님!"

자스민이 문 쪽으로 슬금슬금 다가갔다. 그녀의 시선은 넋 나간 듯 지니를 향해 있었다. 자스민은 문고리를 슬그머니 밀어보았다. 움직이지 않았다. 이번에는 가볍게 문을 흔들어보았다. 잠겨 있었다. 바깥에서. 분명 자파의 짓일 것이다.

"난 자네에게 세 가지 소원을 빌 수 있지, 그렇지?"

자파가 묻자 지니는 무언가를 뚝딱거리더니 이내 학자의 옷을 걸치고 나타났다. 그러고는 똑똑한 척, 고상한 척하며 손가락으로 무언가를 세기 시작했다.

"물론이지요. 그런데 몇 가지 조건과 대가들이……."

자파가 끼어들었다.

"좋아, 좋아. 그렇든 말든. 지니, 내 첫 번째 소원은 저 높은 곳에서 통치하는 것, 술탄이 되는 거야."

자스민은 입이 떡 벌어졌다. 술탄은 아연실색한 듯했다. 지니는 이들의 반응을 눈치채고는 낮게 휘파람을 불었다. 그러고는 술탄에게 중얼댔다.

"미안하네, 친구. 나도 어쩔 수가 없다고. 보아하니 당신의 시대는 끝난 것 같군."

푸른 연기가 번뜩이자 실내가 어둑해졌다. 창문 밖으로 해가 졌다. 그리고 당장 폭우가 몰려올 듯했다. 묘한 기운이 실내를 가득 메웠다. 자스민은 머리털이 쭈뼛 서는 듯했다.

술탄의 터번이 날아가 버렸다. 술탄은 터번을 붙들기 위해 이

리저리 뛰어다니며 외쳤다.

"망할 자식! 이게 무슨 계략이냐! 자파! 이 말도 안 되는 일들을 즉시 멈추어라! 명령이다!"

자스민은 이를 갈았다. 아버지는 무슨 일이 벌어지고 있는지 이해하지 못하고 있었다. 아그라바 최고 통치자로서의 지위가 너무나도 익숙한 그였기에, 자신의 지위를 흔들 만한 일에 대해서는 상상조차 하지 못했다. 술탄은 아직도 자신이 수상에게 명령을 내릴 수 있다고 믿고 있었다.

자스민은 다시 문고리를 흔들어댔지만 소용없었다. 하지만 어떻게든 그곳에서 빠져나와야 했다. 자파가 이미 나라를 차지하겠다고 소원을 말한 이상, 남아 있는 두 가지 소원도 가관일 것이 뻔했다.

"술탄, 이제는 내 명령이 먼저요."

자파가 낄낄댔다. 연기가 자파 주위를 휘감고 술탄을 에둘렀다. 자스민의 눈앞에서 그녀의 아버지는 이내 흰색과 황금색인 술탄의 옷이 벗겨지고 속옷만 걸친 차림이 되고 말았다. 그동안 자파는 소용돌이치는 연기 속에서 가장 좋은 옷으로 바꿔 입으며 낄낄댔다. 자파는 이내 술탄과 자스민에게 외쳤다.

"내게 절하라."

자파가 광기 어린 눈빛으로 자스민을 쳐다봤다.

"너한테 절하는 일은 없어. 넌 가짜야!"

술탄이 바닥에 침을 뱉었다. 자파는 분노에 휩싸여 얼굴을 붉혔다.

"술탄 앞에서 절하지 않겠다면 마법사 앞에서 벌벌 떨어야겠지. 지니!"

이들을 조용히 지켜보던 지니는 푸른 연기를 꼬리처럼 감고 불안하게 쿵쿵대며 나타났다.

"나는 세상에서 가장 힘센 마법사가 되고 싶다."

지니는 눈이 휘둥그레졌다. 지니는 제 주인이 얼마나 끔찍한 짓을 저지를 참인지 깨달은 듯했다. 그는 자신이 하려는 일이 부끄러운지 고개를 돌린 채 손가락 하나를 자파에게 향했다.

푸른 물결구름과 작은 번개가 지니의 손가락 끝에서 솟았다. 지옥 같은 붉은 화염이 그의 사지에 옮겨 붙다가 자파의 두 눈에 들어갔다. 이제 자파는 더 이상 술탄의 하얀 옷을 걸치고 있지 않았다. 그의 옷은 너무도 어두워서 실제 존재하는 색깔이 아닌, 마치 허공을 보는 것 같았다. 그의 터번은 기이한 형태로 각이 져 있었다. 코브라 지팡이는 마치 살아 있는 것처럼 구불대다가 날카로운 흑단으로 굳어버렸다.

"비참한 굴욕이라……."

자파가 지팡이로 자스민과 그녀의 아버지를 가리켰다. 자스민은 바닥으로 밀쳐진 뒤 무릎을 꿇고 자파 앞에 엎드려 있었다. 옷도 제대로 입지 못한 그녀의 아버지는 굴욕감 속에서 울부짖고 숨을 헐떡였다. 자파가 아무렇지도 않게 지팡이를 흔들며 말했다.

"그리고 마지막으로, 나의 세 번째 소원."

마법처럼 자스민의 몸이 일으켜 세워졌다. 그녀는 양손을 공손히 포개고 서 있었다.

"자스민 공주가 나와 열렬히 사랑에 빠지게 해주시오."

방 안에 있던 모든 이가 충격에 휩싸여 할 말을 잃었다. 심지어 지니마저도. 자스민의 아버지가 분노에 차서 소리쳤다.

"안 돼!"

자파가 낄낄대며 기다렸다. 자스민은 자신의 감정을 가만히 느껴보았다. 감정이 달라지는가? 자파가 어떻게 느껴지는가? 구역질하고 싶단 느낌이 되살아났다. 자파의 의기양양함이 서서히 혼란스러움으로 바뀌었다. 지니가 조용히 기침을 해댔다.

"세상에서 가장 고귀하시고 위대하신 마법사님께서 제 말을 끊으셔서 말씀을 드리지 못했지만, 세 가지 소원을 들어드리는 데는 몇 가지 조건이 따르고 두 가지 대가가 있습니다."

지니는 공중에 몸을 걸치고는 자신의 푸른 연기를 차분히 앞뒤로 움직여댔다. 자파는 아무 말도 하지 않았다. 하지만 자스민은 그의 입꼬리가 분노로 실룩대는 것을 알아챘다.

"자, 학생분들, 마법에는 기본 규칙이 있지요. 들어보세요. 규칙 1, 나는 살인을 하지 않습니다. 규칙 2, 나는 누군가를 사랑에 빠지게 할 수 없습니다."

지니는 자파를 힐끗 보고는 자스민에게 다정한 윙크를 날렸다.

"세 번째 규칙은 당신에게 해당될 것 같진 않군요. '내가 끔찍한 실수를 저질렀으니 그를 죽음에서 되살려내시오'라고 요구할 것 같진 않거든. 난 죽은 사람을 되살릴 수 없소."

술탄은 마음이 놓인 듯했다. 그는 딸 옆에 서서 그녀의 팔을 꽉 붙들었다. 그렇다고 마음 놓을 단계는 아니었다. 자파는 실망에는 익숙지 않은 사람이니까.

자파는 입술을 꽉 깨물고 심호흡을 했다.

"못 하는 게 있는 지니 따위가 무슨 소용이지?"

지니가 불쾌하다는 듯이 맞섰다.

"저기…… 이봐요……."

"내가 진짜 힘이 뭔지 보여주지. 두고 봐, 지니!"

자파가 망토를 벗어던지고 앞으로 나아갔다. 자스민의 두 손목에 황금 족쇄가 채워졌다. 그녀의 아버지도 마찬가지였다. 자스민은 자파 뒤로 질질 끌려갔다. 지니가 몸을 앞으로 숙이며 아버지와 딸에게 속삭였다.

"미안하네. 당신들은 착한 커플 같은데."

자스민이 받아쳤다.

"술탄은 제 아버지예요!"

"오, 이런, 미안해서 어쩌나. 이런 일이 종종 있어서, 알잖아!

늙은 왕과 어린 소녀. 아주 나이 차이가 많이 나는 연상연하 커플도 있고. 그러니 날 너무 나무라진 말아줘."

자스민이 얼굴을 찡그렸다.

"적어도 내 뜻과 상관없이 누군가와 결혼할 일은 없어졌네요. 심지어 자파라도 말이죠."

지니가 능글맞게 귀띔했다.

"그건 그렇지. 하지만 '뒤끝 작렬' 사내에게 틈을 보이지는 말아야지? 사랑을 강요하는 것과 결혼을 강요하는 것은 법적으로나 마법적으로나 완전히 다른 거거든."

일리 있는 말이었다. 자스민은 입을 꾹 다물었다.

자파는 대테라스로 향했다. 그들이 복도를 지나는 동안 물건들은 미묘하거나 어쩌면 미묘하지 않은 방식으로 마법사의 취향에 맞게 변하기 시작했다. 꽃들은 사라지거나 시들었고, 장식용 그림은 검게 변하거나 들쑥날쑥한 형태가 되었다. 심지어 그들이 발을 디딘 바닥도 덧칠한 오닉스처럼 검게 빛났다.

자파는 대테라스의 커튼을 열어젖히고 그곳으로 미끄러져 올라갔다. 그런 다음 손짓을 하자 지니가 자스민과 그녀의 아버지에게 저리로 가라는 시늉을 했다. 그들은 기이한 4인조였다. 헐벗은 술탄, 푸른 지니, 족쇄를 찬 자스민, 권력을 과시하는 자파.

테라스에서 내다보이는 광장으로 온 도시 사람들이 몰려들었다. 하늘은 폭풍우가 임박했음을 알리듯 매섭게 소용돌이쳤고 번

개가 저 멀리서 번뜩였다. 자파가 미소를 지었다. 그의 금니 하나가 요상한 빛을 내며 번뜩였다. 그가 지팡이를 쳐들고는 광장에 모여든 아그라바 사람들이 잠잠해질 때까지 침착하게 기다렸다.

"아그라바의 시민들이여!"

자파가 소리치지 않는데도 그의 말은 모든 건물을 통해 메아리쳤다.

"드디어 그대들이 이전 술탄의 밑에서 견뎌야만 했던 고통이 끝났소."

자스민은 이런 모욕에 아버지가 어떤 반응을 보일지 힐끔 살펴보았다. 그는 진심으로 놀란 듯했다. 이틀 전이었다면 그녀 역시 아버지처럼 반응했을 것이다. 하지만 그녀는 이미 누더기를 걸친 굶주린 아이들을 보았다. 그리고 도적들이 무리를 지을 수밖에 없는 것은 먹고살 방법이 그것뿐이기 때문이라는 것도 알아버렸다. 그녀는 좀도둑질로 연명하는 소년과 함께 한나절을 보내지 않았던가.

"궁정 병사들, 놀랍도록 훌륭한 지니, 그리고 자스민 공주의 도움으로…… 나 자파는 이제 아그라바의 새로운 술탄이 되었노라. 이제부터 나는 그대들의 모든 필요에 귀를 기울일 것이다."

저 아래 군중이 웅성대기 시작했다. 누군가가 입가에 두 손을 나팔처럼 대고 소리쳤다.

"그런 말은 이전에도 들었소!"

"맞아요! 결혼식 때, 새 왕비께서는 수십 년간 번영할 거라고 약속하셨소!"

군중이 소리쳤다. 자스민은 숨이 막혔다. 엄마가 그런 말씀을 하셨다고?

"내 말을 의심하는 거요?"

자파가 말했다. 자스민은 그의 말투가 마음에 들지 않았다. 절대적인 마법의 힘을 갑작스레 갖게 되었다고 해서 갑자기 그의 폭력적인 성향이 사라지는 것은 아니었다. 그가 팔을 다시 높이 쳐들어 코브라 지팡이를 휘둘렀다. 자스민과 그녀의 아버지가 뒷걸음쳤다.

"자, 술탄으로서 나의 신의를 증명하기 위해 첫 번째로……."

자파가 지니를 노려보았다. 일련의 사건을 경험하며 적잖게 충격을 받은 지니는 혼란스러운 듯 손가락을 꼼지락댔다.

번개가 치고 구름이 두 동강 나더니 비가 쏟아졌다. 그런데 비가 좀 달라 보였다. 황금 비였다. 하늘에서 작은 금화가 쏟아져 지붕과 조약돌 위에서 딸랑거렸다. 군중이 환호했다. 사람들은 낄낄대며 동전 줍기에 바빴다. 자스민은 그 광경을 차마 보지 못하고 고개를 돌려버렸다.

한바탕 소란이 있은 후 사람들은 마침내 환호성을 지르기 시작했다.

"만수무강하소서, 자파!"

자파는 자신의 뒤에 서 있는 자스민과 술탄 그리고 지니를 바라보았다. 그는 한 손을 늙은 술탄의 가슴에 대고는 비웃으며 말했다.

"자, 보았는가? 이것이야말로 진짜 권력일세."

그런 다음 술탄을 발코니 밖으로 밀어버렸다.

Chapter 7

사막 깊은 곳에서 알라딘은 흙을 파헤치고 있었다. 그는 모래를 파헤치고 바위를 옮겼다. 미끄러운 자갈더미를 옆으로 밀친 다음 또다시 파헤쳤다. 이러기를 이틀째. 웬만큼 심지가 굳세지 않고서야 포기하고 말았을 것이다.

알라딘은 목이 타서 혀가 부었고 아무것도 삼킬 수 없었다. 너무 굶주려서 앉을 힘도 없었다. 너무도 지쳐서 잠들었는지 깨었는지조차 분간하지 못하게 되었다. 주위에는 흑암이 가득했고 붉은 용암은 저 아래서 이따금씩 번뜩일 뿐이었다. 하지만 알라딘은 희망을 버리지 않았다. 목숨이 다하는 순간까지 희망의 끈을 놓지 않았던 엄마의 투지가 그의 피에도 흐르고 있었던 것이다.

게다가 알라딘은 대부분의 사람들이 갖지 못한 두 가지를 덤으로 가졌다. 하나는 작은 원숭이 아부. 사실 이 녀석이 크게 도움이 되는 것은 아니었다. 하지만 아부는 알라딘이 정신줄을 놓지 않게 해주었고 전진해야 할 이유가 되어주었다.

다른 하나는 마법 양탄자였다. 이건 꽤 쓸모가 있었다. 양탄자는 길을 가로막는 돌무더기를 깔끔히 치우고 장식 술로는 틀어박힌 바위를 빼냈다. 알라딘이 쉴 때는 몸을 둘둘 감아주기도 했다.

알라딘은 흙을 퍼내며 잡생각을 떨쳐버리려고 했다. 때로는 정신 나간 사악한 노인이 떠올랐다. 그는 왜 자신을 죽이려 했을까. 알라딘이 이해할 수 없었던 것은, 노인이 그토록 원했던 물건을 손에 넣은 순간 왜 알라딘을 죽여야겠다고 판단했는지였다. 노인은 원하는 걸 얻었고, 알라딘이 노인에게서 램프를 빼앗아갈 것도 아니었는데 말이다. 그에게는 분명 다른 꿍꿍이가 있었다. 이 동굴을 빠져나가는 순간 알라딘은 그 수수께끼를 파헤치기로 했다.

알라딘은 또다시 자스민 공주를 떠올렸다. 자신의 눈을 바라보던 그녀의 눈망울, 구걸하던 아이들을 바라보던 그녀의 눈을 떠올렸다. 단번에 그가 사는 세계를 이해했던 그녀였다. 여신이자 여전사처럼 장대 끝을 잡고 하늘에서부터 내려오던 모습도 떠올렸다. 이 모든 기억들이 자신의 부르튼 손가락과 모래처럼 퍼석거리는 입안을 잊게 해주었다.

이튿날 밤, 어쩌면 셋째 날 중턱인지도 모른다. 알라딘은 눈을 치켜뜨고 계속 땅을 파다 어디에선가 빛이 새어들어 오는 것을 느꼈다. 노란 빛. 밝은 빛. 몇 분 동안 바위를 옆으로 밀쳐내고 모래를 긁어냈다. 개미 구멍보다도 작은 미세한 구멍이, 동굴이 게슴츠레 빨아들이던 햇빛을 걸러내고 있었다. 알라딘은 흥분해서 외쳤다.

"햇살이 보여!"

알라딘은 좀 더 빨리 모래를 뒤적이고 좀 더 느슨하게 박힌 돌을 빼내면서도 너무 흥분해서 모래 사태를 일으키지 않도록 주의했다. 손톱으로 모래를 필사적으로 파헤친 끝에야 알라딘의 머리와 어깨를 쑤셔 넣을 만큼의 구멍이 생겼다. 젖 먹던 힘까지 다해 마지막으로 흙더미를 밀쳐내자 빛이 나타났다.

눈부시게 새하얗고 새파란 하늘 아래 알라딘은 눈을 깜박였다. 그러고는 이글대는 사막의 태양 아래서 미친 사람처럼 웃기 시작했다. 얼굴에 느껴지는 열기에 자신이 살아 있음을 실감했다. 작열하는 태양 아래 아부와 마법 양탄자가 알라딘 옆에 널브러져 있었다. 알라딘은 아부와 양탄자를 그러안으며 행복하게 외쳤다.

"얘들아! 우린 살았어. 자, 집에 가자."

양탄자가 몸을 쭉 펴는 바람에 알라딘은 천에 말려 올라갔다.

"아그라바! 아그라바로 데려다줘!"

양탄자가 공중으로 떠올라 동쪽으로 향했다. 알라딘은 눈에 힘을 주고 해안선 너머에 있는 아그라바의 정경을 바라봤다. 성곽은 낡았고 풍경은 상상을 초월할 정도로 먼지가 수북했다. 이건 꿈이 아니었다. 보드라운 바람이 알라딘의 얼굴을 쓰다듬었고 금빛 모래가 물처럼 그들 아래를 스치고 지나갔다.

양탄자가 낙타 쉼터에 멈춰 섰다. 양탄자가 갑작스럽게 멈추는 바람에 알라딘은 중심을 잃고 낙타 여물통에 첨벙 빠지고 말았다.

"양탄자, 무슨 말을 하려는 거야?"

아부는 이미 양탄자에서 내려와 물을 벌컥대고 있었다. 알라딘도 갈증을 느끼며 물통을 꺼내 달콤한 생수를 목구멍으로 바로 들이부었다.

알라딘은 손등으로 입을 닦고 나서야 그곳에 있는 사람이 자신뿐임을 알아차렸다. 알라딘은 수상하다는 듯 주위를 둘러보았다. 물통을 가득 채우고 떠날 준비를 하는 카라반과 낙타 떼도 보이지 않았다. 굶주리고 지친 여행객들에게 페스트리를 팔려는 행상인도 없었다. 방금 도착한 사람들에게 자신들의 숙소에 머물라며 호객 행위를 하는 행상인이나 자신들의 땅에 천막을 치는 사람들도 눈에 띄지 않았다.

"흠…… 좋아……. 가서 뭘 좀 먹자. 하지만 뭔가 미묘하게……."

알라딘은 손가락을 빙글빙글 돌렸다. 그러자 마법 양탄자가
말끔히 말리더니 알라딘의 왼쪽 어깨에 편히 내려앉았다. 아부
가 뛰어올라 주인의 오른쪽 어깨로 옮겨갔다. 이들은 텅 빈 도로
를 터덜터덜 걸어갔다.

셋이 도심을 한참이나 걸어들어 갔지만 거리는 여전히 한산
했다. 사막 바람이 구슬프게 불어와 버려진 가판대와 집 그리고
광장을 스쳐지나 갔다. 저 먼 곳에서 무슨 소리가 들려왔지만 분
간하기 어려웠다.

아그라바는 원래 조용한 도시가 아니었다. 늘 누군가가 목소
리를 높이곤 했다. 상인은 물건을 파느라, 누더기를 줍는 사람들
은 묵을 곳을 찾느라, 엄마는 아이를 꾸짖느라, 남편과 아내는
서로에게 으르렁대느라 그랬다. 그렇다고 분노가 서려 있는 경
우는 거의 없었다. 그저 이곳 사람들의 소통 방식이 그러할 뿐이
었다.

알라딘은 휘파람이라도 불어서 허공을 어떤 소리로든 메워보
고 싶은 충동이 일었지만 애써 참았다. 시내에 도착해서야 인적
을 찾아볼 수 있었다. 사람들이 뛰어가고 있었다. 그들은 중앙광
장으로, 궁전으로 향하고 있었다. 알라딘이 한 사내의 어깨를 붙
들며 물었다.

"저기요! 어디 불이라도 났나요?"

사내는 어리둥절한 듯이 검은 눈알을 끔벅이며 그를 바라보았다.

"못 들었소? 새로운 술탄님을 위한 거대한 행렬이 있잖소. 난 가야 한다고. 행렬을 놓치고 싶지 않단 말이오!"

"새로운 술탄? 무슨 일이지?"

"이전 술탄은 떠나셨어. 만수무강하소서, 자파시여!"

사내가 외쳤다. 그러고는 알라딘의 손을 뿌리치고 궁전이 있는 쪽으로 재빨리 달려갔다.

"떠나셨다?"

알라딘이 어리둥절하여 다시 중얼댔다. 일주일 전이었다면 술탄에게 무슨 일이 생기든 말든 별로 신경 쓰지 않았을 것이다. 어쩌면 술탄이 바뀐 것에 조금은 기뻐했을지도 모른다. 새 술탄이 누가 되든 이전보다 못하기도 어려울 테니까. 하지만 자스민 공주를 만나버렸다. 그는 자스민의 아버지다. 그녀에게는 다른 누구도 없다. 그러니 자스민의 아버지가 더 이상 술탄이 아니라면 그녀는 이제 어떻게 되는 걸까.

알라딘은 그 사내와 같은 방향으로 달리기 시작했다. 그를 따라가다 보면 질문에 대한 답을 조금 찾을 수 있을지도 모른다. 적어도 물어볼 사람이 더 생길 수도 있다.

알라딘이 바람이라고 생각했던 소리는 사실 군중의 웅성거림이었다. 군중은 떼로 노래를 불렀다. 알라딘의 은신처로 통하고 궁전의 끝자락으로 이어지는 바로 그 골목을 따라 내려가니 아그라바 역사상 가장 웅장하고도 기묘한 행렬이 펼쳐졌다. 음악소리는 귀청이 떨어질 정도로 크게 사방에서 울려 퍼지고 있었다. 그 가운데 다채로운 옷을 입은 사람들이 술탄이 했을 법하지 않은 업적을 읊어대며 술탄을 칭송하는 노래를 하고 있었다. 군중 가운데 몇몇은 이를 따라 부르고 있었다. 이미 가사를 알고 있었던 듯했다. 그저 이상하다고 생각하고 넘어가기엔 찝찝한 구석이 있었다.

불을 먹는 남자와 곡예사가 공연을 했다. 이들은 광기 어린 미소를 띠고 눈에 불꽃을 이글대며 곡예를 했다. 이들이 불타는 검을 삼키고 연기를 뿜어내자 군중은 감탄사를 뱉어냈다. 그들 뒤로는 백 명쯤 되는 사내가 빛나는 검은 제복 차림으로 한 치의 오차도 없이 발맞추어 딱정벌레 떼마냥 행진했다. 그들은 검을 드는 대신, 마치 천국에서 당장 전사들이 내려올 것임을 알리듯 은색 시스트룸(고대 이집트에서 유래한 타악기로서, 손잡이를 잡고 흔들면 U자형의 프레임 사이에 끼운 금속 막대의 고리가 프레임에 부딪혀 짤랑거리는 소리를 낸다-옮긴이)을 잡고 흔들었다.

제복을 입은 사내들 뒤로는 은색 언월도로 곡예를 부리는 한 무리의 사람들이 있었다. 그들의 검은 너무도 날카로워서 하늘을 베어버릴 것만 같았다. 검을 휘두르는 솜씨가 놀라웠다. 뒤에는 몸을 거의 드러낸 수십 명의 소녀들이 춤을 추며 다가왔다. 아

름답고 육감적이며 우아했다. 이들은 이상하게 닮은꼴을 하고 있었다. 입만 웃고 눈은 웃지 않는 것이 하나같이 똑같았다. 알라딘은 이 소녀들을 보자 언월도 무리와 불을 먹는 남자에게서 느꼈던 것과 같은 불편한 느낌이 다시 감돌았다.

알라딘이 예리한 눈으로 그들의 발아래를 자세히 살폈다. 그곳에는 궁전을 완벽히 재현하여 금박을 입힌 모형이 굴러가고 있었다. 그것은 순금인 듯했고 말들에게 끌려가고 있었다. 자스민을 닮은 인형을 포함해 작은 태엽장치 모형들이 작은 발코니에서 돌아가고 있었다.

그다음에는 거대한 알비노(몸에서 색소를 합성하는 효소에 문제가 있어 신체 전반이 하얀 동물-옮긴이) 무리가 나아갔다. 꽤나 요상한 장면이었다. 뒤이어 나온 동물들이 일반적으로 행진에 쓰이는 종들이 아니었기 때문이다. 예를 들어 악어와 공작새가 행렬에 모습을 드러냈다. 이들을 다루는 사육사와 채찍, 가죽 끈도 보였다. 하지만 이 모든 게 축제 행렬과 어울리지 않았다.

그러고는 코끼리가 등장했다. 역시 범상치 않았다. 코끼리들은 거대했다. 바다 건너 서쪽 정글에서 온 것보다 덩치가 컸다. 그리고 모두 인간의 키보다 길게 뻗은 송곳니가 있었다. 그 중에는 상아를 네 개나 가진 것도 있었다. 눈은 일반 코끼리들보다 훨씬 작았다. 털도 나 있었다.

그중 가장 큰 코끼리는 보석을 둘렀고 등에는 덮개와 안장이 놓였다. 그 위에 자파가 앉았다. 술탄의 최측근 수상. 누군가는 그가 아그라바에서 가장 무서운 인간이라고도 했다. 자파는 환호하는 군중에게 왼손을 흔들었다. 그가 손을 더 힘껏 흔들면 작은 금화와 빵 조각들이 하늘에서 비처럼 쏟아져 내렸다.

사람들은 거칠어졌다. 아이와 어른이 포상금을 서로 줍겠다고 몸싸움을 하다가 넘어졌다. 알라딘은 인상을 찌푸렸다. 자파는 어둠의 마법과 거래를 했다고 소문이 자자하지만 이 정도의 힘을 과시한 적은 없었다. 어쩌면 자파 뒤에서, 그의 괴물 같은 코끼리 위로 슬프게 표류하는 어떤 존재가 해답을 줄지도 모르겠다. 그 존재는 거의 사람처럼 보였다. 푸른 인간. 다만 하반신이 연기로 되어 있었다.

요정. 자파는 스스로에게 요정을 찾아주었다. 알라딘은 그런 건 전설에나 나오는 것들이라 여겼다. 그의 엄마는 잠자리에서 이프릿과 마리드(이프릿과 마리드는 서아시아 전설에 등장하는 악령들이다—옮긴이), 그 외에 천 년 전에 죽은 비현실적인 존재들에 대해서 들려주곤 했다. 알라딘의 눈에 이 요정은 죽고 싶어 하는 듯했다. 그의 몸뚱이는 아래로 축 처졌고 얼굴에는 근심이 가득했다. 자파가 손가락을 씰룩거릴 때마다 푸른 요정은 자신의 손가락을 슬프게 가져다 댔고, 그러면 또 다른 동전과 빵이 비처럼 쏟아져 내렸다.

알라딘은 목을 길게 빼고 자파가 왜 왼손만 올리는지 살펴보왔다. 그러고는 양탄자에 올라타고 더욱 자세히 살펴보았다. 옳거니! 자파의 오른손에는 낡은 놋쇠 램프가 있었다. 가장 귀한 보물이라도 되는 것처럼 그는 그것을 꽉 움켜쥔 채였다. 아기가 보물을 한 움큼 손에 쥔 것처럼.

혼란스럽던 알라딘의 머릿속에서 퍼즐 조각들이 빠르게 맞춰지기 시작했다. 자파가 바로 그 사악한 노인이었던 것이다. 알라딘이 보기에, 자파는 그 노인과 닮은 구석이 있었다. 차이가 있다면 수염과 망토, 놀랍도록 훌륭한 연기 정도. 자파는 알라딘을 통해 램프를 얻어낼 생각에 노인 행세를 하며 그를 지하 감옥에 밀어 넣었던 것이다. 램프에는 지니가 갇혀 있었을 것이고, 지니가그의 소원을 들어준 것이다. 그리고 그의 소원 중에 하나는 분명자파를 술탄으로 만들어, 아그라바와 백성에 대한 통치권을 행사하는 것과 연관이 있었을 터였다.

알라딘은 양탄자를 타고 다시 그늘로 되돌아갔다. 혼란스러웠다. 이전 술탄은 어디로 갔을까? 자스민은? 죄수들은? 자스민은도망갔을까? 혹은…… 아니야. 세 번째 가능성에 대해서는 생각조차 할 수 없었다. 그럴 수 없었다.

알라딘은 숨을 내쉬고 생각을 가다듬었다. 은신처로 되돌아가고 싶지 않았다. 자파는 지금쯤 알라딘이 사막에서 죽었다고 생각할 것이다. 무엇보다도 알라딘은 자파라는 마법사가 자신과 자스민이 함께 있던 곳을 알아냈다는 사실이 달갑지 않았다. 마치 마법의 힘으로 감시를 당하는 기분이랄까. 알라딘은 무리들에 섞여서 눈에 띄지 않는 쥐떼거리의 누군가로 되돌아가야 했다.

마법 양탄자는 생각에 잠긴 알라딘의 마음을 읽기라도 한 듯 천천히 텅 빈 거리를 표류했다. 알라딘이 결심했다.

"옛 친구들을 만나야겠어. 양탄자! 쥐떼거리의 은신처로 가자!"

그리고는 투덜대며 덧붙였다.

"녀석들이 날 먼저 죽이지만 않는다면 말이지……."

Chapter 8

　사람들은 아그라바 역사상 가장 큰 연회를 마치고 비틀비틀 집으로 돌아가고 있었다. 그 시각 궁전에서는 자스민이 홀로 침대에 누워 눈물을 참고 있었다.

　물론 자스민이 완전히 혼자인 것은 아니었다. 라자가 곁에 있었다. 그녀는 호랑이 라자의 길고 풍성한 털을 쓰다듬으며 그 안으로 제 얼굴을 파묻었다. 보드라운 털이 다른 무엇과도 비교되지 않을 큰 위안을 주었다.

　자스민은 머리를 라자에게 파묻고는 이 모든 일이 애초에 일어나지도 않은 그저 끔찍한 꿈이었으면 좋겠다고 생각했다. 아버지가 저 밖에서 자신의 장난감을 갖고 놀다가 곧 자신을 보러 들어오실지도 모른다고.

그때 누군가가 문을 두드리더니 자스민이 뭐라고 대답하기도 전에 자파가 미끄러져 들어왔다. 괴로운 표정의 지니가 사슬에 묶인 개처럼 뒤따라 들어왔다. 지니가 자스민에게 희미한 미소를 지어 보였다.

"잘 있었소, 내 사랑. 오늘 좀 예민해 보이는군. 잠은 좀 잤는지?"

자파가 느끼하고도 해맑은 목소리로 말했다.

"당신은 내 아버지를 죽였어."

"음, 아직도 그런 문제에 신경을 쓰다니. 이제 그만 잊으시오."

자스민이 외쳤다.

"됐어!"

자파가 웃으며 말했다.

"난 그대와 결혼하게 되어 기쁘다는 말을 다시 전하기 위해 친히 발걸음한 거요. 그래야 나의 왕권이 굳어질 테니까."

"당신은 이미 왕좌를 가졌어. 내가 왜 필요하단 거지? 날 보내 줘. 아니면 죽이든지. 당신은 나랑 결혼할 필요가 없다고. 힘으로 원하는 걸 다 얻었잖아."

자파가 지친 한숨을 내쉬었다.

"맞아. 그걸로 충분하긴 하지."

그러고는 그녀의 무릎을 토닥였다. 자스민은 온몸에 소름이 돋는 것 같았다.

"하지만 이 세상에서 가장 강력한 마법사라고 할지라도 따라

야 할 관습이라든가…… 역사, 종교, 여론과 같은 게 있지. 당신이 아무개 왕자와 결혼하면 그는 왕위를 물려받게 되어 있어. 그리고 그 왕자는 내가 될 수도 있고."

"아니, 그렇게 되지 않……."

자파가 호통을 쳤다.

"뭐, 당신은 그럴지도 모르지. 하지만 당신 아버지는 관습과 법에 굴복할 수밖에 없었을 거야. 그는 겁쟁이였거든. 그리고 당신은 그나마 제일 덜 혐오하는 왕자에게 떠넘겨졌을 거고. 두고보시게, 꼬마 아가씨. 난 보잘것없는 다른 누군가의 소유물로 취급받는 기분이 어떤지 잘 알고 있어. 하지만 아쉽게도 넌 공주고 난 술탄이야. 내 왕위를 굳건히 하려면 네가 필요해. 그리고 다시 말하지만 당신은 이 문제에 대해 뭐라고 말할 자격이 없어. 걱정은 말게, 자스민 공주. 언젠가 당신도 나를 사랑하게 될 테니."

"난. 절대. 당신을 사랑할 일. 없어."

자스민은 부득부득 이를 갈고 침을 뱉었다.

"흠……. 지니는 그대가 날 사랑하게 만들지 못하지. 별 볼일 없는 멍청한 녀석! 하지만…… 다른 방법이 있어."

자파는 저 먼 곳을 바라보았다.

"머지않아 나는 저 녀석과 나를 구속하는 한심한 마법의 법칙을 깨버릴 거야. 그런 다음 무덤에서 죽은 자들을 깨워서 내 부하로 만들 거야. 그러면 내가 손가락 하나만 까딱해도 내 말에 거역

하는 모든 이들을 죽여버릴 수 있지. 너뿐 아니라 아그라바에 있는 모든 사람들이 나를 사랑하게 될 거야."

자파는 방 안에 있는 그 무엇에도, 그 누구에게도 신경 쓰지 않았다. 그저 미치광이처럼 악을 쓰며 허공에다 눈알을 부라렸다. 코브라 지팡이를 쥐고 있지 않은 손가락에서는 뾰족한 손톱이 자라나 갈퀴처럼 둥글게 말렸다.

이 광경을 자스민은 공포에 떨며 지켜보았고, 지니는 낙담한 듯이 바라보았다. 심지어 라자마저도 자신의 장난감에서 눈을 떼고는 너무나도 기이하게 행동하는 자파를 바라보았다. 그러고는 목구멍 뒤로 낮게 으르렁댔다.

자파가 호랑이를 쩨려보았다. 그러고는 어깨를 털고 손의 힘을 풀었다. 얼굴 표정도 남을 무시하는 듯한 평소 모습으로 돌아왔다. 그런 다음 그가 손가락 두 개를 튕겨서 딱딱 소리를 냈다.

라자는 거인에게 붙들려 팽개쳐진 듯 방의 반대쪽으로 휙 날아가 내동댕이쳐졌다. 그런 다음 머나먼 벽으로 또다시 패대기쳐졌다. 라자는 머리 부분을 제일 먼저 부딪힌 다음 맥없이 주저앉았다. 자스민이 비명을 질렀다.

"라자!"

자스민은 호랑이에게 달려갔다. 라자는 간신히 제 머리를 가누고 있었다. 아주 작게 신음하며 고통스러워했고 혼란스러워했다. 자스민은 라자의 목을 감싸 안았다.

"만약 나였다면, 흠모까지는 아니라도 적어도 두려움과 경외심은 갖겠네. 호랑이 따위의 힘은 내가 지금 휘두른 마법에 비하면 아무것도 아니야. 그대는 이걸 똑똑히 기억해야 할 거야."

자파가 호통을 쳤다. 자스민은 라자의 귀에 위로의 말을 속삭이며 목덜미를 쓰다듬었다. 라자의 왼쪽 눈가에는 검붉은 상처가 났고, 귀 뒤에는 거대한 혹이 났다. 라자는 여러 차례 일어서려다가 휘청대며 다시 주저앉을 뿐이었다. 지니가 안타까운 듯 머리를 가로저었다.

"자파, 당신은 괴물이야."

"생각이 없구먼, 공주."

자파는 미소를 지어 보이고는 지니에게 성큼성큼 다가가 두 팔로 과장된 몸짓을 했다.

"지니, 수줍어하는 나의 신부에게 세상에서 가장 멋진 웨딩드레스를 만들어다오. 우리가 하나 되는 날, 전 세계가 경탄과 경외심으로 바라볼 정도로 말이지."

지니가 냉랭하게 꼬집었다.

"결혼식을 비공개로 하실 줄 알았는데요."

자파는 그 말을 한 귀로 흘려들었다.

"당신 둘에게 맡기겠네. 예식 전에 드레스를 입히고, 모든 것을 지켜봐야 하는 신부라니. 운이 없기도 하지."

자파는 손가락을 흔들더니 방을 휙 나가버렸다. 그가 쿵쿵거릴 때마다 흑단 코브라 지팡이가 바닥에 부딪혔다. 그가 나가자 마법처럼 문이 저절로 쾅 닫혔다.

자스민이 지니를 노려보았다. 지니는 어느새 재단사 복장으로 갈아입고는 입에 바늘을 물고 줄자로 그녀의 키를 재고 있었다.

"이미…… 본인의 치수를 알고 계시진 않으신지요?"

지니의 말에 자스민은 폭발하고 말았다.

"어떻게 이럴 수가 있지?"

지난 일주일 동안 쌓인 분노가 터져 나와 그녀를 잠식해버리기 일보직전이었다. 자스민은 부들부들 떨리는 팔로 팔짱을 끼고는 마음을 가다듬으려고 애썼다. 지니는 미안한 마음에 움츠러들었다.

"자파가 램프를 가졌잖소. 힘이 있다고. 난 그의 분부를 따라야 해요. 그래서 내가 늘 말하잖소. 분부를 내리시겠습니까, 주인님?"

"당신은 최악의 사람을 이 세상에서 가장 강력한 마법사로 만들었어. 그는 미쳤다고. 아그라바는 망한 거야. 그리고 난 그와 결혼해야 해. 그런데 당신은 관심 없다는 거지?"

"물론 관심 있고말고. 내가 신경 쓰지 않을 것 같소? 사실 당신은 썩 나쁜 분 같진 않으니. 하지만 잘 들으시오. 난 그가 하라는 대로 해야만 하오."

자스민은 무언가 말을 하려고 입을 열었지만 지니는 귀 기울이지 않았다. 그는 꿈꾸듯 허공을 응시했고 제 추억에 빠진 듯했다.

"내겐 한때 주인이 계셨지. 좋은 분이셨어. 그가 원하셨던 건…… 당신 듣고 있나? 거대한 양떼와 집 한 채였지. 당시에 오두막에 살고 계셨거든. 그래서 그분은 저택을 원했어. 그래서 난 집을 드렸지. 양떼도 말이야. 그리고 아내, 여기서 좀 덧붙이자면 그분의 아내 될 여성분은 상당한 양떼를 소유한 남자와 결혼하는 셈이었지. 여기서는 마법의 법도를 거스를 일이 없었어. 난 내 주인의 아내 될 사람만 찾으면 됐지. 세 가지 작은 소원을 들어드리면 그는 기꺼이 나를 보내줄 참이었어. 모든 게 그토록 소소했지."

자스민이 소리쳤다.

"그만! 농담과 유치한 이야기들은 집어치우라고! 이건 내 삶이고 아그라바 모든 이의 삶이란 말이야. 그런데 넌 이게 무슨 농담이라도 되는 것처럼 굴고 있잖아. 황당하기 그지없는 인간 같으니!"

지니가 화를 냈다.

"내가 황당하다고?"

푸른 연기가 소용돌이쳤다. 그녀 위로 지니는 몸집을 부풀렸다. 자스민은 움츠러들지 않았다. 어두운 구름이 방을 뒤덮었고 작은 불꽃이 사방에 일었다.

"당신은 행간을 읽지 못하는군, 공주. 나는 덫에 걸렸어. 나는 살아서 생각하고 지각하는 존재로서 무려 만 년 동안 램프에 갇혀 있었다고. 그런데 겨우 밖에 나와서는 탐욕스럽고 정신 나간 소원으로 가득한, 터무니없는 당신네 인간들의 분부를 따르고 있다고. 그렇게 오랫동안 그런 조건에서 멀쩡한 정신으로 지낼 수 있을 것 같나?"

그건 자스민이 단 한 번도 생각해보지 못한 부분이었다. 지니는 그저 램프에 갇힌 채로 소원을 들어주는, 그런 마법 같은 존재라고만 생각해왔다.

"그뿐인 줄 알아? 내 종족은 다 죽었어. 요정들은 멸종했지. 이 세상에서 아주 사라졌다고. 정확히 언제 어떻게 그렇게 되었는지는 모르겠어. 그런 일이 일어났을 때, 나는 램프에 있었으니까. 이제 나만 남았어. 이 세상에서 혼자가 되었지. 설령 마법의 힘으로 자유롭게 된다고 해도 돌아갈 집도 없고 만나고 싶은 누군가도 없어. 아 참, 그 '자유로워지는' 부분에 대해 우리 공주님께서 놓친 게 있으시려나?"

지니는 자신의 팔뚝을 자스민 앞에서 휘둘렀다. 지니가 자스민의 코뼈를 부러뜨릴 정도로 가까운 거리에서 위험천만하게 금 손목띠를 흔들어대는데도 그녀는 움츠러들지 않았다.

"노예가 된 거지. 이건 쇠고랑이에요, 예쁜 아가씨."

"하지만…… 그래서 어떻다는 거죠?"

지니는 이내 지친 듯한 표정을 지었다.

"당신은 인간들 사이에서 공주잖소. 덫에 걸린 기분을 알지 못할 거요."

자스민은 깊이 숨을 내쉬었다. 그녀는 지니에게 다가가 쇠고랑이 채워진 그의 오른팔에 한 손을 얹었다. 그러고는 지니의 눈을 올려다보며 말했다.

"지니."

그의 얼굴은 황소보다 컸고 살갗은 소름 돋는 시퍼런색이었다.

"당신의 사정을 이해하지 못해서 정말로 미안해요. 지니나 요정들이 어떻게 살고 있는지, 어떻게 살았는지 전혀 알지 못했어요. 말씀하신 대로, 전 아직 미숙한 천방지축 공주예요. 바보지요. 제가 뭘 알겠어요? 지니는 저보다 엄청나게 오래 사셨잖아요. 제가 어르신을 판단하는 건 무례하고 주제 넘는 일이에요."

자스민이 눈을 반짝이며 말을 이어갔다.

"하지만 덫에 걸렸다는 것만은……. 당신과 자파가 있기 전만 해도 제 아버지는 저를 떠넘기려고 했어요. 자파가 표현했듯, 제가 그나마 가장 덜 혐오하는 아무개 왕자에게 말이죠. 그러면 제 역할은 대를 이을 아들이 태어날 때까지 아이를 낳는 거예요. 우선 제가 아이를 낳다가 죽지 않는다고 가정해보죠. 40세까지만 아이를 낳아도 다행일 거예요. 게다가 지금 전 방에 갇혀서 제가 혐오하고 평생 증오할 남자와 결혼할 날을 기다리고 있어요. 제가 뇌 없는 꼭두각시마냥 그를 흠모하게 될 주술이라도 그가 찾아내지 않는다면 말이죠. 이것이야말로 덫에 걸린 것이 아니면 무엇이겠어요?"

지니는 한참 동안 조용히 생각했다. 그러고는 마침내 입을 열었다.

"그대의 사과를 받아들이겠소."

농담조는 아니었다. 자스민은 그의 이국적인 검은 눈망울을 보며 그가 진심으로 이해했음을 알아차렸다.

자스민은 갑자기 모든 에너지가 몸 밖으로 빠져나가는 것 같았다. 공포, 슬픔, 광기, 분노가 모조리 새어나가는 느낌이었다. 그녀는 우아하게 침대에 쓰러진 뒤 눈을 비벼댔다. 동지도 생겼다. 자신만큼이나 힘없는 동지. 그들은 서로를 위로해줄 수 있었다. 이것만도 대단한 수확이었다. 자스민이 호기심 어린 목소리로 물었다.

"요정 종족이 멸종했다고요? 전설에서처럼 말인가요?"

라자가 그녀의 침대 위로 기어올라 왔다. 자스민은 호랑이의 머리를 두드린 뒤 그의 꼿꼿하면서도 보드라운 등에 기대어 지니의 이야기에 귀 기울일 준비를 했다. 지니가 애석하다는 듯이 말했다.

"맞아. 당신네들과 같은 사람들이었지. 뭐, 당신네들과 꼭 닮았다는 말은 아니야. 알다시피 우리에겐 마법의 힘이 있었으니까. 하지만 우린 평범했어. 당신네들처럼 한결같이 똑같이 생기지도 않았지. 내 아내는 살결이 푸른색이었고…… 또……."

당황한 자스민은 몸을 일으키고는 제대로 말을 잇지 못했다.

"아내?"

지니가 슬프게 말을 이었다.

"응. 그녀 역시 죽었지."

지니가 손가락을 맞부딪히자 은거울이 허공에 나타났다. 거울은 방을 비추는 대신 미소 짓는 푸른 피부의 소녀를 보여주었다. 그녀는 귀 뒤로 작은 뿔이 났고 발톱이 뾰족 솟아 있었다.

자스민이 자세히 살펴보니 그녀는 전설 속의 여신 같은 존재가 아니었다. 그녀는 지니와 결혼하여 평범한 삶을 살았던 듯했다. 자스민이 말했다.

"행복해 보여요."

"아, 저때는 아내가 내게 소리를 지르거나, 무언가를 던지지 않을 때라서. 우린 다투긴 했지만 서로를 사랑했지. 아주 많이."

지니가 다정하게 말했다.

지니는 은거울을 향해 입을 오므리고 '후' 하며 입김을 불었다. 은거울은 푸른 연기로 사라졌다.

"무슨…… 일이 있었던 거죠?"

지니가 별것 아니라는 듯 손을 흔들어댔다.

"아, 그거. 옛이야기와 같아요. 세상의 종말을 알리는 어둠의 예언이 있었지. 우리 민족이 끝장날 것이란 예언 말이오. 요정의 시간은 끝을 향하고 있었고 인간의 시대가 도래하고 있었지. 그런데 주변의 요정들보다 좀 더 힘이 있었던, 젊고 탐욕스러운 요정이 그 예언을 핑계 삼아 더 큰 힘을 끌어모은 거야. 우리 세상을 구한다고 말이지. '나는 아내와 아이들을 위해서 이러는 거야'라면서."

"아이도 있었어요?"

"아니. 말이 그렇다는 거지. 나는 이야기를 들려주고 있는 거잖아? 짧게 줄이자면, 영원한 권력을 누리는, 가장 간단한 방법은 마법과도 같은 소원의 힘을 빌리는 거야, 알겠나? 소원은 우주에서 가장 강력한 것이거든. 만약 한계를 넘나드는 힘을 가졌다고 생각해봐. 그래서 나는 사람들이 이 세상에서 가장 강하다고 생각하는 '지니'가 되기로 했던 거야. 물론 아주 작은 의문이 한 가지 남아 있기는 해. 내가 나 자신을 위해서는 소원을 빌 수 없다는 것 말이야. 우주는 균형을 유지하기 위한 나름의 방법이 있지. 위대한 마법을 공부하는 학생이었을 때 제대로 이해했어야 하는데. 난 그때 내가 남들보다 한 수 위라고 생각했거든. 내 자만심 때문에 지금 이렇게 죗값을 치르고 있고. 그사이 요정들은 죽어나갔지. 예언대로 나의 민족은 끝장난 거야."

자스민은 아무 말도 하지 않았다. 생각할 것이 너무나도 많았다. 한 민족이 사라진다. 지니의 이야기는 슬프고도 끔찍했다. 게다가 자파와 지니의 행보에는 별반 차이가 없어 보였다. 지니가 무한의 힘을 탐낸 것은 자신의 민족을 구하기 위해서였지만 말이다.

지니는 여전히 모든 이를 잃어가고 있었다. 자신은 램프에 갇힌 채로 탐욕스러운 자파가 거의 무한한 힘을 얻을 수 있도록 판을 벌려준 셈이니 말이다. 이건 탐욕과 권력 그리고 광기의 끝없는 악순환이었다.

"그래서…… 간단히 말하면…… 난 할 수만 있다면 당장에라도 널 돕고 싶어. 하지만 지금은 이게 최선이야."

지니는 손가락을 슬프게 위아래로 흔들어댔다. 비단실 같은 흰 연기가 손끝에서 빠져나왔다. 실들은 스스로 오르락내리락하고 빙글빙글 돌다가 옷감이 되었다. 서로 맞닿아 소곤대던 옷감들이 와자지껄 떠들어댈 무렵 옷이 형태를 갖춰가기 시작했다. 자스민은 눈을 휘둥그레 뜨고는 공중에 모습을 드러낸 드레스를 바라보았다.

자스민이 자리에서 일어나 드레스를 제 몸에 가까이 가져다 댔다. 그녀가 빙글빙글 돌자 옷감이 활짝 퍼졌다. 춤을 추기에 완벽한 옷이었다. 지니가 슬프게 입을 열었다.

"결혼식 날 아내가 입던 드레스예요."

지니는 그렇게 말하고는 연기가 되어 방을 빠져나갔다. 문을 열 필요도 없었다.

자스민은 드레스를 손에 쥔 채 그가 사라지는 모습을 바라보았다. 옷을 쥔 손에 힘이 들어갔다. 아름다운 드레스에 흠집을 내서는 안 되겠다는 생각에 그녀는 애써 손톱에서 힘을 풀었다.

더는 침대에서 보채면 안 되겠다는 생각이 들었다. 자스민은 공주였다. 그러니 그에 걸맞게 행동해야 했다. 덫에 걸렸다느니, 이 남자에게서 저 남자에게로 떠넘겨졌다느니 등의 말은 이제 끝이다. 이제 행동할 때다. 이제 영웅이 되어야 할 때다.

Chapter 9

양탄자가 텅 빈 거리를 낮게 날았다. 알라딘은 중심을 잡기 위해 팔을 이리저리 휘저을 필요가 없었다. 심지어 빠르게 길모퉁이를 돌 때도 마찬가지였다.

높고 낮은 건물들이 하늘을 가리면서 한낮의 거리에는 그늘이 졌다. 태양빛이 가려져 땅거미가 주위에 내려앉았다. 모든 공간은 고독과 절망에 휩싸였다. 동시에 보이지 않는 무언가 혹은 누군가에 의해 끊임없이 감시당하는 느낌이 들었다.

양탄자에서 뛰어내린 알라딘은 버려진 듯한 어느 건물 앞에 섰다. 양탄자도 이제 적응했는지 스스로 몸을 돌돌 말아서 알라딘의 어깨에 올라탔다.

알라딘은 수년 만에 이곳을 찾았다. 먼지더미에 조심스레 발을 디디자 기억 속의 전경이 그대로 눈앞에 펼쳐졌다. 비록 창문 없는 방들은 칠흑같이 어두울 것이 뻔했지만 아이러니하게도 벽 틈새와 느슨한 돌들 사이로 스며드는 빛줄기가 실내를 밝혀주고 있었다. 이곳은 출입구, 저곳은 계단. 그리고 장난삼아 놓은 위험 천만한 덫도 있었다.

숨을 고른 알라딘은 뒷방으로 조심스레 걸음을 옮겼다. 세 번째 판자를 들어 올리자 낡은 창고가 나타났다. 그는 전갈의 소굴 같은 창고 안으로 살금살금 들어갔다. 낡고 커다란 항아리를 지나치자 마침내 어두컴컴하고 경사진 터널이 나왔다. 알라딘은 금속 재질의 미끄럼틀을 타고 아래로 미끄러져 내려갔다.

알라딘을 맞이한 것은 동굴의 밑바닥이었다. 이곳 역시 그가 정겹게 추억하고 있는 곳이었다. 어둠 속에서 반짝이는 눈동자를 발견한 알라딘이 나지막한 목소리로 말했다.

"여긴 여전히 좋네!"

그는 상대에게 거슬리지 않도록 조심했다.

"알라딘!"

모르지아나의 작고 야무진 몸이 어둠 속에서 모습을 드러냈다. 그녀는 마지막으로 보았을 때와는 다른 옷차림이었다. 모르지아나는 상체와 팔이 드러나는 꽉 끼는 옷을 입곤 했다. 하지만 오늘 마주한 그녀는 검은 곱슬머리를 질끈 묶고는 머리끈과 같은 재질의 헐렁한 검은 셔츠를 걸치고 있었다.

"널 저녁 식사에 초대한 기억은 없는데."

"근처에 있었어. 그래서 들른 것뿐이야. 뭘 요리하고 있었나 보지?"

알라딘의 대답에 두반이 훨씬 더 살가운 미소를 띠며 다가왔다.

"알라딘!"

옛 친구 두반은 예나 지금이나 똑같았다. 키만 좀 더 컸을 뿐이었다. 둥글넓적한 얼굴에 박힌 그의 눈망울은 놀라우리만큼 또랑또랑했다. 길고 검은 머리카락은 하나로 묶어 금고리로 고정했다. 금고리는 귀에도 달려 있었다.

"자, 앉아. 같이 빵 좀 뜯자고."

알라딘은 어둠 속에서 자신을 바라보는 몇 쌍의 눈망울을 둘러보았다. 모르지아나와 두반은 평생 알아왔지만 다른 이들은 알지 못한다.

"물론이지."

알라딘은 마음이 놓이자 이내 피로가 쏟아졌다. 그는 그간 거의 먹지 못했고 지난 며칠 동안 겪은 사건들로 인해 아직 후유증에 시달렸다. 모르지아나의 표정이 누그러졌다.

"너 괜찮은 거야?"

알라딘이 손을 휘저었다.

"괜찮아질 거야."

그러고는 낮은 탁자에 스르륵 주저앉은 뒤, 최대한 아무렇지 않은 듯 손을 뻗어 포도 몇 알을 집었다.

"물 좀 줄게."

모르지아나가 어둠 속에 숨어 있는 아주 어린 도적에게 살짝 턱짓을 했다.

"하잔, 우리 손님께 드리게 한 잔 더 가져와!"

어린 소년이 어둠 속에서 즉시 일어났다. 두반이 알라딘 옆에 자리를 잡고는 물었다.

"그간 뭐 하고 지낸 거야? 전쟁터에 다녀온 사람 같아!"

"아, 별일 아니야. 평소처럼 난처한 일이 좀 있었어."

소년이 물을 갖고 다시 나타나자 알라딘은 천천히 물을 들이켰다. 그런 다음 공중에 포도 다섯 알을 던지고 입으로 받아, 씹지도 않고 삼켰다.

"내 생각에 중요한 질문은, 내가 그…… 하여튼…… 지난 며칠 동안 아그라바에 무슨 일이 있었느냐는 거야? 침략이라도 당했어?"

두반이 웃었다.

"그건 우리도 알고 싶은 거야! 어쩌다 교활한 자파 수상이 교활한 자파 술탄이 되어버린 거지?"

알라딘이 고개를 끄덕였다. 모르지아나가 말했다.

"놀랍게도 모든 것이 잘 돌아가고 있어. 내 말은, 정권 교체 말이야. 폭동도 거의 없고. 군인들의 진압도 없어. 그런데 새 술탄

밑에서 사는 것이 지금까지는 꽤나 괜찮아. 그가 집권하고 나서는 누구도 굶주리지 않으니까. 쥐떼거리 사람들도 모두 배불리 먹지. 이런 경험이 난생처음인 사람들도 있을 거야. 먹을 것을 나눠준 덕분에 아무도 음식을 훔치러 다니지 않아."

"그래서 우리 밥벌이가 다소 불안해졌지."

두반이 불안한 듯 미소를 지었다.

"무엇보다도 자파가 이제부터 평화순찰대가 도시를 지킬 거라고 선포했거든. 범죄율이 벌써부터 줄었지. 우리만 제외하면 다들 행복해 보여. 누구도 자파가 그 늙은이를 냉혹하게 죽였다는 사실에 대해 왈가왈부하지 않으니까."

모르지아나가 기쁘게 덧붙였다.

포도 알이 알라딘의 목에 걸렸다.

"죽였다고?"

"응. 자파가 아무리 인심이 좋다고 해도 그자는 천사가 아니야. 그는 모든 사람을 궁전 앞에 모아놓고는 자신이 새 술탄이라고 선포했지. 그러고는 이전 술탄을 난간 너머로 밀어버렸다고."

두반이 깊이 생각한 것이 자랑스러운 듯이 으스대며 말했다.

"그런 다음 황금 비를 선사했지."

모르지아나가 평소처럼 손가락을 튕기자 작은 동전이 그녀의 손에 나타났다. 램프 빛에 동전이 불길하게 반짝거렸다. 알라딘은 그녀 뒤에 같은 동전이 수북이 쌓인 것을 보았다. 신비의 동굴에 보물이 겹겹이 산을 이루고 있었던 것처럼. 물론 그와는 비교되지 않을 만큼 작은 규모였지만.

알라딘은 얼굴을 찌푸리고 모르지아나에게서 동전을 낚아챘다. 알라딘은 엄지와 집게 사이에 동전을 꽂고 불빛 아래에 비스듬히 눕히고는 요리조리 살펴보았다. 동전은 진짜 순금 같았다. 작은 크기에 비해 묵직하게 느껴지는 중량감이 이를 증명하는 듯했다. 한 면은 비어 있었고, 다른 한 면에는 도통 알아볼 수 없는 요상하고 기울어진 형상이 새겨져 있었다. 예스럽고 위협적이었다. 그리고 도마뱀을 닮았다. 아니면…….

모르지아나가 끼어들었다.

"앵무새야. 겉보기엔 화가 잔뜩 난 것 같지 않니? 봐! 부리를 벌리고 있잖아. 발톱도 그렇고……. 어느 정도 상상력을 동원해야 보여."

"아, 이제야 보이네. 자파에게 애완동물이 있지?"

모르지아나가 고개를 끄덕였다. 알라딘이 그녀에게 동전을 돌려주며 말했다.

"그리고 재들은…… 사라지지 않는 거야? 전설에 나오는 이프릿의 보물처럼?"

모르지아나가 어깨를 으쓱였다.

"응. 모두 진짜야."

"자스민 공주는 어떻게 됐어?"

148

"자파가 자스민 공주와 결혼할 거래. 왕위를 굳히기 위해서겠지, 아마도."

"공주가 동의했어? 공주도 그와 결혼하고 싶대?"

"오, 그럼요. 자기 아버지를 죽인 데다 나이는 자신보다 두 배 이상 많고 악당이라는 소문까지 파다한데, 당연히 푹 빠졌겠지."

모르지아나가 느릿느릿 말하다가 이렇게 덧붙였다.

"알라딘, 너 언제부터 그렇게 머저리가 된 거야?"

"공주님은 그를 사랑하지 않잖아."

"물론이지. 듣자 하니 자파의 어머니도 그를 낳자마자 버렸다는군. 너무 사악해서."

두반이 낄낄댔다.

"하지만 공주님께 무슨 선택지가 있겠어? 자파가 술탄과 함께 바로 자신을 죽여버리지 않은 것만으로도 운이 좋은 거지. 어쩌면 합의를 했을지도 모르지. '네가 나와 결혼하여 내 왕권을 굳건히 해주면 네 목숨만은 부지하게 해주마.' 뭘 그렇게 놀라니? 너희 남자들이 권력을 손에 넣으면 제일 먼저 하는 일이잖아. 모든 여자들을 처단하는 거."

모르지아나가 대꾸했다.

"결혼을 막아야겠어."

알라딘이 단언했다.

"진정해, 알라딘. 넌 결혼식에 가서 '난 이 결혼에 반대예요!'

라고 외칠 수 없을 거야. 모두가 참석할 수 있는 결혼식이 아니거든. 결혼식은 내일 밤 궁전 안에 있는 술탄의 연회장에서 열릴 거래. 귀족 집안만 초대받을 거고. 그래서 모두가 즐길 수 있는 축하 행렬이 오늘 열린 거야."

두반이 말했다.

"그런데 왜…… 결혼을 막으려는 거야? 공주님의 사연을 듣다가 여성 인권을 옹호해야겠다는 생각이라도 들었어? 아니면 우리에게 숨기고 있는 다른 꿍꿍이가 있는 거야?"

모르지아나가 다정하게 물었다.

알라딘은 거짓말을 해볼까 생각했다. 그가 잘하는 일이기도 했다. 다른 사람들에게는 말이다. 하지만 이 두 사람은 단짝 친구였다.

"말하자면 길어."

알라딘이 말할 수 있는 것은 이것뿐이었다.

"알라딘이 며칠간 사라진 사이 아그라바가 무너졌어. 그리고 갑자기 나타난 녀석은 공주를 구출하고 싶다는군."

모르지아나가 곰곰이 생각했다.

"분명 긴 사연이 있겠지."

두반이 손가락을 펴서 음식과 베개 같은 것들을 보여주었다. 어린 도적떼들은 편하게 한 자리씩 차지하고는 재미있는 사연을 들을 준비를 했다.

"넌 네가 앉을 양탄자도 직접 챙겨왔구나! 저건 뭐니?"

두반이 미심쩍은 듯 마법 양탄자를 쳐다보았다.

"양탄자도 사연의 일부지."

알라딘의 대답에 모르지아나가 흥얼댔다.

"그래, 이야기 좀 해 봐. 아부도 이게 얼마 만이니!"

그러고는 포도 한 알을 아부에게 건네주었다. 아부는 평소와
는 다르게 공손히 받아들었다.

"나는…… 아직……."

갑작스레 몰려드는 어린 도적떼들 때문에 알라딘은 입이 저
절로 다물어졌다. 미끄럼틀을 타고 내려와 굴로 뛰어드는 녀석
부터 총총걸음으로 걸어오는 녀석까지 하나둘씩 모르지아나와
두반 앞에 모습을 드러냈다. 첫 번째가 손을 펼쳐 보이며 말했다.

"대장님."

손 안에는 금팔찌와 에메랄드 목걸이가 있었다.

"잘했어, 데니! 훌륭해. 다음은?"

도적들은 줄지어 모르지아나에게 무언가를 꺼내 보였다. 텅
빈 가죽 지갑도 있고 동전 한 닢도 있었다. 알라딘이 모르지아나
에게 잔소리를 해댔다.

"쥐떼거리 사람들도 먹을거리를 훔칠 필요가 없다며!"

모르지아나가 대수롭지 않다는 듯 어깨를 으쓱댔다.

"맞아. 음식을 훔칠 필요는 없다고 했지. 하지만 축제 행렬

은…… 묘기를 부리는 어릿광대들한테 넋이 나간 바보들에게서 값비싼 물건들을 빼돌리기에 안성맞춤이었거든."

"너와 나 사이에는 이게 늘 문제였지. 그래, 나도 훔쳐. 하지만 난 필요한 것만 훔쳐. 나 스스로 얻을 수 없는 걸 훔친다고. 근데 넌 본업으로 도둑질을 하잖아. 이제는 아예 제자들까지 무리로 받아서는 애들에게 이런 일을 해도 괜찮다는 생각까지 심어주고 있다고."

"만약 궁에서 먹을거리와 금덩이를 계속 내어준다면 그때는 더 이상 이 일이 괜찮은 일이 아니겠지. 하지만 역사가 계속해서 증명하잖아. 타인에게 의존하는 건 현명하지 않다고 말이야. 특히 가난한 이들을 구제하는 역할을 하는 자들에게 말이지. 일주일, 길어야 이주일 안에 술탄이 백성을 구제하는 일을 그만둘 거라고 봐."

모르지아나가 말했다.

"넌 인간에게서 최악의 면만 보는구나. 그리고 저들의 주머니는 털어도 마땅하다고 생각하고."

알라딘이 침을 뱉었다.

"내 아버지는 다리를 잃어도 마땅한 분이 아니셨어. 내 누나는 남편에게 두들겨 맞아도 마땅한 사람이 아니었고."

두반이 차분하게 말했다.

"그 누구도 '마땅해서' 그리 된 것이 아니라고. 그게 현실일 뿐이야."

　모르지아나가 대수롭지 않다는 듯 말했다.

　"그러니 악이 들끓는 거지. 다른 방법이 있어. 넌 이런 삶을 선택하지 않아도 돼. 더 나은 사람이 될 수 있다고!"

Chapter 10

아그라바의 밤. 뒤숭숭한 도시의 분위기가 되레 나은 면도 있었다. 사람들이 집 안에 꽁꽁 숨거나, 탁 트인 밖을 멀리했기 때문에 알라딘이 길거리를 살금살금 돌아다니기는 훨씬 쉬웠다.

아부가 알라딘의 어깨에 올라타자 마법 양탄자가 소리 없이 그들 뒤로 미끄러져 내려왔다. 너무 어둡다 보니 어딘가에 부딪히지 않고 날아갈 자신이 없었던 것이다.

사람들은 수백 년 동안 궁전을 몰래 드나들곤 했다. 그러다 들켜서 못에 박힌 채로 성벽 곳곳에 내걸린 이들의 두개골이 아직도 눈에 띄었다. 사막의 태양열로 수년간 그슬린 탓에 해골은 색이 바래서 대리석처럼 번들거렸다. 알라딘도 이런 사실을 잘 알고 있었다. 하지만 알라딘은 그들이 알지 못한 것을 알고 있었다.

바로 궁전의 지하실에 대해서.

비밀 터널을 다시 찾아가야겠다는 생각을 하는 순간 심장이 얼어붙을 것만 같았다. 하지만 알라딘은 이를 악물고 궁전에서부터 멀리 떨어진 마구간으로 발걸음을 옮겼다.

알라딘이 다가가자 말과 낙타들이 나지막이 울었다. 알라딘이 휙휙 소리를 내며 이들을 달래보았다. 눈에 익은 녀석이 뛰어대는 것이 보였다. 알라딘이 그의 목덜미를 쓰다듬으며 기쁘게 속삭였다.

"돌아왔구나!"

말이 힝힝댔다. 아마도 알라딘을 다시 만난 것에 대한 반가움과 함께 폭우가 몰아치는 한밤중에 사막 한가운데로 자신을 이끌고 나간 인간과 다시는 얽히고 싶지 않다는 마음이 모두 담긴 듯했다.

알라딘은 비밀 통로로 향하는 하수구를 찾아낸 뒤 조심스럽게 뚜껑을 옮기고는 통로 안으로 제 몸을 살금살금 밀어 넣었다. 이번에는 칠흑 같은 어둠에도 만반의 대비를 했다. 모르지아나의 은신처에서 나올 때 슬쩍해온 작은 기름 램프로 말이다. 마법 양탄자는 충성스러운 개처럼 알라딘을 따라왔고, 아부는 그의 어깨 위에 있었다.

알라딘은 성벽에 칼로 새겨두었던 자국이 아직 남아 있는 것을 보고는 마음이 놓였다. 그는 표시를 따라 금세 지하 감옥을 찾아갔다. 오른쪽에 있는 돌을 가볍게 두드리자 모든 일이 처음 시작된 곳에 도달해 있었다.

아부가 초조하게 찍찍거렸다. 알라딘의 손목에 채워졌던 수갑도 있었다. 변장한 자파가 어둠 속에서 모습을 드러냈던 바로 그곳이었다.

밖으로 나가는 문은 물론 잠겨 있었다. 하지만 알라딘에게는 방법이 있었다. 알라딘은 깜박이는 램프 아래에서 한참 동안 자물쇠와 씨름했다. 땀이 나고 욕이 절로 튀어나왔다. 마침내 자물쇠가 '딸깍' 소리를 냈다.

밖으로 향하는 통로는 짧고 어두컴컴했다. 알라딘은 안개 낀 천장을 향해 나선형으로 끝없이 치솟은 돌계단을 휘둥그레 바라보았다. 그는 지하에 파묻힌 사원의 밑바닥에 있는 기분이었다. 건물의 양식은 궁전에서 가장 높은 것으로 알려진 자파의 달의 사원과 유사했지만 말이다.

지하 동굴의 입구 맞은편에는 기괴한 문양이 새겨진 문이 있었다. 문의 가장자리는 안쪽에 있는 무언가로 인해 사악한 오렌지 빛을 내며 번뜩이고 있었다.

저곳은 아마 자파의 비밀 서재일 것이다. 상황이 조금 해결되면 기필코 저곳을 탐색해볼 것이다. 알라딘이 손가락을 맞부딪혀서 소리를 내자 양탄자가 친절히 몸을 낮추고 그를 자신의 위에 실었다. 그들은 보드라운 산들바람에 둥실둥실 떠오른 덩굴

풀마냥 계단 위의 어두운 상공으로 떠올랐다.

가장 윗부분에는 지렛대로 여는 기이한 미닫이문이 있었다. 알라딘은 아주 작은 틈을 열고 안을 들여다보았다. 어둠침침한 실내에는 초라한 가구 몇 점만이 덩그러니 놓여 있었다. 경비병도 없었다.

알라딘은 자신과 아부, 양탄자가 비집고 들어갈 정도만 겨우 문을 열어젖히고는 안으로 들어갔다. 안으로 들어가 보니 지하 감옥 안에서는 문처럼 보였던 것이 사실은 벽을 가로막은 판자에 불과했다. 이곳은 자파가 사악한 마법을 부리는 실험실이자 감옥이었다. 그에 대한 소문은 모두 사실이었던 것이다! 아그라바는 어느 때보다 위험한 상황에 처해 있었다.

맨발에 닿은 대리석 바닥은 차가웠다. 문득 왜 부자들이 그토록 많은 양탄자를 사들이는지 알 것 같았다. 알라딘은 돌 위로 사뿐히 내딛는 발소리에 누군가가 무리 지어 다가오는 것을 알아차리고는 기다란 자줏빛 의자 뒤로 재빨리 숨었다. 양탄자는 바닥에 제 몸을 뉘었다. 아부는 방 한 켠 천장 가까이에 걸려 있는 벽화 위로 기어올라 갔다.

막대기처럼 뻣뻣한 경비병 두 명이 무시무시한 창을 가슴에 가로 들고선 발맞추어 걸어들어 왔다. 그들은 머리끝부터 발끝까지 자파의 색인 검은색과 붉은색 옷을 갖춰 입었다. 알라딘이 장터에서 상대하곤 하던 어수룩한 병사들이 아니었다. 이들은 궁정

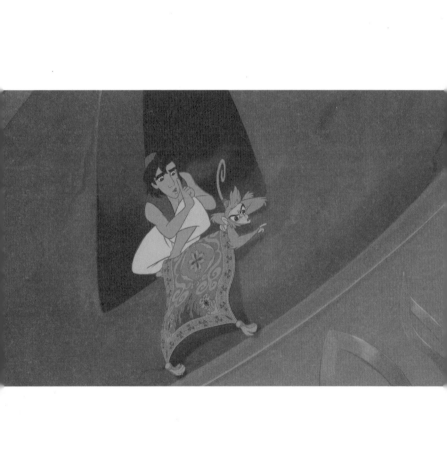

병사들로 날렵한 몸놀림과 영리한 눈초리 그리고 부지런한 손놀림을 갖췄다. 몸에 군살도 없었다. 매우 위험한 사내들이었다.

그들이 사라지자 아부가 아래로 내려올 채비를 했다. 양탄자도 몸을 일으키려는 듯이 한쪽 귀퉁이를 말아 올렸다. 알라딘이 속삭였다.

"쉬잇! 아직 아니야!"

정확히 10분쯤 지났을 때 경비병들이 다시 모습을 드러냈다. 그들은 정확히 같은 노선에, 똑같이 경계하는 눈빛으로 발맞추며 순찰을 돌았다. 알라딘은 자신의 예상이 맞았음을 깨닫고 미소를 지었다.

"좋았어!"

그들이 시야에서 사라지자마자 알라딘이 외쳤다. 셋은 살금살금 걸어서 다음 방으로 들어갔다. 그러고는 눈앞에 펼쳐진 광경에 순간 멈칫했다.

그 방은 백 명쯤은 수용할 만한 연회장처럼 보였지만 물건들이 올라간 탁자들만이 있을 뿐이었다. 궁전 모형들과 함께 작은 은색 공이 굴러다니는, 기울어진 미로가 정교하게 구현되어 있었다. 조각을 모두 합치면 밝은 정글 그림이 완성되는 퍼즐도 보였다. 정교하게 조각된 동물들과 진기한 짐승들도 진열되어 있었다. 그리고 그 위에는 술탄이 야외 행차를 나설 때마다 챙겨간다는 비단 연이 우아한 자태를 뽐내고 있었다.

과연 소문대로였다. 아그라바가 굶주리는 동안 이전 술탄은 장난감이나 갖고 노는 그저 퇴폐적인 미친 노인이었다. 아니면, 그저 아내가 돌아오길 바랐던 자스민의 슬프고 외로운 아버지였을지도 모른다. 복잡했다.

방의 한구석에서 나지막이 째깍대는 소리에 알라딘은 탁자 뒤로 몸을 날렸고 아부와 양탄자는 다른 곳으로 몸을 숨겼다. 하지만 아무도 모습을 드러내지 않았다. 그래도 째깍대는 소리는 계속되었다.

알라딘이 살펴보니 아그라바 모형을 올려놓은 탁자가 눈에 들어왔다. 이건 아그라바의 다른 모습, 그러니까 상상 속의 깔끔한 이미지를 구현한 모형이었다. 이 모형은 벽걸이형 시계타워와 정확하게 이어져서 중앙광장 위로 치솟았다. 째깍대는 소리는 바로 이곳에서 났다. 모형에 불과한데도 실제로 작동하는 물체. 자그마한 황금 반달이 튀어나와 기계의 문자판을 일정 각도로 돌려주었다.

알라딘이 고개를 절레절레 흔들었다. 그런 고갯짓은 자기 자신을 향한 것이었을 수도 있고, 돌아가신 술탄을 향한 것일 수도 있었다.

10분 후 알라딘은 다시 신발 밑창이 바닥에 닿는 소리를 들었다. 알라딘은 방 뒤로 들어갔다. 양탄자와 아부 역시 그의 뒤를 바짝 쫓았다. 방구석에는 석탄에 그을린 화로가 있었고, 길고 낮은 의자 옆에는 천장까지 연기를 내뿜는 향로가 있었다. 사람이 앉은 흔적은 아직 없었다.

더 많은 발소리. 이번에는 반대 방향이었다. 알라딘은 숨을 들이쉬고는 긴 의자 아래로 비집고 들어갔다. 그가 있는 방향에서는 병사들의 얼굴을 볼 수 없었다. 하지만 이번에는 분명 숫자가 더 많았다. 셋, 아니면 넷. 이들은 완벽하게 발맞추어 걷고 있었다. 알라딘이 조금 전 두 번에 걸쳐 피한 병사들이 새로운 병사들과 방의 한가운데서 마주쳤다. 그들은 발을 맞추어 걷다가 창을 맞부딪히며 절도 있게 군대식 경례를 주고받았다. 그런 다음 병사들은 저마다 가던 방향으로 순찰을 이어갔다.

알라딘은 혼란스러워하며 다시 숫자를 셌다. 안 좋은 징조였다. 병사들이 순찰을 마칠 때까지 기다리는 시간은 예상하지도 않았다. 마음이 조급해진 알라딘은 자리에서 일어나 위험을 무릅쓰기로 했다. 하나의 순찰 팀과 마주칠 때까지 적어도 10분의 시간이 있었다. 그리고 그들은 아마도 모두 동일한 시계를 기준으로 삼고 있을 것이었다.

그런데 그의 예상은 빗나갔다!

두 번째 순찰 팀이 알라딘의 예상과는 달리 그 순간 문 옆을 지나가자 알라딘은 몸을 피하면서 가장 가까운 벽에 세게 부딪히고 말았다. 게다가 아부는 알라딘 곁으로 오기 위해 차가운 복도를 재빨리 달리다가 작은 발톱으로 바닥을 긁는 소리를 내고 말았다. 병사들이 걸음을 멈췄다.

"압둘라, 멈춰봐. 무슨 소리 못 들었나?"

알라딘은 눈을 감고는 두근대는 가슴을 진정시키려고 했다. 적막감이 너무도 짙고 깊어서 저들이 자신의 심장 소리를 들을 것만 같았다.

"들었습니다. 향 피우는 방에서 났습니다."

"쥐나 원숭이 같습니다."

"확인해봐야지."

군기 잡힌 경비병이 창을 치켜들고 방으로 다가오는 소리에 알라딘은 움찔하고 놀랐다. 알라딘은 그저 방 안으로 더 깊숙이 숨어들 수밖에 없었다.

병사들은 머리를 천천히 위아래로 움직이며 실내를 꼼꼼히 훑었다. 한쪽 눈을 뜬 알라딘은 날카롭게 번뜩이는 창끝이 자신과 너무도 가까워진 것을 알아차리고는 숨이 멎는 것만 같았다. 침묵이 이어졌다. 경비병이 말했다.

"아무것도 아니군."

그가 물러날 즈음에야 마음이 놓인 알라딘은 다리에 힘이 풀리기 시작했다.

알라딘은 서둘러 방을 빠져나간 다음, 달빛에 환히 빛나는 창문 아래로 몸을 낮췄다. 그러다가 바깥 풍경에 멈칫하고 말았다. 그의 눈앞에는 그가 지금껏 본 정원 중에 가장 아름다운 곳이 펼쳐졌다.

그곳은 무덥고 건조한 아그라바에서는 좀처럼 찾아보기 어려운 향나무, 높이 자란 상록수, 향기로운 소나무들로 꾸며졌다. 장미는 물론, 여린 잎이 달린 꽃들도 보기 좋게 무리지어 있었다. 각종 식물이 자라나는 동산도 눈에 띄었다. 흰 수련이 가득한 연못에는 웬만한 남자보다 키 큰 분홍 연꽃도 있었다. 달걀 모양의 분수대는 저택만큼 거대했다. 섬세한 흰색 새장은 거인의 새장처럼 거대했지만 이상하게도 안에는 새가 들어 있지 않았다.

작은 건물, 발코니 난간, 토피어리 등 사방에 자스민이 있었다. 흰 자스민, 분홍 자스민, 노란 자스민, 밤에 피는 자스민……. 향기에 취해 알라딘은 정신이 몽롱해지는 것 같았다.

자스민. 이곳은 그녀의 정원이었다. 그녀는 분명 근처에 있어야 했다. 알라딘은 서둘렀다.

곤히 잠든 궁전의 먼지 쌓이고 땅거미 진 곳을 따라 살금살금 가다 보니 여성스럽게 장식된 곳이 나타났다. 보드라운 깔개, 세련된 항아리, 벽의 그림, 꽃과 식물들. 그는 비단 쿠션과 낮은 탁자로 채워진 응접실을 지났다. 탁자 위에는 견과류 접시, 족자, 게임 판들이 있었다.

이 방을 지나자 작은 복도가 나왔다. 복도 끝에는 나비가 훨훨 날아오르듯 활짝 열리는 아름다운 문양의 황금 문이 있었다. 문양 옆으로는 자파의 스타일로 검고 붉은 제복을 갖춰 입은 근위병이 서 있었다.

난관이었다. 알라딘은 혼란 속에서 주먹을 불끈 쥐었다. 어딘가에서 째깍거리는 소리가 났다. 눈에 보이지 않는 시계이거나 조용한 차임벨 소리일 것이다. 두 병사가 창을 치켜세우고는 경례를 주고받은 다음 밖으로 발맞추어 나갔다.

언제 저들이 다시 돌아올지 알 수 없었다. 하지만 도적의 직관에 따르면 당장 행동해야 했다. 알라딘은 앞으로 돌진하며 자물쇠를 따는 도구를 꺼냈다. 이번 자물쇠의 장식은 아름답고 정교했지만 구조는 꽤나 단순했다. 잠금을 푸는 데는 1분도 걸리지 않았⋯⋯.

순간 문이 안으로 열렸다. 알라딘이 깜짝 놀라서 고개를 들자 마찬가지로 당황한 자스민의 얼굴이 나타났다. 그녀는 반대편에서 자물쇠에 꽂힌 날카로운 머리핀 한 쌍을 뽑아내고 있었다.

"아, 안녕하세요?"

알라딘은 어리둥절해하면서도 자스민이 두 팔로 자신을 와락 감싸 안는 것을 막지 않았다.

"살아 있었구나!"

자스민이 기쁘게 속삭였다.

"물론이죠! 살아 있지요. 저는 당신을 구하러 왔어요⋯⋯. 그런데⋯⋯ 보아하니⋯⋯ 도움이 필요해 보이지 않네요."

사람들 사이에 유명한 자스민의 애완 호랑이가 나타나 노란 눈망울을 번뜩이며 침입자를 노려보았다. 라자는 마음에 들지 않는 듯 깊게 으르렁거렸다. 아부는 알라딘의 어깨 위에서 폴짝거리며 예민하게 찍찍거리기 시작했다. 알라딘은 황급히 아부의 주둥이에 손을 가져다 댔다. 원숭이는 조용해졌다.

"정말로. 괜찮아 보이시네요."

자스민이 왕관 아래로 머리핀을 꽂아 넣으며 웃었다.

"마음 상태가 중요한 거지."

그녀는 다른 손으로 라자의 목을 쓰다듬으며 말했다.

"나는…… 네가 나 때문에 처형된 줄 알았어. 자파가 그렇게 말했거든."

"네? 흠. 이제야 이해되는군요. 하지만 그건 다음에 이야기하고 우선 여기를 빠져나가요. 병사들이 돌아오기까지 9분 남았어요."

자스민이 고개를 끄덕이며 말했다.

"알았어."

알라딘이 그녀의 손을 잡고는 떠날 채비를 했다. 아부도 알라딘의 생각에 동의하듯 찍찍댔다. 양탄자도 몸을 일으켰다.

"저건 뭐지?"

자스민은 간신히 비명을 참았다. 알라딘이 아무렇지 않게 되물었다.

"아, 이거요? 마법 양탄자에게 안녕이라고 해보세요. 마법 양탄자야, 자스민 공주님이셔!"

자스민은 놀라움에 눈이 휘둥그레졌다.

"진짜…… 하늘을…… 나는…… 양탄자라니. 놀라워. 우린 할 이야기가 정말 많겠구나."

알라딘이 복도를 걸어가며 말했다.

"모르지아나의 집에 가요."

"누구……? 아니야. 우린 먼저 지니를 구해야 해."

"음, 안 돼요, 자스민 공주님. 지금 시간이 없어요."

자스민이 절박하게 말했다.

"그는 덫에 걸렸다고. 나처럼 말이야. 자파가 그에게 온갖 끔찍한 일을 시키고 있어. 술탄으로 만들어달라느니, 강력한 마법사가 되게 해달라느니. 지니가 바라는 일이 아니야. 우린 그의 램프를 빼앗아야 해."

"안 돼요, 자스민 공주님. 지금은 안 돼요. 계획을 세우고 좀 더 준비한 다음에 다시 와요. 지금은 공주님과 여길 빠져나가는 것만도 벅차다고요. 자파가 가장 귀한 물건을 아무 데나 내버려둘 것 같아요?"

자스민의 얼굴에 실망감이 어렸다.

"하지만……"

알라딘은 그녀의 팔에 손을 얹고는 그녀의 눈을 바라보았다.

"약속할게요. 만약 당신께 중요하다면, 그를 구하러 반드시 다시 돌아오도록 해요. 하지만 지금 도둑, 공주, 호랑이, 원숭이, 마

166

법 양탄자가 할 수 있는 일은 이 정도예요."

자스민은 애석한 듯 고개를 끄덕인 뒤 그의 손을 잡았다.

"이제 7분 정도예요. 제가 비밀 통로를 알아요. 우린 빨간 판자가 있는 방으로 돌아가야 해요!"

자스민이 고개를 끄덕이고는 최대한 발소리를 내지 않고 서둘러 그를 따라갔다. 그녀가 숨을 헐떡이며 속삭였다.

"하지만 자파가 모든 목표를 이룬 건 아니야. 그에겐 계획이 있다고."

"그는 아그라바를 가졌어요. 뭘 더 원한다는 거죠?"

자스민의 얼굴이 어두워졌다.

"그와 같은 사람은 늘 더 원하지. 더 강한 힘. 더 많은 칭송. 더……."

알라딘이 갑자기 멈칫하자 자스민은 말을 멈췄다. 양탄자와 호랑이가 미끄러지듯 멈춰 섰다. 마법 양탄자와 호랑이가 멈추자 아부는 놀라서 알라딘의 목을 부여잡았다. 화로가 있는 방에 도착한 그들 앞에는 라줄이 있었다. 그 역시 알라딘 일행만큼이나 당황했다. 알라딘이 자신 없게 외쳤다.

"뛰어……."

"병사들이여! 여기다! 불꽃 이는 화로의 방이다!"

라줄이 외쳤다.

"불꽃 이는 화로의 방?"

알라딘이 복도로 달려가며 인상을 찌푸렸다. 무거운 발소리가 사방에서 들려왔다. 만약 아그라바 거리였다면 알라딘은 어느 길이 자신들을 숨겨줄 만큼 심하게 구불대는지, 어느 곳이 손쉬운 도주로인지를 훤히 알았을 것이다. 하지만 지금은 그저 까막눈이 되어 무리를 이끌고 있는 셈이었다.

"빠져나갈 방법이 있나요?"

알라딘이 숨을 헐떡이며 자스민에게 물었다.

"저기 앞에. 기둥이 세워진 로지아로 가면 상미향이 나는 받침돌들이 있는 뜰로 연결돼."

알라딘이 그녀를 바라보았다.

"농담이야. 향은 안 나."

그녀가 미소를 지었다. 호랑이는 자스민의 계획을 알아차린 듯 앞서 나갔다. 양탄자는 마치 뒤쪽을 방어하려는 것처럼 무리를 뒤따랐다.

알라딘은 로지아가 무엇인지 몰랐지만 눈앞에 이내 기둥이 세워진 복도와 천장이 없는 거대한 뜰이 나타났다. 그곳에는 레몬나무, 달콤한 향기가 나는 도금양, 장미 화분들이 있었다. 뜰은 더 많은 기둥들과 화려한 장식물로 꾸며졌다. 고대 강물의 신들을 묘사하는 조각상들도 줄지어 있었다. 실제로 받침돌도 있었다. 장미 문양이 새겨진 받침돌들이었다. 알라딘과 자스민을 기다리는 열댓 명의 병사들도 있었다.

"멈춰!"

알라딘은 두 명씩 조를 이룬 병사들이 눈앞에서 자신들을 덮치려 하자 재빨리 걸음을 멈췄다. 병사 한 명이 알라딘의 팔을 낚아챈 뒤 바닥에 꿇어 앉혔다. 자스민은 반대 방향으로 간신히 도망쳤다. 호랑이가 으르렁대면서 병사의 뱃가죽을 찢을 듯이 발톱을 치켜세웠다. 자스민이 소리쳤다.

"안 돼! 라자! 그의 잘못이 아니야. 자파의 명령일 뿐이라고."

알라딘은 지금 이 순간에도 병사들을 걱정하는 자스민에게 감탄하며 병사의 아랫도리를 공략했다. 힘껏 팔을 휘두르고 다리로 걷어찼다. 병사는 비명을 지르며 옆으로 고꾸라졌다. 알라딘이 그의 등에 올라탔다.

그 순간 다른 병사의 칼날이 알라딘 위쪽의 공기를 가르자 알라딘은 재빨리 몸을 피했다. 그는 자신을 공격한 병사를 다른 병사 쪽으로 차서 쓰러뜨렸다.

그때 자스민의 비명 소리가 들렸다. 고개를 돌린 알라딘은 병사 한 명이 자스민의 허리띠를 잡고 그녀를 끌고 가는 것을 보았다. 자스민은 한 손으로 죽을힘을 다해 조각상을 붙잡고 있었고 다른 한 손은 은단검 쪽으로 뻗고 있었다. 라자가 으르렁댔다.

"머저리 같으니!"

라줄이 난투가 벌어지는 곳으로 다가와 소리를 질렀다.

"네가 공주님을 그런 식으로 모셨다는 것을 술탄께서 아시면 넌 살아남지 못할 거야."

움찔한 병사가 우물쭈물하는 사이 라자가 그에게로 뛰어올랐다. 하지만 알라딘은 다음 장면을 놓치고 말았다. 병사 두 명이 그에게 달려들어서 검을 심장에 겨누었기 때문이다. 알라딘은 쭈그리고 앉아 빙글빙글 돌았다. 그러고는 병사 한 명의 다리를 걸어 그가 다른 병사와 함께 넘어지게 했다. 두 병사는 서로 꽝 소리를 내며 부딪치더니 돌계단 아래로 굴러떨어졌다. 알라딘이 이 틈에 재빨리 명령했다.

"양탄자! 공주님을 구해!"

공중에서 흐느적대던 양탄자는 멈칫하더니 즉각 대리석 기둥 사이를 요리조리 피해 자스민에게 날아갔다. 병사들이 양탄자를 뒤쫓으려 했지만 라자가 막아섰다.

알라딘은 무슨 시도를 해보기도 전에 뒤에서 들이닥친 익숙하고 노련하며 매우 솜씨 좋은 손길에 붙들리고 말았다. 라줄이었다.

"쥐떼거리 녀석. 네가 주제넘은 일을 벌였구나."

알라딘은 발버둥 쳤지만 소용없었다. 한편 자스민은 자신을 쫓던 추격자로부터 자유로워진 듯했다. 공주는 양탄자로 몸을 날려 장식 술을 붙들었다. 양탄자가 자스민의 무게에 한쪽으로 살짝 기울었다가 자스민과 함께 하늘 높이 날아올랐다. 알라딘은 안도의 한숨을 내쉬었다.

그때 아부가 비명을 지르면서 검을 움켜쥔 병사의 머리 위로 뛰어들었다. 그 틈에 알라딘은 바닥에서 박차고 일어나 자신의 손을 붙들고 있는 라줄을 발뒤꿈치로 차버렸다. 라줄이 식식거리며 움켜쥐었던 손의 힘을 조금 풀었다. 알라딘은 족제비처럼 날쌔게 몸을 흔들어 그의 손아귀에서 벗어났다.

"여기야!"

위에서 알라딘을 부르는 소리가 들렸다. 알라딘이 위를 올려다보았다. 자스민이 지붕의 가장자리를 붙들고 있었다. 그녀가 손가락으로 어딘가를 가리켰다. 그러자 양탄자가 급히 하강하여 알라딘에게 다가왔다.

"공주는 다들 이렇게 제멋대로인가요?"

알라딘이 미소를 지으며 양탄자에 올라타려는 순간 라줄이 분노 어린 괴성을 지르며 칼을 뽑아들고는 알라딘에게 몸을 날렸다. 칼끝이 알라딘의 옆구리에 닿더니 이내 살 속으로 거칠게 파고들었다. 알라딘은 고통으로 비틀거렸다. 피가 그의 몸을 타고 흘러내렸다. 알라딘은 애써 숨을 참으며 간신히 몸을 일으켰다. 양탄자는 발을 디딜 수 있을 만큼 가까이에 있었다. 하지만 라줄의 두 번째 공격 대상은 알라딘이 아니었다. 마법 양탄자는 한 발 늦고 말았다.

라줄이 양탄자의 한쪽 모서리를 베어버리면서 장식 술 하나가 떨어져나갔다. 양탄자는 거칠게 몸서리를 치고는 몸체가 기울어진 채로 날아갔다.

"난 널 죽이고 싶지 않아, 쥐떼거리 녀석아."

라줄이 검을 치켜세웠다.

"그래 보이네요, 라줄 대장님."

"만약 공주님이 사라지시면 나와 내 부하들의 목숨이 무사하지 못해."

알라딘은 양탄자가 구석에서 조각상과 기둥들 사이를 천천히 표류하는 것을 보았다. 자신이 서 있는 곳에서는 조각상과 기둥들이 일직선으로 서 있는 것으로 보였다. 알라딘의 머릿속에 어떤 생각이 떠올랐다.

라줄은 빠르게 회전하더니 알라딘의 등으로 검을 날렸다. 알라딘은 몸을 숙여서 칼날을 피했다. 그러고는 첫 번째 조각상의 머리를 양손으로 짚고 개구리처럼 폴짝 뛰어, 두 번째 조각상으로 이동했다. 쉴 틈 없이 그는 세 번째 조각상으로 폴짝 뛰어갔다.

라줄은 그의 계획을 눈치채고는 그를 향해 달려왔다. 알라딘은 마지막으로 가장 높고 화려한 기둥을 향해 젖 먹던 힘까지 다해 뛰어올랐다. 그가 올라타면서 기둥이 흔들리기 시작했다. 그의 손은 지붕을 내리누르고 있었다. 점토 기와는 그의 손아귀에서 뭉개졌다. 자스민이 알라딘의 팔을 잡아서 간신히 끌어올렸다.

알라딘 아래로 펼쳐진 뜰은 기둥들이 흔들리면서 파괴되기 시작했다. 알라딘은 겁에 질린 채 위를 올려다보는 라줄을 바라보았다. 그러고는 외쳤다.

"양탄자! 라줄을 구해!"

양탄자는 속도를 낮추고 라줄 쪽으로 향했다. 하지만 라줄은 운이 없었다. 그는 몸을 돌리고 위를 올려다보며 비명을 질렀다. 그 후 무시무시한 '쿵' 소리가 들려왔다.

알라딘이 고개를 돌렸을 때에는 라줄의 한쪽 팔이 흐느적대다가 다시 바닥으로 털썩 내려앉는 모습이 보였을 뿐이었다.

Chapter 11

　삼인조의 옷자락이 궁전의 담벼락을 따라 살살 나부꼈다. 너무도 어두운 밤이었기에 이들은 별이 비추는 곳에서만 간신히 보일 정도였다. 수도에 위치한 사원과 관청 곳곳에서 말소리가 새어나오기 시작했다. 명령이 내려졌고, 추격은 거세졌으며, 처벌은 사실상 시작되었다.

　알라딘, 자스민, 아부는 키 큰 소나무들이 있는 곳에 다다랐다. 아이러니하게도 이곳은 얼마 전까지 자스민이 탈출구로 쓰던 곳이었다. 알라딘은 담벼락에 바짝 몸을 붙이고 자스민을 최대한 아래까지 내려주었다. 그녀의 착지는 완벽하진 않았지만 꽤 괜찮았다. 알라딘이 뒤이어 뛰어내렸다. 몸을 움직일 때마다 칼에 찢긴 부위가 타들어가는 듯했다. 피가 옆구리에서 가늘게 흘러내렸다. 땅으로 내려온 삼인조는 쥐떼거리 마을을 향해 줄행랑을 쳤다.

멀리 가지도 않았는데 어둠 속에서 기이한 소리가 울려 퍼졌다. 알라딘이 자스민을 의아하게 바라보았다. 자스민은 자신의 입술에 손가락을 대며 걸음을 멈추었다.

"숨어야겠어."

알라딘은 주위를 돌아보며 폐가인 '듯한' 곳을 찾았다. 폐가인 '듯한' 곳이라고 말한 것은 궁전을 제외하고는 아그라바의 모든 곳이 버려진 것처럼 보였기 때문이었다. 덧문이나 가리개로 꽁꽁 감춘 탓인지, 집들은 죄다 어두컴컴했고 몇 곳만 램프로 불을 밝혔을 뿐이었다. 심지어 부자 동네나 찻집, 술집과 포도 정원마저 텅 비었다. 사막의 동굴에서 돌아온 이후 처음으로 경험하는 이런 적막감은 기괴하고도 규칙적으로 째깍거리는 소리에 의해 더욱 깊어만 갔다.

경첩에 매달려 있는 망가진 문을 지났다. 역시 부서지고 버려진 작은 가구들이 눈에 띄었다. 먼지와 끝없는 사막 모래가 모든 것을 뒤덮었다. 이곳에는 분명 누구도 살지 않는 듯했다. 자스민은 낡고 썩은 베개 위로 지친 듯 쓰러졌다. 벌레로 가득할 것이 뻔했지만 개의치 않는 듯했다.

알라딘은 밖을 살피기 위해 문가에 자리 잡았다. 문에서 불과 몇 미터 거리에 여섯 명으로 구성된 분대가 있었다. 알라딘은 그들을 달리 뭐라고 불러야 할지 몰랐다. 이들의 제복은 축제 행렬에서 시스트룸을 연주하던 이들처럼 검은색으로 빛났다. 이들의 움직임은 한 치의 오차도 없이 완벽했다. 이들의 손에는 끝부분에만 날이 박힌 유별나게 번뜩이는 철제 무기가 들려 있었다. 병사들은 기수들처럼 부츠를 신고 있었다. 가죽 신발 끝에는 금속 굽이 박혀 있었다.

하지만 알라딘이 의아하게 여긴 것은 그들의 표정과 눈빛이었다. 저들은 똑같이 생겼다. 축제 행렬에서 춤추던 예쁘장한 소녀들처럼. 요상하고도 공허한 검은 눈망울에서부터 일직선으로 굳게 다문 입술까지 그들의 표정은 완벽히 닮아 있었다. 마치 조각상이나 인형 혹은……. 알라딘은 왠지 몸서리가 쳐졌다.

"저들은 뭘까요?"

"자파의 새 평화순찰대. 저들은…… 흠…… 나도 정확하게 누군지 모르겠어. 그냥 자꾸 나타나. 더 많은 마법을 부린 거겠지. 아마도."

자스민은 말을 하면서 머리카락을 가죽 끈으로 질끈 묶은 다음 손가락으로 사이사이를 매만지기 시작했다.

"순찰대는 아그라바에 대한 자파의 거대한 계획 중 일부에 불과해. 저들은 밤마다 시내 곳곳을 순찰하지. 범죄율을 낮추겠다면서 말이야. 자파 말로는 그래. 누군가는 좋아하겠지. 안전해졌다고 여길 테니까. 자파가 말한 대로 말이지."

자스민의 얼굴이 창백하고 지쳐 보였다. 무사히 탈출한 것을 축하해야 했지만 전혀 즐거워 보이지 않았다. 알라딘은 자스민 옆에 앉아 부드럽게 말했다.

"당신의 아버지 일은 유감이에요."

자스민의 얼굴이 굳어지고 눈동자가 번뜩였다. 분노와 악의가 어려 있었다.

"자파는 내 아버지를 죽였어. 바로 내 앞에서 말이야. 난 그가…… 내 아버지를 그렇게 싫어하는 줄은 몰랐어. 자파는 내 아버지를 유배 보내거나 생쥐로 바꿔버릴 수도 있었어. 그런데 그러지 않고 난간 너머로 밀어버렸지."

"제 생각에 자파는 오랫동안 엄청난 야심과 위험한 생각을 키워왔던 것 같아요. 모든 것이 치밀하게 계획되어 있었어요. 당신과 함께 있었다는 이유로 저를 체포했던 것도 계획의 일부였어요. 그는 지니가 갇힌 램프를 가져올 사람이 필요했던 거예요."

알라딘이 진지하게 말했다.

"자파에게 램프를 가져다주었다고?"

자스민이 눈을 깜박였다.

"네, 말하자면 길어요. 재밌네요. 요즘 이 말을 계속하게 되네요. 언젠가 정말로 다 들려드릴게요. 하지만 동굴에 한 번 더 들어가라고 한다면 무조건 사양하겠다는 말만 해두죠."

자스민이 인상을 찌푸렸다.

"그러니까…… 내 잘못이 아니라는 거야? 자파는 누구에게든 그 터무니없는 일을 시켰을 거라는 말이잖아."

"모르겠어요. 저도 알고 싶어요. 하지만 변장한 채로 아그라바를 휘젓고 다닌 결과를 예상하지 못한 것은 어쨌든 당신의 잘못이죠. 전 그저 당신이 빈민가를 기웃거리는 예쁜 부잣집 아가씨인 줄로만 알았거든요, 공주 마마."

알라딘이 진지하게 말하자 자스민이 눈을 동그랗게 뜨고 물었다.

"내가 예쁘다고 생각해?"

알라딘이 입을 벌린 채로 머뭇거렸다. 그는 무슨 말을 해야 할지 알지 못했다.

"하! 농담이야. 물론 넌 그렇게 생각했을 수도 있지."

자스민이 천연덕스럽게 웃으며 말했다.

"당신은 아람 문자(서아시아에서 통용되던 아람어 문자-옮긴이)로 쓰인 책만큼이나 알아차리기 쉬운 분이시군요."

"한 가지에 대해선 진실을 알려줬으면 해!"

자스민이 갑자기 진지하게 덧붙였다.

"뭐든지요."

그가 약속했다.

"이름이 뭐지? 생각해보니 우린 정식으로 인사를 나눈 적이 없어."

알라딘이 웃으며 자리에서 일어나 고개를 깊이 숙였다.

"저는 알라딘이라고 합니다. 하트페흐 여사의 아들이지요. 제 어머니는 트완케 선생의 딸이십니다. 트완케 선생은 이브라힘 여사의 아들이고요. 이브라힘 여사는 엄청나게 많은 누군가의 따님이었어요. 아마 들어도 누군지 모르실 겁니다. 아무도 모를 거예요."

"그리고 나는…… 아마…… 너는 내가 누군지 이미 알고 있겠 지. 지금껏 네가 겪은 모든 일에 대해선 진심으로 유감이야."

자스민이 다시 슬픈 표정을 지었다.

"대부분 그만한 가치가 있었는 걸요."

알라딘이 그녀 옆의 땅바닥에 주저앉았다. 그는 옆구리의 고 통에 움찔했다. 그 모습에 자스민은 말을 잇지 못했다. 하지만 그 녀가 손을 뻗어 상처 부위를 만지려고 하자 그는 살짝 그녀의 손 을 밀어냈다.

"게다가 저는 내일을 살아가기 위해 오늘을 버티거든요. 우린 자파를 잡을 겁니다. 그리고 당신의 왕좌도 되찾을 거고요. 어떻 게든 말이죠. 당신의 아버지를 기리면서."

"아버지의 복수를 위하여."

자스민이 이를 악물고 식식거렸다. 그녀는 다시 주먹을 꽉 쥐 고는 분노로 이글거리는 눈으로 먼 곳을 바라보았다.

알라딘은 손으로 얼굴을 문질렀다. 그간 너무도 많은 일이 순식간에 벌어졌다. 모든 것이 너무도 빠르게 변하고 있었다. 이전 술탄은 이제 없었다. 선대 술탄들에 비할 바는 못 되었지만 적어도 그에게는 일관성이 있었다. 교활한 수상인 자파는 광기 어린 독재자였다. 그리고 아그라바는 변했다. 모든 것이 불편하게만 느껴졌다.

그리고 라줄이 죽었다. 알라딘은 그에게 깊은 감정이 있는 것은 아니었다. 알라딘의 옆구리에 상처를 남기기도 했으니까. 하지만 이전 술탄처럼 그는 알라딘과 오랜 인연이 있었다. 라줄은 알라딘이 소년이었을 때부터 그를 쫓아다녔다. 이제 알라딘은 청년이 되었고 라줄은 경비대장이 되었다. 이들은 같이 성장한 것이나 다름없었다. 그저 다른 길을 갔을 뿐이다.

알라딘의 배 속에서 이상한 경련이 일었다. 라줄이 죽기를 바랐던 적은 없었다. 지금껏 단 한 번도 누군가를 죽음으로 이끈 적은 없었다. 이것은 물론 다른 일이긴 하지만. 어쨌든 이런 죄책감은 낯설었고 이 모든 새로움은 끔찍했다.

자스민을 제외하고. 그녀를 바라보는 것만으로도 모든 것이 좋아지는 것만 같았다. 그녀의 머리카락은 이제 평범한 소녀처럼 땋아져 있었다. 곱슬머리가 놀라우리만큼 매력적으로 귀 주위에서 흘러내렸다. 그녀의 얼굴은 먼지를 뒤집어썼지만 여전히 빛나고 있었다. 다른 시간, 다른 장소였다면 알라딘은 그녀에게 다가가 입맞춤을 했으리라.

하지만 지금 자스민의 속은 들끓고 있었다. 알라딘은 행복에 물든 자애롭고 천진난만하던 소녀가 어둡고 끔찍하게 변했음을 깨달았다.

"자파를 막아야 해."

그녀가 갈라진 목소리로 말했다.

"그래요. 그렇게 해요! 하지만 우리 힘만으로는 안 돼요. 일단 안전한 곳으로 가요. 모르지아나의 집으로요. 거기서 방법을 찾아봐요."

알라딘이 자리에서 일어나 자스민에게 손을 내밀었다. 그녀가 그의 손을 잡았다.

알라딘이 밖을 살펴보았다. 위험은 지나간 듯했다. 순찰대가 지나간 아그라바는 다시 깨어나고 있었다. 이들이 길을 따라 집을 네 채 정도 지나쳤을 때, 자스민이 뜬금없이 물었다.

"잠시만! 모르지아나가 누구야?"

알라딘이 한숨을 내쉬었다.

"친구예요."

"친구……."

"어릴 때부터 알고 지냈어요. 같이 컸거든요. 그러다가 각자의 길을 갔죠."

"뭐? 그 아가씨는 학자라도 된 거야?"

자스민이 놀려댔다. 하지만 왠지 마음이 놓인 듯했다.

"아니요. 그보다 못한 거요. 도적이요. 저보다 더 심각한 수준이죠. 모르지아나와 두반은 악당 패거리를 만들었거든요. 그러고는 보살핌을 받지 못하는 어린 쥐떼거리 녀석들을 데려다가 거지로 훈련시키죠. 제가 보여준 녀석들 기억나세요? 네, 바로 그 녀석들이요. 그 녀석들에게 도둑질을 가르쳐요. 때로는 좋지 않은 다른 것들도요. 저는 그 녀석들이 살아가는 삶의 방식에 동의하지 않아요. 여기에다 제 가족에게 있었던 일로 인해 저희는 다른 길을 가게 되었어요."

"보름 전까지만 해도 나는 물건은 사야 하는 것인지도 몰랐고, 도적질이나 빈곤 같은 것에도 완전히 문외한이었어. 오늘은 도적질에도 등급이 있다는 걸 배우게 되는구나."

자스민이 고개를 끄덕였다.

"맞아요. 전혀 다른 세상이 눈앞에 펼쳐질 거예요."

자스민이 모르지아나의 은신처로 발을 디디려던 찰나 단검들이 일제히 그녀를 겨누었다. 하지만 알라딘이 곁에 있었기 때문에 그들은 곧장 거실로 향할 수 있었다.

"일주일에 두 번이나, 알라딘."

모르지아나가 느릿느릿 말했다. 분위기를 보면, 그녀와 두반은 지금껏 다소 언성을 높였던 모양이었다. 두 사람은 밝지 않은 표정으로 가까이 서 있었다.

"영광이야."

"그래야지."

알라딘은 소녀의 단검이 자신의 상처 부위를 겨누자 움찔하지 않으려 애쓰며 숨을 골랐다. 두반이 지친 듯 말했다.

"저 애들은 그냥 보내줘. 우리한테 해가 되지 않는다고."

모르지아나가 꼬마들에게 고개를 끄덕이자 그들은 꿈결처럼 어둠 속으로 사라졌다. 그녀는 자신의 옛 친구를 향해 환한 미소를 지었다.

"그리고 고귀하고도 매력적인 여자 친구라. 공주님과는 아는 사이야?"

자스민은 당황한 듯했다. 흙먼지와 핏자국에 뒤덮였어도 그녀의 옷은 비단과 새틴으로 만들어진 것이었다. 그녀의 땋은 머리 위로는 왕관이 씌워져 있었고 커다란 금귀고리는 누가 봐도 눈에 띄었다.

자스민은 눈을 치켜뜨고는 모르지아나가 고개를 살짝 기울여서 바라보고 있는 것이 무엇인지 알아내려 했다. 모르지아나가 보는 것이 자신의 왕관임을 깨달은 자스민은 재빨리 왕관을 벗어서 도적들의 발아래로 던져버렸다. 왕관은 불길한 쿵 소리를 내며 흙먼지 바닥에 부딪혔다.

"가져. 난 괜찮으니까. 내 아버지는 돌아가셨어. 호랑이도 잃었고, 내 왕국도 잃었어. 왕관이 나한테 무슨 소용이겠니?"

"우아!"

두반이 소리쳤다.

"왕관을 내다버릴 필요는 없잖아요."

알라딘이 재빨리 말했다.

"만약 당신의 왕관을 탐냈다면 직접 빼앗았겠죠, 공주님."

모르지아나가 말했다. 그녀는 발꿈치로 솜씨 있게 왕관을 공중에 날린 다음 한 손으로 다시 받았다. 그러고는 자스민에게 다가가 왕관을 건넸다.

"제 집의 물건은 모두 당신 거예요."

모르지아나는 전통적인 환영 인사를 건네고 이렇게 덧붙였다.

"목마르시면 물을 드릴게요."

자스민은 왕관을 다시 가져갔다.

"응. 사실 목이 말라. 물 한잔만 주면 고맙겠어."

"앉으세요."

모르지아나가 낮은 탁자를 가리켰다. 자스민은 연꽃처럼 우아하게 앉았다. 알라딘도 세련되고 날쌔게 주저앉았다. 두반과 모르지아나도 자리에 앉았다. 하잔이라는 소년이 물 두 잔을 가져왔다. 알라딘에게는 장식이 없는 은잔을, 자스민에게는 황금 잔을 건넸다.

"고마워."

자스민이 잔을 받으며 말했다. 그녀는 물을 쭉 들이켰다. 그런 다음 잔을 돌리며 잔의 밑바닥을 살펴보았다.

"음…… 그럴 줄 알았어. 이 고블렛(유리나 금속으로 된 포도주잔-옮긴이)은 궁전에서 작은 연회에 쓰이는 거야. 내 아버지의 인장이 찍혀 있거든."

모르지아나가 손을 뻗으며 어깨를 으쓱였다.

"이런 물건들은 인장 때문에 함부로 빼돌릴 수가 없어요. 게다가 누구도 사려 하지 않죠. 괜히 샀다가 다시 궁전에 회수당할 수도 있거든요. 그리고 궁전의 물품을 훔친 것에 대한 죗값은 목숨으로 치러야 해요. 그러니 여기에서만 사용하죠."

자스민이 말했다.

"그렇기는 하지만, 요즘에는 뭐가 옳고 그른 건지 기준이 모두 흔들려서 말이지."

두반과 모르지아나는 그녀의 목소리에 피로가 묻어 있음을 느꼈다.

"너희들 긴장했나 보구나."

알라딘이 베개 하나를 밀치고는 접시 위에 놓인 메추라기 다리를 우적대며 말했다. 놀랍도록 육즙이 가득했고 맛있었다.

"군인들이 길모퉁이마다 경비를 서고 있어. 그런데 무언가가 부자연스러워. 누구도 그들을 알지 못할 뿐만 아니라 그들이 어디에서 왔는지도 몰라. 내가 확인해봤지만, 똑같이 생긴 병사들을 잔뜩 싣고 우리 도시로 들어온 카라반은 없었어."

모르지아나가 가죽 술병에서 와인을 따라 마시며 느릿느릿 말했다.

"물가 문제도 있지."

두반이 덧붙였다.

"물가? 돈 같은 거?"

자스민이 물었다.

"이 오렌지 보이시나요?"

모르지아나가 탁자 위에 놓인 오렌지 하나를 단검으로 찔렀다. 그러고는 말을 이었다.

"일주일 전에는 세겔(원래 무게 단위였다가 나중에 은 화폐 단위로 쓰였다-옮긴이) 한 닢으로 오렌지 열두 개를 살 수 있었어요. 지금은 오렌지 한 개에 20다릭(다릭은 페르시아의 금 화폐 단위-옮긴이)이나 하죠. 아니면 자파 금화나 마법 동전 같은 거라도 있어야 뭐라도 살 수 있어요."

두반이 여전히 어리둥절해하는 자스민을 바라보며 설명했다.

"하늘에서 금이 쏟아지면, 그러니까 손을 뻗어 뭐든 원하는 것을 마음껏 얻을 수 있게 되면 금은 가치를 잃게 되죠. 모래처럼."

모르지아나가 자신의 턱으로 동굴 모서리에 쌓인 작은 금 더미를 가리켰다.

"이제 저건 사실상 가치가 없는 셈이죠."

알라딘은 다시 사막 아래 파묻힌 채 산을 이루고 있던 보물들이 떠올랐다. 이상한 생각이 순간 머리를 스쳤다. 이 모든 일이 이전에도 일어났던 것은 아닐까? 보물들이 파묻힌 이유가 자신의 부와 함께 묻히고 싶어 했던 어떤 광기 어린 늙은 술탄이 아니라, 지니의 도움으로 너무도 많은 금을 쟁여두어서 세상을 거의 파멸 직전까지 몰고 갔던 누군가였다면? 어쩌면 이 모든 것이 비밀에 부쳐진 것은 '소원을 비는 마법'으로부터 인간을 보호하기 위해서였는지도 모른다.

"이것까지 자파의 큰 그림에 포함되지는 않았을 거야. 이걸 예견했을 것 같지는 않아."

자스민이 중얼댔다.

"하지만 더 큰 그림은 있는 것 같다고 하셨죠, 그렇죠?"

알라딘의 말에 자스민이 고개를 끄덕였다. 그녀는 마치 잠깐의 휴식과 물 한잔으로 원기를 회복하고 이전의 활기를 되찾은 듯했다.

"우린 자파를 막아야 돼. 들어봐. 그는 램프를 가진 덕분에 지니를 맘껏 부려먹을 수 있어. 지금까지 자파는 두 가지 소원을 썼어. 첫 번째는 술탄이 되는 것이고 두 번째는 세상에서 가장 강력한 마법사가 되는 것이었지. 지니는 그의 세 번째 소원은 들어줄 수 없었어. 마법의 법칙에 위배되는 것이었거든."

"그게 뭐였죠?"

두반이 숨 가쁘게 물었다. 자스민이 얼굴을 붉혔다. 자신의 입

187

으로 말하기에는 민망한 듯했다.

"자파는 고분고분한 신붓감을 원했지. 그는 지니를 이용해서 내가 그와 사랑에 빠지게 하려고 했어."

"아……. 그게 다인가요? 왜죠?"

모르지아나가 다소 실망한 듯했다.

"왜냐하면 그것이야말로 권력 말고 자파가 원하던 것이었으니까. 다른 무엇보다도 자파는 사랑과 존경을 원한 것 같아. 그래서 축제를 벌이고 금화를 뿌려대고 대발코니에서 연설을 했던 거지. 그는 나를 포함한 모든 사람이 자신을 흠모해주길 바라고 있어."

"저라면 그런 소원을 빌지 않겠어요. 오해하진 마시고요!"

두반이 말했다.

모르지아나가 눈을 가늘게 치켜뜨며 알라딘에게 말했다.

"알라딘, 네가 세상에서 가장 강력한 마법사가 집착하고 있는 대상을 우리 비밀 은신처로 모셔온 셈이네. 내가 제대로 이해한 것이 맞지?"

알라딘이 씁쓸한 미소를 지어 보였다.

"공주님은 좋은 협상 카드가 될 거야."

두반이 말했다.

"내가 여기 있다는 걸 알았다면 자파가 이미 쳐들어왔겠지."

자스민이 재빨리 대꾸했다. 그러고는 계속 말했다.

"내 생각에 자파는 벽을 꿰뚫어보는 투시력은 없어. 일단 앞에서 하던 말을 계속할게. 지니가 나를 사랑에 빠지게 하지 못하자 자파는 격분했지. 마법으로는 직접 사람을 죽이거나 죽은 자를 되살릴 수도 없지. 그래서 지금 자파는 모든 걸 총동원해서 마법의 규칙을 깨려고 하는 거야. 이미 열댓 명의 부하를 전 세계로 보내서 고대로부터 전해 내려오는 사악한 주술을 모으고 있어. 자파는 모든 사람이 자신을 흠모하길 바라. 또한 망자의 부대를 이끌고 싶어 하기도 하고. 나머지 세계를 정복하기 위해서 말이야."

자스민이 얼마나 심각한 말을 했는지 알아차린 모든 이들은 할 말을 잃고 말았다.

"농담이겠죠."

두반이 두 눈을 동그랗게 떴다.

"아니야. 난 그를 지켜봤어."

자스민이 정색했다. 모르지아나가 엄마에게서 듣던 욕지거리를 퍼부었다.

"사탄의 사악한 주술 같으니! 자스민 공주님, 이건 심각한 문제예요."

"뭐가 더 최악인지 모르겠어. 죽은 자들이 걸어 다니며 자파의 명령에 따르는 것과 우리 모두가 자파를 무조건 열렬히 흠모하는 주술에 빠지는 것 중에서 말이야."

두반이 골똘히 생각에 잠겼다.

"내 귀에는 둘 다 끔찍한걸. 우린 자파를 막아야 돼. 아니면 도시를 빠져나가든가."

알라딘이 말했다.

"도와줄 거지? 이 악몽을 현실로 만들어줄 것들을 자파가 얻지 못하게 막아야 돼. 그리고…… 자파를 무너뜨리고 내가 왕위를 되찾아야 해. 너희들, 도와줄 거지?"

자스민이 애원했다.

모르지아나와 두반이 서로를 바라보았다.

"우린 도적이에요, 자스민 공주님. 우리가 뭘 할 수 있겠어요?"

"너희들은 그냥 도적들이 아니야. 너희들은 부대와 마찬가지야. 게다가 우린 군사력이 필요한 것도 아니고. 우린 그저 자파가 마법의 규칙을 깨는 능력을 얻지 못하도록 막기만 하면 돼. 예를 들어 그가 찾는 물건을 우리가 먼저 가로채는 식으로 말이야. 너희들은 카라반을 터는 법을 잘 알잖아."

"무슨 말씀인지 이해가 안 가요."

모르지아나가 고블렛을 들어 포도주 한 모금을 들이켰다. 자스민은 아랑곳하지 않고 말을 이어갔다.

"그동안 난 사람들의 지지를 호소할 거야. 내가 왕위를 되찾을 수 있도록 실제 권력 기반을 다지는 거지."

"그에 대한 대가는요?"

모르지아나가 물었다.

"여자 술탄의 무한한 감사? 네가 영혼을 빼앗기지 않고, 네 육체가 마법사의 망자 부대에 들어가지 않게 하는 것? 어때?"

자스민이 능글맞게 대꾸했다.

모르지아나가 관심 없다는 듯 어깨를 으쓱했다.

"어쩌면 우리 도적떼는 이만 사라져야 할지 모르겠군요. 다른 곳으로 말이죠. 듣자 하니 바그다드는 요맘때가 절경이라던데."

"이봐, 여긴 아그라바야. 게다가 우리가 구할 곳은 전 세계 나머지 지역 전부라고."

자스민이 절박하게 말했다.

"전 다른 세계가 어떻든 관심 없어요. 망자의 부대더러 가지라고 하죠, 뭐."

두반이 어깨를 으쓱했다. 자스민은 이들의 퉁명스러운 대꾸에 절망하고 말았다. 하지만 알라딘은 히죽거렸다. 그는 오랜 단짝 친구들이 아무렇지 않게 주고받는 농담 속에서 이미 알아차렸다. 이들은 이미 마음을 먹었기 때문에 이 문제에 대해 이야기를 하고 있는 것이다. 마치 술탄, 마법사, 지니와 맞붙는 것이 별일 아닌 것처럼.

"그래서…… 도와줄 거야?"

자스민은 알라딘의 밝은 표정에 희망을 걸고 물었다. 두반은 자스민에게 다가와 주먹으로 탁자를 세차게 내리쳤다. 자스민은 뒤로 물러섰다. 두반의 단검이 목재 위에 깊이 내리꽂혀 있었다.

"누구도 우리에게서 아그라바를 빼앗을 순 없어. 심지어 사악한 마법사나 그의 주술이라고 해도. 그의 명령을 따르는 부대가 있다 해도 말이야."

모르지아나 역시 자스민 눈앞에서 단검을 목재 위에 내리꽂았다.

"아그라바를 위하여."

"아그라바를 위하여."

동굴에 있는 모든 이의 함성이 메아리쳤다. 자그마한 팔들에 의해 멋지게 내리꽂힌 여섯 개의 단검, 칼, 단도가 자스민 앞과 주위에 모여 있었다.

"자, 공주님. 공주님께는 쥐떼거리 부대가 있습니다. 이제 다음 계획은 무엇이신지요?"

모르지아나가 말했다.

Chapter 12

"내가 하는 일을 네가 이해할 거라고 기대하진 않아. 그냥 보고 배워."

저 아래 용암에서 솟구친 화염으로 불을 밝힌 비밀 작업실에서 자파는 무시무시한 악령 재단사 같았다. 그는 입을 벌리고 한쪽 눈썹을 추켜세운 다음, 한 걸음 뒤로 물러나 자신의 작품을 좀 더 자세히 살펴보았다. 그런 다음 마음을 먹은 듯 한쪽을 잘라내기 시작했다.

자파가 손질하던 옷감이 너덜너덜해지기 시작했다. 밝게 색을 입힌 양탄자가 받침대 위에 팽팽히 펼쳐졌다. 남아 있는 세 개의 장식술 위로 무시무시한 못이 고정되었다. 마치 머리와 두 발을 고정하듯이. 자파가 양탄자를 일그러뜨리고 찢어버리자 가여운 녀석은 몸서리치며 오그라들었다. 양탄자에서 실과 보풀이 풀리자 피와 같은 요상한 액체가 바닥으로 흘러내렸다.

"문제는 말이지……."

자파가 양탄자의 가장자리를 손보며 말했다.

"문제는 말이지, 이아고. 넌 마음의 문을 열고 삶이 네게 무엇을 건네든 거기서 기회를 쟁취할 줄 모른다는 거야. 실망과 실패 그리고 역경을 승리로 바꾸는 법을 모른다고. 자스민을 놓친 것은 악재일 수 있어. 하지만 달리 보면 우린 아주 흥미진진하고 귀한 자원을 얻은 셈이지. 삶이 던진 난제들에 내가 기발하게 대응하지 않았다면 지금 내가 술탄이 되었겠어?"

마지막으로 그가 가위질을 하자 양탄자는 두 동강이 났다. 양쪽 모두 괴상한 모양으로 씰룩대고 있었다.

"넌 모를 거다. 하나도 모를 거야, 이아고. 평생을 반질반질 윤이 나는 궁궐에서 제멋대로 멋들어지게 지내왔으니. 보는 사람마다 네게 간식과 과자 부스러기를 건네지. 심지어 멍청한 이전 술탄도 네 버릇을 잘못 들여놨어. 내가 어렸을 적엔 말이다. 내어미는 내게 이름 말고는 남겨준 게 없으셨지. 난 노예로 팔려갔어. 과자를 건네는 사람도 없었고. 나는 뼈 빠지게 일해야 했어."

자파는 조용히 집중하여 또 다른 질긴 천 조각을 힘 있게 가르기 시작했다. 두께감이 늘어날수록 칼질에 더욱 힘이 들어갔다. 자파는 천 조각을 더욱 힘차게 붙들었다. 작업실은 단검이 두텁고 바스락거리는 천 조각을 갈라대는 역겨운 소리를 제외하고는 적막하기만 했다. 요상하게 번들거리는 실이 풀려나와 바닥에 높이 쌓였다.

자파는 천 조각을 다시 두 동강 내고는 승리감에 낄낄댔다.

"완벽해! 그렇지 않아, 이아고?"

하지만 방 안에는 양탄자와 마법사 말고는 아무도 없었고, 그의 질문에 답하는 이도 없었다.

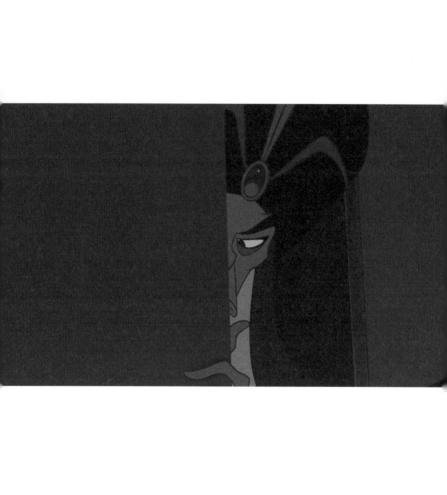

Chapter 13

경비가 삼엄한, 기괴한 짐마차가 먼지를 날리며 서서히 아그라바로 향했다. 카라반은 완전 무장한 기수 두 명과 검고 붉은 제복을 입은 궁전 병사 둘을 양쪽에 나란히 배치했다. 짐차 위에서는 지니가 푸른 손을 펼치고 무언가를 하고 있었다.

이 기괴한 행렬에서는 이따금 끽 하는 바퀴 소리나 낙타를 모는 소리만 날 뿐이었다. 인적이 드문 북문에 다다를 무렵 비로소 침묵이 깨졌다. 열댓 명의 꼬마들이 들통과 컵, 항아리를 들고 이들을 맞이하러 달려나왔다. 이들은 시선을 끌기 위해 머리 위로 물통을 딸랑거리며 흔들어댔다.

"목 좀 축이시겠습니까, 위대한 장군님?"

"낙타에게 물 좀 먹이세요, 나리."

기수 한 명이 안장에서 내려왔다. 그는 땀과 먼지로 뒤덮이고 입술은 갈라져 있었다. 장비가 주렁주렁 매달린 갑옷이 그의 상체에 불편하게 걸쳐져 있었다. 게다가 삐쭉 솟은 투구 아래로 빠져나온 머리카락은 두건마냥 들러붙어 있었다.

"저리 가, 쥐떼거리 녀석들. 너희가 내 낙타나 짐마차에 손가락 하나라도 댔다가는 보잘것없는 네 녀석들의 인생이 아주 끝장날 때까지 맞을 줄 알아라."

그의 퉁명스러운 말에 아이들은 즉시 뒷걸음쳤다.

"말하거라. 너희들 같은 부랑자 녀석들이 우리가 오는 걸 어떻게 알았지? 우리가 오고 가는 것은 자파 술탄과 그의 최측근만이 아는 기밀이다."

"나리께서 이동하시면서 하늘에 먼지 길과도 같은 흔적을 남기셨잖아요."

한 소녀가 대꾸하며 앞으로 나왔다. 그녀의 빛나는 검은 머릿결이 머리의 스카프 아래와 귀 주변으로 폭포수처럼 흘러내렸다. 겉옷은 고대의 강처럼 검푸른색이었다. 카라반 기수가 고개를 돌리고 뒤쪽을 바라보았다. 소녀의 말대로였다. 낙타의 발자국이 그들 뒤로 수 킬로미터나 이어져 있었고 먼지 구름은 여전히 하늘에서 자유로이 표류하고 있었다.

"음……, 너! 나와 내 부하들에게 물을 한 동이씩 가져다 다오. 나머지 녀석들은 여물통을 채우고. 맞고 싶지 않으면 짐마차나 낙타 근처에는 다가가지 마라, 알아들었나?"

사내가 무뚝뚝하게 말했다.

그의 명을 따르기 위해 아이들이 제각각 흩어졌다. 소녀는 조심스럽고도 느리게 바가지로 물을 퍼서 사내에게 건넸다.

"나리의 병사들에게 물을 드린 후에 더 도울 것은 없는지요?"

기수는 천천히 물을 마셨다.

"없어. 대가로는 금화를 바라겠지."

그가 바가지를 돌려주며 말했다.

"아그라바 금화라면 필요 없어요. 금화로 이 도시에서 살 수 있는 건 더 이상 없거든요. 외국 금화라면 받을게요. 음식도 좋고요."

소녀가 다른 기수에게 가며 말했다.

"흠......."

기수가 말했다. 당황하거나 불쾌해하는 반응은 아니었다. 그렇다고 딱히 반박하지도 않았다.

다른 소녀가 물 항아리를 안고 와서는 짐마차의 다른 쪽에 앉아 있는 사내에게 다가갔다. 짧은 곱슬머리의 소녀는 위험천만해 보이는 보조개를 지녔다.

검푸른 옷의 소녀가 그녀를 보고 이내 고함을 지르기 시작했다.

"내가 먼저 왔다고!"

두 사람은 곧장 주위의 소음을 모두 뒤덮을 만큼 고성을 지르며 옥신각신했다. 그러자 흩어졌던 아이들이 모여들었다. 원숭이까지 근처 건물에서 기수의 투구 위로 내려앉아 난장판에 기름을 부었다.

"저리 가, 건방진 짐승 새끼!"

병사가 머리를 흔들고 채찍의 손잡이로 원숭이를 후려치면서 식식거렸다.

"외국의 악령들을 본 적이 있나요? 아니면 괴물은요?"

한 꼬마가 짐마차를 지키는 병사에게 물었다.

알라딘은 옥상 창고에서 난장판을 내려다보며 헤죽거렸다.

"내가 나설 차례군."

그는 재빨리 창문에서 빠져나와 벽을 타고 내려왔다. 한 눈으로는 아래에서 벌어지고 있는 광경을 예의 주시하면서.

괴성이 오가는 난장판에서 누구도 알라딘이 거미처럼 벽을 타고 내려오는 것을 알아차리지 못했다. 아이들과 소녀들 그리고 아부가 괴성을 지르며 날뛰어서 난장판을 더욱 어지럽혔다.

알라딘의 두 발이 마침내 낡은 격자 위에 닿았다. 낡고 썩은 건물은 이내 길가로 와르르 무너져 내렸다.

"요정님이신가?"

보조개가 있는 소녀가 푸른 옷을 걸친 소녀와의 말다툼을 멈추고 큰소리로 말했다. 병사들도 일제히 고개를 돌리고 지니를 살펴보았다.

"저분도 물이 필요하실까?"

작전이 먹혔다. 병사들이 그녀를 바라보았다. 한 명은 엉큼한 미소를 지어 보이기도 했다.

"요정님의 시중을 들고 싶은가 보군, 안 그래? 하지만 저분은 음식이나 물이 필요하지 않거든. 인간과 같은 것을 원하지는 않으실 거야."

다행히도 병사들은 소녀의 대답에 건물이 무너진 사실을 잊은 듯했다. 알라딘은 안도의 숨을 내쉬었다. 그러고는 3미터 아래로 사뿐히 착지했다. 검푸른 옷을 걸친 소녀가 병사의 입안으로 물을 들이붓는 동안 알라딘은 짐마차의 뒷문으로 몰래 기어 들어 갔다.

그곳에는 유목민이나 사막의 여행객들이 지니고 다닐 만한 물품들이 가득 들어 있었다. 말린 고기와 과일, 가죽 부대에 담긴 물과 포도주, 밧줄과 여벌의 옷……. 그리고 먼지 쌓인 어두컴컴한 뒤편에는 자물쇠가 여러 개 채워진 궤짝 하나가 있었다. 당장 부서질 듯한 궤짝에는 케케묵은 녹슨 장식품이 붙어 있었다.

알라딘은 자물쇠를 푸는 장비들을 꺼낸 뒤 재빨리 작업을 시작했다. 정교한 자물쇠였다. 지하 감옥에 있던 것과는 차원이 달랐다. 알라딘은 자물쇠를 푸는 동안 짐마차 밖에서 들려오는 소동에 귀를 기울였다. 물동이를 이고 있는 거지들을 몰아내며 지니가 거드는 소리도 들렸다. 땀 한 방울이 그의 높은 콧대를 따라 구르더니, 먼지 위로 떨어졌다.

이윽고 자물쇠가 풀렸다. 알라딘이 궤짝을 열어젖히고 안을 들여다보았다. 안에는 낡은 책 몇 권이 들어 있을 뿐이었다. 알라딘은 실망했다. 멋진 보석이나 전지전능한 마법 지팡이 같은 것을 기대했기 때문이었다.

이때 쥐떼거리 소녀 하나가 짐마차 안으로 빠끔히 고개를 내밀었다. 알라딘이 그녀에게 책 한 권을 던졌다. 쥐떼거리 녀석들은 난장판 속에서도 지그재그 모양으로 인간 사슬을 이루었다. 첫 번째 소녀가 힘껏 책을 던지자 두 번째 소년이 빈 바구니로 그것을 낚아챘다. 바구니를 든 소년이 다른 아이에게 책을 건네자, 그 아이는 낙타들의 다리 아래로 몸을 숙이고는 재빨리 이동했다. 소녀가 다음으로 책을 받아들고는 거리로 줄행랑을 쳤다.

그들은 이런 식으로 다섯 권의 책을 빼돌렸다. 그사이 알라딘은 계속 밖에서 들려오는 소음에 귀를 기울였다. 이제 기수와 병사들은 안달이 난 듯했다. 그들은 갈증도 해소했으니 그만 궁전으로 돌아가서 보고를 올리고 임무를 끝내고 싶어 했다.

궤짝이 텅 비자 알라딘은 바로 문을 닫고 모든 자물쇠를 다시 걸어 잠갔다. 잠금쇠의 방향이 처음과 같도록 주의했다. 그러고는 짐마차의 가장자리를 잡고 아래로 폴짝 뛰어내렸다.

병사들은 외국 금화와 오렌지를 아이들에게서 최대한 멀리 던졌다. 아이들은 그 뒤를 따라갔다. 아이들이 사라지자 기수가 호각을 불고 낙타의 옆구리를 채찍으로 휘갈겼다. 짐마차가 느릿느릿 움직이기 시작했다. 물동이를 든 두 소녀는 그들이 떠나는 것을 가까이에서 지켜보았다. 그러고는 마치 마법사가 바구니에서 모습을 드러내듯 알라딘이 짐마차 아래에서 빠져나오자마자 그들은 그에게 여자의 가운을 재빨리 걸쳐주었다.

짐마차, 병사, 낙타떼가 어느 정도 멀어졌을 무렵 지니가 고개를 돌리고 알라딘을 바라보았다. 지니가 고개를 끄덕였다. 알라딘도 고개를 끄덕였다. 지니는 앞을 바라보고 계속 나아갔다. 그는 심각해 보였다. 슬퍼 보이기까지 했다.

지니의 표정에는 무언가가 있었다. 그는 알라딘이 생각했던 것보다 훨씬 더 인간적이었다. 다른 때에 만났더라면 둘은 친구가 되었을지도 모른다. 다른 시간, 다른 장소. 알라딘은 고개를 가로저었다.

그러는 동안 쥐떼거리 녀석들은 뿔뿔이 흩어져서 저마다의 방법으로 모르지아나와 두반의 비밀 은신처로 돌아갔다. 모래 먼지 속에 약간의 흔적만을 남겼을 뿐, 광장은 이내 지금껏 누구도 발을 디딘 적이 없는 것처럼 고요해졌다.

Chapter 14

"넌 진짜 여자애 같았어."

모르지아나가 팔짱을 끼고 말했다. 그녀는 한쪽눈썹을 추켜세우고는 알라딘의 우스꽝스러운 몸짓을 구경했다. 은신처로 돌아오자마자 모르지아나는 변장을 벗어던지고 평소에 입던 바지와 셔츠 차림으로 돌아왔다. 모르지아나는 아직 여인의 가운을 입고 있는 알라딘을 놀리며 그가 옷을 벗도록 도와주었다.

"그 애는 어디서 데려온 거야?"

"파리사야. 우리 꼬마 패거리 중에 가장 솜씨 좋은 도적이지."

모르지아나가 기분 좋게 말했다.

둘은 함께 길을 걸어 내려갔다. 두 도적의 어깨가 이따금씩 맞부딪혔지만 둘 다 개의치 않았다.

"우린 네가 그리웠어."

모르지아나가 마침내 털어놓았다.

"나……도 너희들이 보고 싶었어. 내가 바라는 건 그저……."

알라딘이 말했다.

"알아, 알아. 우린 전문적인 도적떼는 아니라고. 우리도 네가 하는 일을 하는 것뿐이야. 그 과정을 좀 더 다듬었을 뿐이지. 우리 중에 대단히 윤리적인 사람은 없어, 알라딘. 어차피 법은 절도범을 모두 똑같이 취급하거든."

"난 법은 신경 안 써. 양심의 소리에 귀 기울일 뿐이지."

"건장한 젊은 청년일 때는 내가 먹고살 것만 구하는 것은 쉬워. 굶주리는 세 살배기와 죽어가는 노모는 어떡해? 우리가 덤으로 훔쳐야 한다고. 그리고 맞아. 금화와 보석……."

모르지아나가 고개를 저으며 말했다.

"네 동굴에 있는 싸구려 장신구들이 극빈자들을 위한 것이라고는 둘러대지 마!"

알라딘이 말했다. 하지만 그의 눈빛은 흥분감에 반짝이고 있었다.

"뭐, 내가 번쩍이는 것들에 좀 혹하는 편이긴 하지."

모르지아나가 어깨를 으쓱거리곤 말을 이었다.

"난 그저 네가 생각하는 것만큼 우리가 악질은 아니라는 말을 해주고 싶은 것뿐이야, 알라딘! 우리에게도 악이 있는 만큼 선도 있어. 양면성이 존재한다고."

"난 너희들이 악하다고 생각한 적 없어, 모르지아나. 그저 좋지 않은 선택을 했을 뿐이지."

그녀가 웃었다.

"이제 넌 우리 엄마같이 말하는구나. 우리 엄마가…… 음…… 정신이 맑으셨을 때처럼 말이야."

알라딘이 미소를 지었다.

두 사람은 이야기를 이어가며 모퉁이를 돌다가, 도적의 직감에 따라 재빨리 그늘 속으로 몸을 숨겼다. 눈앞의 널찍한 거리에는 천막이 설치되어 있었다. 나지막하고 네모난 천막은 검붉은색이었다. 자파의 색. 금화에 박힌, 모나고 사악한 형상이 천막의 양면과 상단의 깃발에 그려져 있었다. 더위에 지치고 절박해 보이는 사람들이 천막에서부터 길 아래로까지 길게 늘어서 있었다.

"뭐지?"

"알아보자."

두 사람은 다른 사람들의 눈에 길거리를 활보하는 젊은 연인으로밖에 보이지 않는다는 것을 알아차리고는 그늘에서 나와 서로의 팔짱을 꼈다.

"저기요, 여기 무슨 일이 났습니까?"

알라딘이 줄에 서 있는 한 아버지에게 물었다. 그는 두 아이의 어깨를 잡고 있었다.

"못 들었소?"

남자가 눈알을 굴리면서 두 딸을 붙든 손에 힘을 주고는 초조한 듯 되물었다.

"빵을 나눠주잖아요. 빨리 줄을 서는 게 좋을 거요."

"전 자파 님께서 거저 주실 줄 알았죠. 아무 데서나 말이에요. 축제 때처럼 군중에게 뿌려주시거나 궁전 발코니에서 던져주시는 식으로요."

"이제는 아니에요. 자파 님께서 말씀하시길, 너무 많은…… 잘못된 부류의 사람들이 그분의 선의를 날로 먹는다네요."

사내는 마지막 부분을 천천히 또박또박, 그리고 조금 크게 말했다. 다른 사람들도 분명 듣고도 남았을 것이다.

"우리도 줄을 서는 게 좋겠군요. 고맙습니다."

모르지아나가 말했다. 사내는 고개를 약간 앞으로 까딱하고는 그들이 더 이상 존재하지 않는 것처럼 정면을 바라보았다.

알라딘은 턱으로 천막을 가리켰다. 모르지아나가 그가 가리키는 방향을 쳐다보았다. 길쭉한 얼굴과 찢어진 눈을 지닌 사내가 천막 안에 설치된 테이블에 앉아 있었다. 거대한 두 병사가 그의 양옆을 지켰다. 그 뒤로는 빵이 쌓여 있었다.

자주 꿰맨 듯한 자줏빛 겉옷을 걸친 젊은 여성이 그 남자 앞에 섰다. 여자는 빵을 보고 있었다.

"자파와 그의 정권 그리고 새로운 아그라바에 진심으로 충성

할 것을 맹세합니까?"

"예, 예, 물론입지요."

여인이 답했다. 그녀의 눈은 여전히 빵을 향해 있었다.

"그의 법을 따르고, 그가 아트라작 산맥 내의 토지에 대한 정
당한 권리를 지녔음을 인정하며, 존경과 사랑으로 군주의 영광
을 드높일 것을 서약합니까?"

"네, 서약합니다……만…… 뭐라고요? 제가 그분과 결혼하거
나 해야 하는 건 아니죠?"

젊은 여인이 갑작스레 질문하며 처음으로 빵이 아닌 마주 앉
은 사내를 바라보았다.

"아니오. 당신은 그와 결혼하는 것이 아닙니다. 맹세합니까?"

"네."

"훌륭하오. 다음."

여인은 눈을 끔벅이고는 한 병사가 건네준 빵 두 덩이를 들고
기쁘게 깡충대며 돌아갔다.

"저 사람은 자기 엄마도 갖다 바치겠는걸."

모르지아나가 중얼댔다.

"내 생각에 저 사람은 자신이 무슨 말을 했는지도 모르는 것
같아. 어쩌면 그 말에 아무 의미가 없을지도 모르고."

두 사람은 이리저리 헤매다가 줄에서 벗어날 때쯤 잽싸게 곁
길로 샜다.

"맘에 들지 않아. 그리고 이상해. 그 서약은 무슨 뜻이었을까? 네 말대로, 그 여인은 자기 어머니를 갖다 바치고도 그게 무슨 뜻인지 모를 수도 있어."

마음 놓을 수 있을 만큼 멀리 왔을 무렵 모르지아나가 말했다.

집으로 돌아오는 나머지 길은 평탄했다. 은신처로 들어가는 순간까지는. 안으로 발을 들이자 노랗고도 검은 괴물이 단검 길이의 이를 어둠 속에서 드러내고 있었다.

"라자!"

알라딘이 놀라서 외쳤다. 그는 거대한 호랑이의 목덜미를 긁어주었다. 호랑이가 가르랑댔다.

"여기에 어떻게 온 거야?"

모르지아나가 고개를 가로저으며 눈알을 굴렸다.

"두반이 그러는데, 오늘 아침 우리가 이곳을 나서자마자 저 녀석이 문 앞에 와 있더래. 목에 쪽지가 달린 리본을 두르고 말이야. 쪽지에 따르면 자파의 짐마차에서 책 한 권을 찾아야 한다더군. 알…… 뭐라고 하던데. 그러고는 지니라고 서명이 되어 있었어."

알라딘이 라자의 코를 비벼댔다.

"이런 새로운 첩자는 환영이야! 지니와 자스민이 대면하는 것보다는 안전하니까."

"음, 우린 호랑이가 더 많이 필요하겠는데. 하지만 아흐메드와 쉬린이 기뻐하긴 하겠지. 이미 라자를 직접 키우기로 했을 테니

까. 하지만 마루프는 손자들의 애완동물로 호랑이는 못미더워하
실 거야."

모르지아나가 퉁명스레 대꾸했다.

"마루프 아저씨가 여기 계셔? 어디에?"

알라딘이 기쁘게 물었다.

"이 시간이면, 아마 부엌에서 아침을 만들고 계시겠지?"

"그래. 난 아저씨를 뵈러 간다!"

"그래라!"

모르지아나가 중얼거렸다. 그녀는 신경을 곤두세우고는 손을
허공에 흔들고 이리저리 배회하며 계속 중얼댔다.

"지니? 호랑이들? 마법 책? 내 인생이 어쩌다 이렇게 된 거지?"

알라딘은 미로 같은 통로와 혼란스럽게 연결된 창고들 사이
를 지났다. 그러자 놀라우리만큼 널찍하고 탁 트인 부엌에 다다
랐다. 창문이 없는 대신 천장이 뚫려 있었고 거대한 화로 위로 커
다란 팬이 달궈지고 있었다. 그곳에 두반의 나이 든 아버지인 마
루프가 있었다.

마루프는 굶주린 아이들 사이에서 웃고 떠들고 뛰어다니면서
도 자신의 엉망진창인 수염 위로 기름 한 방울도 흘리지 않으려
고 주의했다. 굶주린 아이를 한 명도 빼놓지 않으려는 노력도 잊
지 않았다. 그의 뻣뻣한 왼쪽 다리가 움직이지 않는다는 것을 생

각하면 놀라운 일이었다. 그는 아픈 다리를 축으로 삼아 발꿈치로 회전하고 있었다.

"알라딘!"

마루프가 알라딘을 보고는 소리를 질렀다.

"네가 가장 좋아하는 산가크(직사각형 또는 삼각형의 평평하고 납작한 통밀 빵-옮긴이)를 데우고 있던 참이었다. 어젯밤에 만들었지. 자!"

그가 팬을 돌리자 둥근 빵 한 조각이 공중에서 회전했다. 알라딘이 그 빵을 낚아채서는 이내 다른 손으로 던졌다. 바로 먹기에는 너무 뜨거웠다.

"넌 하나도 안 변했구나, 알라딘. 위험천만한 일을 늘 덥석 물곤 하지."

"저요? 아저씨는요? 제 나이 때 어떠셨어요?"

알라딘이 자신의 엄지를 핥으며 물었다.

"하! 저 애들에게 막 이야기해주려던 참이었다. 쟤들은 아무것도 모르거든. 내가 저 나이 때는 말이다……. 뭐…… 몇 년만 더 젊었어도 장터의 경비병들을 속여먹는 한두 가지 묘수를 직접 보여줬을 텐데."

마루프가 말했다.

뜨거운 기름과 불에도 아랑곳하지 않고 두 명의 아이가 달려와 마루프의 다리 위로 올라타고는 칭얼댔다.

"아흐메드! 쉬린! 네 녀석들이 할애비를 죽이겠구나."

마루프는 그렇게 말하면서도 웃고 있었다. 알라딘이 두 아이를 바라보았다. 어딘가 낯이 익었다. 그들은 일주일 전쯤에 자신이 빵을 떼어준 바로 그 아이들이었다.

"저 아이들은……?"

알라딘이 천천히 물었다.

"카지렛의 아이들이지. 내 손자들이고."

마루프가 자랑스럽게 말했다. 알라딘이 무릎을 꿇고는 아이들의 코를 차례로 간질였다.

"우린 만난 적이 있는 것 같은데?"

"저희에겐 애완 사자가 있어요."

남자아이인 아흐메드가 말했다.

"호랑이야, 아흐메드. 줄무늬가 있잖아. 그리고 저희가 지금까지 아부를 돌봤어요."

쉬린이 다정하게 말했다.

"잘했어. 그 가여운 녀석이 그간 아주 즐거웠겠구나."

알라딘이 이젠 적당하게 식은 빵조각을 입안에 던져 넣고는 이렇게 물었다.

"그런데 혹시 자스민이 어디 있는지 아세요?"

마루프가 능청스럽게 그를 바라보았다.

"그럼. 그 아가씨는 서재에 있단다. 네가 그 아가씨와 중요한 이야깃거리가 있는 모양이구나."

알라딘은 감사의 표시로 손을 포개어 고개를 까딱이고는 방에서 빠져나왔다.

그는 자신이 왔던 길을 되돌아 나온 다음, 쥐떼거리 녀석들이 버려진 마을 지하에 파놓은 복잡한 미로로 들어섰다. 이곳은 창고와 비밀 통로로 연결된다. 서재는 평범한 직사각형 깔개가 정중앙에 펼쳐진 큰 방이었다. 깔개 위에는 분필로 아그라바의 지도가 그려져 있었다. 작은 벽돌과 사각형의 돌판이 주요 건물과 지형을 상징하고 있었다.

지도 주변으로는 쥐떼거리 녀석들이 옹기종기 모여 있었다. 자스민은 손과 무릎을 땅바닥에 대고는 작은 조약돌 더미를 이리저리 옮겨댔다. 이 돌들은 그녀의 부대인 어린 도적과 거지들을 나타냈다. 자스민은 쥐떼거리 녀석들에게 자세히 계획을 설명한 다음 자신에게 그대로 말해보게 했다. 이후 아이들은 그녀의 명령을 이행하기 위해 잽싸게 달려 나갔다. 금세 아이들은 모두 사라지고 알라딘만 그녀 옆에 남았다.

"그건 뭔가요?"

벽에 표시된 분필 자국들을 가리키며 알라딘이 물었다. 기다랗게 그려진 네 개의 삼각형은 마치 거대한 짐승의 발자국 같았다.

"라자의 발자국이야."

자스민이 올려다보지도 않고 말했다. 그녀는 지도를 보며 계속 생각에 잠긴 듯 손가락 하나를 입에 대고 있었다.

"쥐떼거리 녀석들 중에 누군가가 생각해냈어. 만약 자파에게 상징이 있다면 우리에게도 있어야 한다고. 저항을 의미하는 상징 말이야. 라자가 자파에게 직접 맞서기도 했거든. 그래서 다쳤지만. 그런 라자를 기리기 위한 거야."

"오, 좋네요."

"그래, 그래. 하지만 들어봐."

자스민이 조급하게 말했다. 그녀의 머리 주위로 작은 머리카락 뭉치가 화환처럼 엉켜서 흔들거렸다. 알라딘은 그녀의 말에 집중하기 힘들었다.

"지니의 쪽지에 따르면 자파는 망자와 산 자에 대한 주술서를 찾고 있어. 만약 이번에 가져오지 않았다면 배편으로 가져오겠지. 오늘 밤에 도착할 예정인데, 물건들 때문에 미드라프에 잠시 멈출지도 모른다는 거야. 그래서 쥐떼거리 무리들이 남문과 서문으로 들어오는 카라반을 모두 공략해서 난동을 벌여야 해."

"무슨 책인가요?"

"《알 아지프》. 압둘 알하즈레드가 썼어."

두 사람은 바람 한 점 불어 들어오지 않는 지하 통로에 있었지만 알라딘은 순간 온몸이 냉기에 떨리는 것 같았다. 그 책에는 무언가가 있었다.

"어쩌면 저희가 가져온 책 중에 하나일 수도 있죠. 범상치 않은 책들 같아 보였어요."

"맞아. 가서 살펴보자."

자스민이 자리에서 일어나 기지개를 켰다. 두 사람은 함께 걷기 시작했다.

"너희들은 꽤나 늦게 돌아왔던데. 너와 모르지아나 말이야."

자스민이 알라딘의 배를 쿡 찌르며 말했다.

"지금껏 살아온 이야기를 나눈 것뿐이에요. 부러워요?"

"모르지아나는 널 오랫동안 알아왔으니까."

자스민이 미소를 지으며 그의 손을 꽉 쥐었다.

"오다가 뭔가를 봤어요. 자파는 사람들을 줄 세워놓고는 빵이든 뭐든 얻고 싶으면 충성 맹세를 하라고 하더군요. 이제는 조건 없이 내어주지 않아요. 무언가가 불안하게 변하고 있어요."

알라딘은 자스민의 기분을 깨고 싶지 않았지만 어쩔 수 없이 털어놨다.

"불안하게?"

"이건…… 평범하고 절박한 사람들이 무료 급식에 익숙해지면 갑자기 무료 급식이 끊기는 것을 두려워하게 되잖아요. 지니나 악령, 고대 주술서도 중요하지만 저는 자파가 아그라바 사람들을 이렇게 몰아가는 것도 싫어요."

"그는 아버지를 내 앞에서 죽였어. 아그라바 시민 모두가 보는 가운데 말이야. 그가 못할 짓은 없어."

자스민이 이를 악물었다.

그사이 두 사람은 탁자와 화로가 있는 중앙 회의실에 도착했다. 눈앞에는 카라반에서 빼낸 궤짝과 한 소녀가 서 있었다. 바로 도적 패거리 중에서 검푸른 옷을 걸쳤던 소녀였다. 지금 그녀는 바지 차림에 양옆에는 긴 단검을 꽂고 있었다.

"고마워, 파리사. 여기서부터 우리가 할게. 넌 오늘 네 몫을 다 했어. 가서 쉬도록 해."

자스민이 다정한 미소를 지었다.

"물론이지요, 자스민 공주님."

소녀는 목례를 하고 사라졌다.

알라딘이 궤짝을 열고 가죽으로 장정된 책들을 조심스레 꺼냈다. 그에게는 낯선 것들이었다. 그는 두루마리나 점토 조각에 적힌 글귀에 더 익숙했다.

"구시가지에 코스로우 사제가 있어. 학식이 풍부하시지. 그분이 구시가지를 빠져나오는 대로 이 책들을 해석해주기로 하셨어."

자스민이 말했다. 그런 다음 두 사람은 낮은 탁자에 앉아, 박하 차가 담긴 주전자와 납작빵이 담긴 접시를 제외하고는 모든 것을 치워버렸다. 그들은 탁자 위로 책들을 쌓아 올린 뒤 각각 한 권씩을 골랐다.

알라딘은《마법한계론》을 펼쳐들었다. 글자만 빼곡했다. 그는 책을 덮은 뒤 주술에 관한 삽화와 제조법 등이 실린《주술해독

가: 개론서》를 집어 들었다. 몇 분 후, 자스민은 실망하며 자신의 책을 덮었다.

"여기에 《알 아지프》는 없는 것 같아. 이 두 권은 잘 모르겠어. 이집트 신관문자인데, 난 절대 해독 불가야."

알라딘이 책을 옆으로 밀쳤다.

《알 아지프》는 뭐에 관한 거죠?"

"옛날에 어느 광기 어린 사내가 금지된 어둠의 세계에서 겪은 일을 기록한 체험서야. 그는 그곳에서 우주를 초월하는 힘들을 결합하는 비법을 알아냈지. 그 책을 갖고 있는 것만으로 정신을 홀리고 망자의 부대를 일으킬 수 있어."

"아, 이제 이해했어요. 몹쓸 것이군요. 그럼 공주님은 그 책을 얻은 다음에는 어떻게 하실 셈인가요? 태워버리실 건가요?"

알라딘이 물었다.

"태운다고? 그렇게 귀한 서적을? 아니. 그럴 순 없어. 우리가 보관하고 있어야 해."

"음…… 네?"

"생각해봐. 그 책 안에 마법의 규칙을 깨는 법이 들어 있어. 그 외에 또 뭐가 있을 것 같아?"

"아무것도요. 좋은 것은 아무것도 없겠죠."

"그 책은 내가 자파를 짓누르고 왕위에 오를 힘을 줄 거야."

"그런 일은 우리가 이미 하고 있잖아요. 여기서. 당신을 믿고 당신의 대의를 지지하는 사람들에 의해서 말이에요. 아이들과 도적들, 거지들과 호랑이 그리고 지니도요……. 우린 주술을 더 갖지 않아도 해낼 수 있어요."

알라딘이 그녀의 무릎을 토닥이며 다정하게 말했다.

하지만 자스민은 미심쩍은 듯 그를 바라보았다.

"더 많은 권력, 더 많은 무기가 있다고 해서 해로울 건 없지."

"물론 그래요. 하지만 무기가 사악한 용도로 쓰이면 해롭겠죠. 그 책이 우리 손에 들어왔다고 해서 다른 이의 손에 흘러가지 말라는 법은 없어요. 우린 그 책을 태워버려야 해요. 그래야 사악한 목적으로 사용되는 걸 완전히 차단할 수 있어요."

"책을 불태우는 건 어리석은 일이야. 우린 주술로 세상을 바로잡을 수 있어."

자스민이 소리쳤다.

"저희 엄마도 마법으로 모든 것을 바로잡을 수 있다고 믿었어요. 요정이 손가락만 까딱하면 온갖 소원이 이루어지고 운명이 바뀐다는 이야기들을 믿은 거죠. 이야기들은 하나같이 해피엔딩으로 끝나요. 저희 아버지께서 '마법 같은' 무언가를 찾아 떠났을 때도 제 엄마는 믿었다고요. 하지만 마법은 그런 일을 하지 못해요."

"내 아버지를 되살릴 수 있어."

자스민이 자그마한 목소리로 말했다. 그녀는 더 이상 알라딘이나 책을 보고 있지 않았다. 그녀는 허공을 응시했고 눈가는 촉

촉이 젖어 있었다.

알라딘의 분노는 바람에 흩날린 모래성처럼 무너져 내렸다. 그곳에 앉아 있는 그녀는 너무도 작아 보였다. 그녀는 도둑 여왕도, 술탄도 아니었다. 알라딘은 그녀 곁에 다가가 그녀를 안아주었다.

"이봐요, 아버지를 그리워한다는 것은 알아요. 저도 말은 그렇게 했지만, 엄마가 보고 싶어요. 하지만 당신은 아버지를 되살릴 수 없어요. 그는 더는 예전의 그분이 아닐 거예요. 그걸 그분도 원치 않으실 거고요."

"네가 어떻게 알아!"

자스민이 훌쩍거렸다.

"그 사실을 힘들게 알아내야만 아는 건가요? 그분은 떠나셨어요, 자스민. 그분을 보내드리세요."

자스민은 잠시 알라딘을 꼭 붙들었다. 자스민의 체격에는 걸맞지 않을 만큼 세게 알라딘을 꽉 붙들었다.

"이건 어쩌면 전부 내 아버지 때문이야. 만약 당신께서…… 아그라바를 이 지경으로 만들어놓지 않으셨다면…… 이렇게 많은 인구가 빈곤에 시달리고, 빈부 격차가 심해지지 않았다면 자파 같은 인간이 비집고 나올 틈이 생기지 않았을 거라고. 술탄이 당신의 백성 앞에서 올곧은 지도자였다면, 누구도 자파를 지지하지 않았을 거야.

최근에 어려운 진실을 많이 접했지. 내 아버지와 내가 처한 세상에 대해서 말이야. 아니, 이미 알고 있었는지도 몰라. 역사책을 보면 위대한 지도자 중에는 아이들의 장난감이나 갖고 놀면서 허송세월하는 이는 없었어. 게다가 정사를 책사에게 모조리 떠맡기는 지도자도 없었지. 위대한 지도자들은 아무 이유 없이 평범한 백성들을 굶주리게 하지 않았어. 당신과 같은 평범한 사람을 말이야……."

알라딘은 다음에 나올 말이 궁금해졌다. 그는 납작한 빵을 바라보며 조심스레 그것을 반으로 갈랐다.

"네 가족에게는 무슨…… 일이 있었던 거야? 네 어머니는? 넌 어쩌다가 도적의 길로 들어서게 되었지?"

자스민의 질문에 알라딘은 한숨을 내쉬며 빵을 접시에 도로 갖다 놨다.

"제 아버지인 카심은 제가 아주 어릴 때 저희를 떠나셨어요. 전 아버지에 대한 기억이 거의 없어요."

아버지의 이름을 입에 올린 것이 벌써 몇 년 전인 것만 같았다.

"저와 같은 사람을 상상해보세요. 누구의 도움 없이 악착같이 살아가는 그럭저럭 잘생긴 청년을 상상해보세요. 농담이라면 누구에게도 뒤지지 않을 만큼 능청스럽지만 양심적인 일감을 찾는 데는 소질이 없죠. 아버지도 버거워지자 떠났어요. 그리고 제 어머니는…… 훌륭한 분이셨죠."

그가 자스민의 눈을 바라보며 힘주어 말했다.

"제 어머니는 쓰레기더미 속에서도 물 한 그릇만 있으면 죽을 쑤어내는 분이셨어요. 옷도 만드셨죠. 구걸해 오신 천 조각으로 도 품위 있는 옷을 만들어내셨어요. 보잘것없는 작은 집도 티끌 하나 없이 깔끔하고 최대한 밝게 가꾸셨어요."

"굉장한 분이시네."

자스민이 다정하게 말했다.

"맞아요……. 하지만……. 말씀드렸다시피 제 어머니는 완전 히 스스로의 꾐에 빠진 거예요. 당신만의 방식으로 미치광이가 되었고, 무책임한 사람이 된 거죠. 다른 어머니들이었다면 제멋 대로 구는 남편을 찾아 끌고 왔을 거예요. 남편이 죽었다고 주위 에 알린 뒤에 재혼을 했을 수도 있고요. 더 나은 남자와요. 하지 만 저희 엄마는 돌아가시는 날까지 남편 카심이 돌아올 거라고 진심으로 믿으셨어요. 언젠가는 그가 돌아와서 우리를 기막히게 새로운 삶이 있는 곳으로 데려갈 거라고 말이죠.

제 어머니는 과로에 시달리셨고 결국 몹쓸 병에 걸리셨어요. 그리고…… 그것은 제가 모르지아나와 두반 그리고 다른 모든 이들과 갈라서게 된 원인이 되기도 했죠. '쥐떼거리에서는 서로 를 돌봐야 한다'고 어머니는 늘 말씀하셨거든요. 하지만 저희 모 자를 돌봐주는 사람은 아무도 없었어요. 마루프가 조금 도와주 려고 했죠. 하지만 그 무렵 그분은 다리를 더 이상 제대로 쓸 수 없게 되었어요. 자신이 먹고살기도 힘들어진 거죠. 제 친구들은 도적과 거지떼들을 불러 모아 패거리를 만드느라 바빴어요. 저를 돕거나 제 어머니를 위로할 여유가 없었죠."

알라딘이 쥐고 있던 빵을 작은 조각으로 쪼개며 말을 이었다.

"모든 이들에게는 사연이 있거든요. 모르지아나의 부모님은 돈만 생기면 술을 사는 분들이에요. 두반의 아버지는 다리를 절고, 그의 누나는 남편에게 두들겨 맞고 살죠."

"어머나 세상에! 난 정말 몰랐어……."

자스민이 중얼댔다.

"쥐떼거리 마을이잖아요. 어쨌든, 제 어머니가 돌아가신 날에 전 끼니나 잠자리 따위를 위해, 아니면 제 꿈을 이루기 위해 절대로 타인에게 의지하지 않겠다고 다짐했어요. 그러고는 언젠가 부자가 돼서 궁전에서 살겠노라고 다짐했죠. 그러면 고통은 끝나는 거예요."

"궁전에서 사는 게 꿈이라고?"

자스민이 호기심 어린 미소를 지었다.

"저희 집에서는 궁전의 뒷부분이 보이거든요. 전 궁전을 바라보며 꿈꾸곤 했어요. 낙원 같았거든요. 태양빛에 금색과 백색으로 빛나는 것이 눈길을 사로잡죠. 한밤중에는 천 개의 램프가 불을 밝히고요. 엄마가 돌아가신 뒤 이사를 갈 때에도 그 전경이 보이는 곳에 은신처를 정했죠."

알라딘이 희미한 미소를 지어 보였다.

"그리고 그동안 나는 나만의 아름다운 정원에 머무르며 밤에는 창문 밖으로 펼쳐지는 아그라바를 바라보았지. 그리고 나도 저곳에 있고 싶다고 생각했어. 우리의 생각이 갈 길 잃은 산들바람처럼 어딘가에서 뒤엉켰을지도 모르겠구나."

자스민이 말했다.

"어쩌면 한 쌍의 제비일지도."

알라딘은 손가락을 엮어서 공중에서 한 마리씩 춤추는 제비의 모습을 만들었다.

"하지만 재물은 모든 문제를 순식간에 해결해주는 마법 램프가 아니야."

자스민이 자신의 빵을 천천히 자르며 말했다.

"작은 황금 새장에 갇힌 커다란 새를 상상해봐. 만약 내 아버지의 죽음이 아니었다면 난 지금과 같은 행복을 누리지 못했을 거야. 나는 여기서 자유로워. 선택의 자유를 갖는다는 것은 원하는 모든 것을 누리는 것보다 값진 일이야."

"그 말에 아그라바 민중이 공감하게 하려면 공주님께서 꽤나 열심히 설득해야겠는데요? 사람들은 선택의 자유가 없어도 배부른 편이 낫다고 생각하죠."

알라딘이 비꼬듯 말했다.

"내가 술탄이 되면, 사람들은 둘 다 갖게 될 거야. 난 끼니와 자유를 보장할 방법을 모색할 테니까. 사람들은 학교에 다니게 될 거야. 모든 어린이들이 말이야. 종교, 계급, 남녀를 불문하고 말이지. 성인이 되면 균등한 기회를 보장할 거야. 누구도 도둑이나 거지로 전락하지 않도록. 이건 맹세할 수 있어."

자스민의 눈은 먼 곳을 응시했다. 마치 미래의 어느 곳, 자신이 세운 세계를 바라보는 것 같았다. 알라딘은 그녀가 자신의 비전을 이루거나, 아니면 비전을 좇다 죽을 것이라고 믿어 의심치 않았다. 그녀는 그에게 그런 일이 가능하다는, 지구상에 그런 낙원이 존재할 수 있다는 확신을 주었다.

"난 당신을 믿어요. 난 당신을 정말로 믿어요."

알라딘은 공주인 자스민에게 감히 입맞춤할 생각도 못 했다. 그런데 그럴 필요가 없어졌다. 자스민 공주가 그에게 입맞춤을 했으니까. 그녀의 피부에서는 온기가 느껴졌고 모래와 박하향이 감돌았다. 알라딘은 그녀의 입맞춤에 녹아내렸다. 그녀는 그의 목에 팔을 감아 그에게 더욱 가까이 다가갔다. 그녀는 이내 한 손으로 그의 머리카락을 휘감았고 다른 한 손으로는 그의 어깨를 매만졌다. 알라딘이 속삭였다.

"그럼 우리 다툼은 끝난 거죠?"

자스민 공주가 그의 코를 잡아당겼다.

Chapter 15

"여러분, 좋은 아침!"

두반이 하품을 하며 빠른 걸음으로 성큼성큼 방 안으로 걸어 들어왔다. 그는 김이 모락모락 피어오르는 커다란 놋쇠 주전자와 섬세한 모양의 작은 잔들을 들고 있었다. 두반은 잔을 나눠주고 주전자의 커피를 따라주었다.

자스민이 읽고 있던 책에서 고개를 들었다.

"가만있자, 밤 맞지? 여긴 너무 어두워서 시간 감각이 떨어져."

"땅거미가 진다는 것은 어둠 속에서 일하는 자들에겐 아침이 왔다는 의미지요. 미안해요. 오, 도둑 여왕님, 미래의 술탄님. 커피를 어떻게 드시는지 여쭙지 못했네요. 제 아버지께 배운 대로 설탕을 많이 탔거든요."

두반이 눈을 가늘게 뜨고 능숙하게 커피를 부으며 말했다.

"난 군대 배식통의 바닥에 깔린 찌꺼기까지 마실 참인걸."

자스민이 조심스레 자신의 잔을 집어 들며 말했다.

"자스민 공주님!"

누더기를 걸친 아이 둘이 정신없이 방 안으로 달려 들어오더니 자스민의 무릎 위로 올라탔다. 그녀는 웃으며 하나씩 팔로 보듬어 안았다.

"쉬린! 아흐메드!"

마루프가 절뚝이는 걸음걸이로 뒤편에서 천천히 나타나 아이들을 나무랐다.

"공주님을 네 유모처럼 대하지 말거라!"

알라딘이 고개를 들어 아흐메드를 바라보았다. 아흐메드의 어깨 위에 아부가 자연스레 앉아 있었다. 알라딘은 자신의 어린 시절을 보는 듯했다.

"괜찮아요, 마루프. 궁전에서는 아이들과 놀아본 적이 없어요. 심지어 먼 친척들도 저와는 '거리를 둬야 한다'고 가르침을 받아서요."

자스민이 아이들을 꼭 안아주며 말했다.

쉬린이 동경 어린 커다란 눈망울을 끔벅이며 자스민을 올려다보았다. 그런 다음 자스민의 작은 은단검을 찾아, 흥얼대며 갖고 놀았다.

"아이들은 즐거운가 봐요."

두반이 아이들을 자신의 잔으로 가리켰다.

"꽤 오랜만에 누리는 행복이겠지."

마루프가 구슬프게 대꾸했다.

"네 누이는 도적질이라면 질색을 했어. 제 아이들을 절대 그런 일에 발도 못 들이게 할 거라고 맹세했지. 그런데 아이들이 여기 있구나. 적진의 심장부에 말이야."

알라딘이 말했다.

"누이가 여기 있었다면 네 말에 무슨 대꾸라도 해줄 텐데."

두반이 쏘아붙였다.

"내 말은…… 아이들이 여기에서 잘 크는 것 같다고."

알라딘이 말했다.

두 사람의 언쟁을 끊으며 마루프가 밝게 말했다.

"공주님, 호랑이, 원숭이, 그리고 함께 어울릴 친구들. 게다가 음식이 있는데 더할 나위 없이 좋은 거지. 그렇지 않니?"

쉬린은 한쪽 팔로 자스민의 허리를 감싸고는 자스민의 장식 술에서 떼어낸 황금 핀을 요리조리 움직이고 있었다.

"쉬린은 인형이 없어요."

쉬린이 말했다.

"내가 아무래도…… 장난감 하나를 훔쳐다 줘야 할까 봐요……."

마루프가 당황하여 말했다.

"행렬에 있던 사람들은 다들 어디로 갔어요?"

쉬린이 갑자기 질문했다.

"무용수들이랑 동물들이랑 병사들 말이에요. 축제 행렬이 끝난 다음에 다 어디로 갔어요?"

"음……."

자스민이 신음 소리를 내며 알라딘에게 도와달라는 눈빛을 보냈다. 그는 그저 어깨를 으쓱해 보였다.

"아흐메드와 전 축제 행렬이 끝난 뒤에 동물들이 보고 싶었어요. 그런데 어디서도 새장이나 우리를 찾아볼 수 없었어요."

"내…… 생각에는…… 지니가…… 모집한 것 같아……. 모두를 말이야."

자스민이 말했다.

"하지만 끝난 다음에는 어디로 갔어요?"

쉬린이 재촉했다.

"정말 좋은 질문이구나."

알라딘이 재빨리 답하며 소녀 앞에 쪼그리고 앉아 그녀의 코를 비틀었다.

"아마도 자스민 공주님께서 다음번에 지니를 만나면 직접 물어봐주실 거야."

"저도 지니를 만나보고 싶어요."

아흐메드가 아쉬운 듯 중얼댔다.

"저도요. 저는 애완 호랑이를 갖고 싶다고 말할 거예요. 제가 타고 놀 수 있는 걸로요. 그리고 은단검도 갖고 싶다고."

쉬린이 덧붙였다.

"너도 지니를 만날 수 있었으면 좋겠구나. 이 모든 게 다 끝나면 말이야."

자스민이 다정하게 말했다. 알라딘이 미소를 지으며 제 커피잔에 남은 커피를 한 입에 모두 들이켰다. 그런 다음 자리에서 일어났다.

"저는 밖에 나가서 우리 편을 좀 더 모아봐야겠어요. 빵 대기줄 끝에서 말이에요. 장담하건대 아직 자파에게 넘어가지 않은 사람들이 분명 있을 거예요. 추방당한 공주가 정당하게 왕위를 되찾길 바라는 사람들도 있을 거고요."

"조심해요."

쉬린이 매우 걱정스러운 말투로 경고했다.

"난 늘 조심한단다."

알라딘이 다정하게 말하자 자스민이 코웃음을 쳤다. 듣기에 좋았다. 알라딘은 자스민이 좀 더 자주 웃게 해야겠다고 다짐했다.

"내 목덜미에 완전 소름이 쫙 돋았어. 쉬린이 오늘 아침 일찍 흰 고양이를 봤다더군. 이집트인들이 운영하는 찻집 골목에서 말이야. 그렇지, 쉬린?"

두반이 불길하다는 듯 말했다.

"넌 네 엄마만큼이나 어리석은 구석이 있구나."

알라딘이 두반에게 말하며 자스민에게 살짝 입맞춤을 했다. 그러고는 자리에서 일어나 문을 박차고 나갔다. 알라딘 뒤에서 두반이 자스민에게 하는 말이 새어나왔다.

"아이들 앞에서요? 진심이세요? 여기가 어디라고 생각하시는 거죠?"

"모르지아나를 두고 알라딘이랑 경쟁하지 않아도 돼서 기쁘지 않아?"

"모르지아나요? 알라딘더러 가지라고 해요. 전 차라리 뿔 다섯 개 달린 성질 고약한 암염소와 결혼하렵니다. 그게 더 상대하기 쉽거든요."

알라딘은 땅거미가 짙푸르게 지기 시작한 어둠 속으로 미끄러져 들어가며 미소를 지었다. 천진난만하고 외로운 공주였던 자스민은 한 달도 채 지나지 않아 사람들의 마음과 정신을 사로잡았다. 그녀는 사람들과 격이 없이 어울리는 동시에 지도자로서의 품격도 갖추고 있었다.

아부는 알라딘이 한 블록도 가지 않았을 때 그를 따라잡았다. 참 오랜만인 듯했다. 격자구조물을 종종걸음으로 올라가 지붕을 가뿐히 건너뛴 다음 막대가 꽂힌 곳으로 가볍게 미끄러져 내려갔다.

하지만 아그라바는 달라져 있었다. 거대한 붉은 태양이 서쪽 사막의 해안선 너머로 절반쯤 빠져들고 있었다. 알라딘은 마치 피의 호수에서 헤엄치는 기분이었다. 여전히 거리 밖에 있던 몇몇 사람들이 서둘러 집으로 돌아가거나 실내를 찾아 들어갔다. 그들은 입을 꼭 다물고는 어깨 너머로 무언가를 불안하게 응시했다. 그것들이 자신들에게 다가오지 않았으면 하는 두려움을 품고서.

알라딘이 높은 곳에서 내려다보니 세 부대로 구성된 평화순찰대가 궁전에서 나와 사방으로 흩어졌다. 그들은 요상한 벌레 떼처럼 몰려다니면서 등딱지로 스스로를 보호하는 딱정벌레처럼 방패를 앞세우고 박자에 맞게 딱딱 걸었다. 알라딘은 쉬린의 질문을 떠올렸다. 그녀 역시 순찰대원들과 행렬 요원들이 요상하게 닮은 꼴이라는 것을 알아보았던 것이다. 도시의 모든 사람은 순찰대원들이 세상의 종말이라도 맞은 듯 텅 빈 거리를 행진하고 다닐 뿐이라는 사실을 깨닫고는 몸서리를 쳤다.

금속 부츠에서 나는 딱딱 소리는 효과적인 경고음이었다. 그들은 검은 눈동자로 정면을 응시한 채 자신들이 하는 일이 너무 좋은 것마냥 입가에 기다란 미소를 건 채 행진을 이어갔다. 만약 이상한 소음이 나거나 그림자가 움직이면 그들은 인간과 비슷하게 반응했다. 무기를 치켜세우고 격투 자세를 취했으며 한두 명의 부대원에게 골목 어귀를 살펴보게 했다. 전혀 말은 주고받지 않은 채.

알라딘은 순찰대원 한 명을 골라 뒤따라가 보았다. 역시 그들은 단 한마디도 주고받지 않았다. 서로 고갯짓을 하기는 했지만 그뿐이었다. 그들은 어떻게 소통하는 거지? 생각만 해도 알라딘은 소름이 돋았다.

반달이 가장 높은 곳에 떠오르자 차임벨이 시간을 알렸다. 순찰대가 멈춰 섰다. 똑같이 닮은 그들의 얼굴이 초점을 잃어가는 듯했다. 순찰대원들의 눈길이 다른 곳으로 옮겨간 것은 아니었지만 무슨 일인지 눈앞의 것들에 더 이상 관심을 갖지 않는 듯했다.

알라딘은 소름이 돋았다. 그들의 눈, 코, 입은 시냇가에서 짓이겨져 더러워진 옷감처럼 윤곽이 구겨지고 얼룩져서 알아볼 수 없었다. 곧 그들의 형상은 시꺼멓게 그을린 모호한 엄지 지문같이 일그러졌다. 이윽고 그들의 몸이 부풀어 올랐다. 그들은 발끝으로 간신히 매달려 한동안 산들바람처럼 흐느적거렸다. 그런 다음 터져버렸다. 흐릿한 인간 색감의 실타래처럼 흐느적대다가 가느다란 푸른색 소용돌이 연기와 함께 사그라졌다.

알라딘은 온몸이 떨려왔다. 저들은 인간이 아니었다. 골렘(점토로 만들어 생명을 불어넣은 인형-옮긴이)이었다. 그들은 마법으로 버무려낸 엽기적인 존재로서 자신들에게 주어진 시간이 다할 때까지 맡은 역할을 수행할 뿐이었다. 알라딘이 그곳을 떠나기 위해 몸을 돌리는 순간 몇 골목 너머에서 화난 대화 소리가 바람을 타고 들려왔다. 평소 같았으면 무시했을 법한 소리였지만 새로운 통행금지령이 내려진 뒤로는 이런 시간에 나는 소리는 흔치 않은 것이었다.

알라딘은 조용히 옆에 있는 지붕으로 뛰어올라 만만한 발코니로 내려갔다. 그곳에서 빨랫줄을 타고 반대편의 차양 위로 살포시 착지했다. 알라딘은 흔들리는 하렘 바지(발목 부분을 끈으로 묶게 된 통이 넓은 여성용 바지-옮긴이) 뒤에 숨어서 지켜보았다.

선원들의 중심가로 한때는 빈민가에서 그나마 주머니 사정이 조금 나은 사람들에게 인기 있는 만남의 장소였다. 한쪽 구석에 찻집도 있었다. 비틀대는 의자와 올이 풀린 깔개를 갖추고는 희석한 차를 내오는 곳이었지만. 그리고 지금 그곳에는 자파가 여섯 명의 인간 호위대를 이끌고 몇몇 사람들과 모여 있었다.

허공에서 차와 와인 그리고 케이크가 담긴 은쟁반이 맴도는 가운데 자파가 서 있었다. 알라딘은 행렬 이후 자파의 얼굴을 제대로 본 적이 없었다. 그가 대중 앞에 모습을 드러내지 않았기 때문이다. 그의 눈에는 광기가 서려 있었다. 그가 고귀한 자신을 위험에 노출시키면서까지 일반인들을 만나야 할 이유가 뭘까.

"나는 자스민 공주의 행방을 알려는 것뿐이다."

자파가 애써 인내하는 엄마의 말투로 말했다.

"자스민이 어디 있는지 알려주면 너희들은 다시는 굶주리지 않을 것이다."

뼈만 남은 추레한 옷차림의 무리가 불안한 듯 발을 질질 끌었다. 몇몇은 먹을 것이 담긴 은쟁반에서 눈을 떼지 못했고, 다른 누군가는 초조하게 자파의 얼굴과 병사들의 얼굴을 번갈아 바라보았다. 눈치를 살피는 이들도 있었다. 알라딘은 그들의 얼굴을 익혀두었다. 언젠가는 도움이 될 수도 있으니까.

"다른 식으로 해보지."

아무도 나서지 않자 자파가 조용히 말했다. 은쟁반이 달그락거리며 땅으로 내려앉자 음식들이 먼지 속에 나뒹굴었다.

"거기, 자네!"

자파가 흑단 코브라 지팡이로 누군가를 가리켰다. 뼈와 가죽만 남은 작은 사내는 자신이 지목된 것이 맞는지 재빨리 좌우로 고개를 돌려 살폈다. 검고 붉은 옷을 입은 두 명의 호위대가 그에게 다가가 그의 양팔을 붙잡고 뒤로 비틀었다.

"말하라."

자파가 말했다. 그의 눈은 붉게 빛났다. 그리고 지팡이 속 코브라의 보석 박힌 눈동자 역시 붉게 빛났다. 가여운 남자는 생쥐나 작은 새처럼 얼어붙은 채 최면에 걸려버렸다.

"자스민 공주는 어디 있지?"

"궁전에?"

사내가 멍하게 되물었다. 자파의 표정은 짜증으로 일그러졌다.

"그녀가 궁전에 있다면 내가 왜 그녀를 찾아다니지?"

"궁전이 매우 넓으니까요."

그가 답했다. 알라딘은 웃음을 참았다. 가여운 남자는 최면이 걸린 상태에서 최대한 진실을 답하고 있었다. 문제는 그가 똑똑하지 못하다는 것.

한숨을 내쉰 자파는 지팡이를 잡아챘다. 그러자 붉은 광채가 사그라졌다. 남자는 친구들에게 도와달라는 눈빛을 보냈다. 하지만 그의 몸은 얼어붙어 움직일 수 없었다.

하지만 남자의 머리는 계속 돌았다. 자파는 손끝만 움직여 아주 작은 원을 그렸다. 사내의 머리도 천천히 계속 돌아갔다. 그는 결국 근육이 찢기고 뼈가 으스러지고 척추가 으깨지자 비명을 질렀다.

사람들은 겁에 질린 채 이 광경을 지켜보았다. 그들은 고개를 돌리고 싶었지만 그럴 수가 없었다. 붉은 액체가 콸콸 쏟아져 나오는 순간 남자의 비명은 멈췄다. 알라딘은 속이 메스꺼워서 고개를 돌려버렸다.

"다음!"

자파가 만족스럽다는 듯 미소를 지으며 말했다.

"염병할! 살인마! 인간쓰레기!"

무리 중에 한 남자가 분노와 공포에 휩싸인 채 소리쳤다. 자파는 눈알을 굴릴 뿐이었다.

"흐음, 다음!"

자파는 지친 듯 반복했다.

마법사는 우스꽝스러운 악당에서 광기 어린 사악한 악령으로 거듭났다. 알라딘은 늦은 밤에 있을 거사에 앞서 잠시 쉬어야겠다고 생각했다.

Chapter 16

자스민은 아이러니하게도 성곽 맞은편에 위치한 멋스럽고 호화스러운 거리에 있었다. 빗장 뒤에서 선명한 푸른 연기 한 가닥이 스멀스멀 올라오더니 이내 지니가 모습을 드러냈다. 그는 유리컵과 접시를 잔뜩 올린 쟁반을 한 손에 들고 다른 팔에는 수건을 걸쳤다.

"커피? 차? 이집트 와인? 그걸 마시기에는 조금 이른 시간이죠?"

지니는 자스민 옆으로 미끄러져 다가왔다. 쟁반과 수건은 그의 농담과 함께 사라졌지만 컵 두 개는 남아 있었다. 지니는 하나를 자스민에게 건넸다. 황금 소용돌이 문양이 양쪽에 새겨진 아름다운 잔이었고, 안에는 따뜻한 차가 담겼다. 그녀는 손에 온기를 느끼며 호기심 어린 눈으로 그것을 바라보았다.

"독약을 타지는 않았습니다. 자파는 은밀히 행동하는 사람이 아닙니다. 제 말을 믿으세요. 만약 그가 우리 만남을 알았다면 당신을 얼어붙게 해서, 자신의 의사와는 무관하게 뭐든 '하겠어요'라는 말을 끌어냈을 거예요."

지니가 능글맞게 말했다.

"난 그저……만약 당신이 먹을 것과 마실 것을 만들어낼 수 있다면, 자파가 왜 지금까지 그걸 이용하지 않았을까 궁금했을 뿐이에요. 그는 축제 행렬에서 모든 사람들에게 빵을 던져줬죠. 하지만 그건 이제 끝났어요. 지금은 배급제로 바뀌었죠. 줄을 서서 그에게 충성을 맹세한 자들에게만 빵을 줘요. 게다가 금이 늘어나서 사람들은 다른 곳에서 먹을 것을 구할 수도 없어요. 자파나, 아니면 당신이 손을 흔들어서 문제를 해결할 수는 없나요?"

"아하, 똑똑한 아가씨."

지니가 말했다. 그의 얼굴에 진심 어린 다정한 미소가 서렸다.

"마법은 내가 지금껏 보여준 것처럼 그렇게 쉬운 것이 아니라오. 세상에서 가장 강력한 마법사라도 무언가를 무한대로 영원히 존재하게 할 수는 없지. 무언가는 반드시 어딘가에서 가져와야 하는 거라오. 금은 요리할 필요가 없으니까 빵이나 고기보다는 더욱 손쉽게 가져올 수 있고."

"알겠어요. 하지만 당신은 할 수 있잖아요. 그게 지니라는……

요정을…… 마법사와 구분 짓는다고 했었지요. 결국 당신이 더 강력하지 않나요?"

지니는 칭찬에 당황한 듯 얼굴을 붉혔다.

"음, 맞소. 하지만 자파가 빌었던 두 가지 소원은 꽤 구체적인 것이었소. 누구라도 술탄이 되면 이따금씩 행렬을 하고 구제품을 나눠줄 거라고 예상할 수 있으니까. 게다가 술탄을 지키는 개인 호위병도 요구할 만한 것이었고. 그렇다고 해서 주방장처럼 그의 옆에서 모든 이들의 매끼를 마법으로 차려낼 수는 없는 거요."

"네?"

"아니, 내 말은, 만약 그가 영리하다면 나더러 하라고 했겠지. 하지만 그는 그러지 않았고 나는 제멋대로인 그에게 괜한 힘을 보태줄 생각이 없소. 무엇보다도 자파는 공짜 음식을 무한대로 제공할 생각이 없거든."

"왜 그렇죠?"

"그건 미끼니까."

지니가 낚싯대에서 줄을 풀어 내리는 듯한 몸짓을 했다. 그러자 낚싯대가 실제로 그의 손에 나타났고 그 끝에는 아그라바 평균 시민의 몸집과 맞먹는 거대한 물고기 한 마리가 걸려 있었다.

"모든 사람이 공짜 음식과 금을 물었지. 그리고 짜잔! 자파가 저들을 낚은 거야."

그는 낚싯줄을 홱 잡아당겼다. 물고기가 땅바닥에서 푸드덕거렸다.

"자, 이제 자파는 저들을 감아올리거나 올가미로 죄지."

지니가 인상을 찌푸렸다.

"조금 악한 형태의 마법으로 화제를 바꿔보지. 3일 후에 카르
코사에서 출발한 카라반 무리가 도착한다네. 완벽한 반달이 뜨는
밤에 말이야. 그 카라반은 서적과 마법 장식품을 한가득 싣고 올
거야. 이번에는 규모가 상당할 거야.《알 아지프》도 있을 거고."

"이번에는 왜 당신을 보내 그 카라반을 지키게 하지 않는 거죠?"

"자파가 찾는 것이 발견되지 않을 수도 있으니까. 음. 이걸 어
떻게 설명하면 좋을까. 인간 영역에서 말이지. 여기까지만 하자.
요정들은 카르코사에 잘 가지 않아. 사실 그동안 누구도 그곳에
발을 디디지 않았지. 그러니 병사들을 만나거든 살살 다루도록
하시오."

지니가 몸서리치며 말했다.

"알겠어요. 감사합니다."

자스민이 자신의 찻잔으로 건배하는 시늉을 하고는 차를 한
모금 들이켰다. 따뜻한 차는 단맛이 감돌았다. 속이 완벽하게 풀
리는 기분이었다.

"그리고 라자를 보내주셔서 감사해요.《알 아지프》에 대해 귀
띔해주신 것과 그 외 많은 것에 대해서도요. 저희가 신세를 많이
졌네요."

지니가 어깨를 으쓱했다.

"상황이 영 좋지 않소. 그러니 악당이나 제거해주시오. 그리고 날 좀 풀어주든가? 어쨌든 좋은 걸 심으면 뭐라도 나겠지."

자스민이 고개를 살짝 기울이며 그를 바라보았다.

"요즘 어떻게 지내세요?"

"오, 짐작하는 대로요. 우리 민족 최후의 요정인 나는 권력에 찌든, 사악한 미치광이의 노예가 되어서…… 가만있자, 내가 방금, 사악하다고 했나? 신성함에 대한 망상을 지닌 독새사지. 그는 세 번째, 즉 마지막 소원을 빌지 않음으로써 나를 속박 속에서 그의 노예가 되게 했지. 나의 다음번 주인은 보다 나은 분이길 바라야겠어. 흡혈귀 왕국의 가학적인 폭군이 차라리 나을 거야. 아니면 뭐 그런 부류."

"뭐 하실 건가요? 자유로워지면요?"

자스민이 물었다.

"여행을 해야지. 여기에서 최대한 멀리 떠날 거야. 이곳에 대한 내 기억에서 최대한 멀리 말이야. 너무 버겁거든. 아마 언젠가는 돌아올지도 모르지. 하지만 그보다 먼저 둘러볼 것들이 너무 많아. 이를테면 눈 같은 것 말이지. 그런 것들을 보고 싶어."

지니가 한 치의 망설임도 없이 답했다.

"아그라바를 떠날 수 있으실지 모르겠어요."

"로어노크보다는 여기가 낫지. 그들에게 무슨 일이 일어났는지는 누구도 알아내지 못했으니까."

자스민은 지니의 말을 떠올려보았다. 우스꽝스러운 농담과 끔찍한 일들에 대한 암시를 말이다. 자신보다 훨씬 많은 것을 알고 있는 지니는 원치 않은 시공간 속에서 덫에 걸려버렸다.

"당신으로 산다는 건…… 정말 힘들겠어요."

그녀가 적당한 말을 고민하며 입을 열었다.

"공주, 당신은 모를 거요."

지니가 자파의 말을 따라했다. 하지만 얼굴에는 슬픈 미소가 서렸다. 그 말을 끝으로 그는 푸른 연기 속으로 소용돌이쳐 들어가더니 이내 밤공기 속으로 자취를 감추었다.

Chapter 17

"너랑 다시 도적질을 할 것이라곤 생각도 못 했어."

두반은 알라딘에게 포대 하나를 던져주며 중얼댔다. 그들은 카라반 소탕전에서 주술서를 한 권도 발견하지 못했지만, 대신 아그라바의 가난한 이들에게는 무궁무진하게 유용한 무언가를 찾아냈다. 바로 음식이었다.

알라딘은 웃으며 포대를 낚아채고는 윗부분이 제대로 여며졌는지 확인했다.

"모르지아나의 생각은 정말 좋은 것 같아. 자스민 공주님이 직접 구제품을 나눠주는 것 말이야. 그러면 사람들과 직접 소통할 수 있게 되잖아."

두반이 말했다.

"그건 위험해. 자스민은 여러 가지로 너무 대단한 존재라고. 자파에게 갖다 바칠 수 있는 값비싼 패인 동시에, 이전 술탄의 상징이지. 게다가 사실상 우리의 지도자이기도 하고. 난 공주님이 사람들 속에서 거리를 활보하는 건 좋지 않다고 생각해."

알라딘이 그를 노려보며 말했다.

두반이 어깨를 으쓱했다.

"위험을 감수하지 않고는 얻는 게 없어. 다른 사람은 몰라도 너는 그걸 알아야지."

잠시 대화가 멈췄다.

문득 고개를 든 알라딘과 두반은 키 큰 중년 사내와 눈이 마주치고는 화들짝 놀라고 말았다. 그는 구석구석을 도려낸 단순한 겉옷을 입고는 조용히 기다리고 있었다. 그의 얼굴에는 오랫동안 궁핍에 시달린 흔적이 없었다. 그는 마른 체구였지만 그건 굶주림 탓이 아니었다. 그의 피부는 맑고 매끈했으며 잿빛 수염은 잘 다듬어져 있었다. 그는 손을 정중하게 포갠 채였다. 한 손에는 단순한 형태의 금가락지를 끼고 있었다. 하지만 알라딘이 예리한 눈으로 살펴보니, 가락지 주위로 햇볕에 그을리지 않아 피부색이 살짝 연한 부분이 조금 있었다.

"저희는 그저……."

알라딘이 입을 열었다.

"저희 아버지는 빵집을 운영하세요. 저흰 그분을 돕고 있죠.

여긴 아버지께서 창고로 쓰는 곳인데 그게……."

두반이 말했다.

"바게트."

알라딘이 덧붙였다. 두반은 멍청이를 보듯 그를 바라보았다.

"난 쥐떼거리 분들과…… 대화를 나누러 왔소."

사내가 정중히 말했다. 그의 말투는 똑똑하고 세련됐다.

"전 아무도 모르는데요……."

두반이 말했다.

"저희는…… 아닌……."

알라딘도 덧붙였다.

"내 이름은 아무르요. 보석상인 길드의 우두머리지. 난 목숨을 걸고 이곳에 왔소."

그가 손가락의 금가락지를 돌려 끼자 거대한 보석이 나타났다. 완벽한 다이아몬드가 박힌 흑요석 카보숑(보석의 위쪽을 볼록하고 아주 매끄럽게 다듬는 연마 방법-옮긴이)이었다. 두반이 낮게 휘파람을 불었다.

"원하는 게 뭐죠?"

알라딘이 혼란스럽다는 듯 물었다.

"차…… 한잔하며, 이야기하면 더욱 좋을 것 같소만……."

남자가 주위를 둘러보며 말했다.

"하지만…… 저희가 쥐떼거리 패거리고, 이곳에 있다는 건 어떻게 아셨죠?"

남자는 정중하게 기침을 하고선 턱으로 벽을 가리켰다. 벽에
는 라자의 부호인 피처럼 붉은 네 개의 발자국이 그려져 있었다.

통로 깊숙이 들어가면 쥐떼거리의 세계로 이어진다. 알라딘과
두반은 아무르를 데리고 은신처로 들어갔다. 차와 의자, 탁자 등
을 대충 끌어다 손님을 맞을 준비를 했다.

"무슨 조치를 취해야겠군. 저 발자국 부호 말이야."

알라딘이 두반에게 말했다.

"소속감을 갖게 하잖아."

"맞아. 좋은 상징이지. 사람들을 결속하게 하는……. 하지만
너무 집 근처에 그려두면 안 되겠어."

아무르는 차를 한 모금 들이켜며 두 도적이 대화를 끝내기를
기다렸다.

"죄송해요. 이건 다음에 우리끼리 이야기해야겠네요."

알라딘이 말했다.

"아니오. 좋은 상징이오. 우리의 대의에 동조하는 이들을 위해
금으로 두어 개를 만들어도 좋겠다는 생각을 했소."

아무르가 말했다.

"우리의 대의?"

자스민이 다락방으로 들어오며 말했다. 자스민은 방에 들어서

면서 얼굴을 가렸던 스카프를 벗었다. 모르지아나도 뒤따라 들어왔다.

"공주마마."

아무르가 자리에서 일어나 이마에 손을 대고 자스민에게 정중하게 절을 했다. 그러고는 말을 이었다.

"공주님이 이 모든 일에 연결되어 있다는 소문을 들었습니다."

"소문이 사실이네요."

자스민이 웃으며 그에게 자리를 권했다. 그녀 역시 자리에 앉아 알라딘의 잔을 자신의 앞으로 가져갔다. 알라딘이 웃었다.

"공주님께서 강령하셔서 정말 다행입니다. 아그라바가 자파의 통치하에서 어떤 상황에 처했는지 논의드리고 싶습니다."

아무르가 말했다.

"그게 당신이랑 무슨 상관이죠?"

모르지아나가 물었다.

"자파가 당신을 괴롭히는 것도 아니잖아요. 그가 당신에게 빵을 주는 대신 충성을 맹세하라고 강요하지도 않았을 텐데요. 밤에 통행금지령이 발동되면 당신네들은 그저 저택에서 다음 날 아침까지 기다리고 있으면 되잖아요. 그가 당신네들을 어떻게 괴롭혔기에 그러시나요?"

아무르가 그녀에게 지친 표정을 지어 보였다.

"삶은 그렇게 만만하지 않소. 예를 들어 금부터 시작해봅시다.

당신 도둑들은 마법처럼 금화가 들어온 이후 금값이 얼마나 추락했는지 잘 알 거요."

알라딘이 낄낄댔다.

"모르지아나, 너도 단번에 알아들었을 거라고 본다. 자파는 저분들의 업계도 무너뜨린 거라고."

"두 번째는……. 이것도 무시할 수 없소. 자파가 모든 도서관, 종교 관련 교육 시설, 과학과 주술을 다루는 모든 상업 시설을 닫아버렸소. 믿을 만한 소식통에 따르면, 연금술에 관한 집회는 금지되었지. 회동을 하려면 목숨을 걸어야 한다는군."

아무르가 말했다.

"하지만 굳이 왜……?"

두반이 물었다.

"왜냐면 자파는 경쟁을 원치 않으니까."

모르지아나가 굳은 표정으로 말했다.

"그는 마법의 규칙을 깨뜨릴 방법을 찾고 있고, 누구도 자신을 막는 걸 원치 않아요. 게다가 배운 사람이라면 누구든 자파의 '자애로운' 통치가 결국 어떻게 끝날지 모르지 않죠."

아무르의 말에 자스민이 고개를 끄덕였다.

"사제, 랍비, 교사, 학자, 학생…… 모두 현 정권에 만족하지 않아요."

아무르가 한숨을 내쉬며 덧붙였다.

"그러면 당신은……?"

자스민이 재촉했다. 아무르는 자신의 손가락들을 치켜세웠다.

"제가 그들을 대변한다고 해두죠. 전 도시의 일부 집단을 대표해서 말하는 것이지요. 종교 지도자, 길드, 그리고 도시의 여러 지역 주민들…… 어쩌면 공주님께서 평소에 대화를 나눠볼 기회가 없었던 분들일 겁니다. 그들은 여러분이 저지른 카라반 약탈 등에 대해 들었습니다. 그리고 여러분들의 노력에 최대한 보탬이 되고 싶어 하지요."

"그리고 그들이 가엾은 당신을 뽑아 위험을 무릅쓰고 이곳에 가라고 하던가요?"

두반이 이를 드러내며 히죽댔다.

"아니오. 나는 여기 오겠다고 자원했소. 알아두시게, 도적들이여. 자네들만 자유를 추구하는 것이 아니라오. 하고 싶은 일을 원하는 곳에서 원하는 이들과 할 수 있는 자유, 글을 읽을 줄 안다면 읽고 싶은 것을 마음껏 읽을 수 있는 자유 말이지. 내겐 손녀가 두 명 있소. 우린 매일 밤 옷감 시장을 지나 언덕 위에서 석양을 보곤 했지. 이런 소소한 일들을 더 이상 할 수 없게 되었소. 소소하지만 중요한 일이요."

남자가 침착하게 답했다.

"그러니까 저희가 뒤치다꺼리를 하면, 은밀히 지원해주시겠다는 말씀이시군요? 나리께서는 자유가 무조건 좋고 바람직한

252

것이라고 말씀하시는군요. 하지만 삶을 누린다는 것 역시 자유의 일부이지만 그건 도시의 대다수 최하 빈곤층에게는 해당되지 않는 거예요. 사람들이 구제용 빵을 받겠다고 줄을 길게 설 때 나리께서는 어디 계셨나요? 사람들이 굶주릴 때 말이에요."

모르지아나가 캐물었다.

"좋은 지적이요. 여러분이 상대적으로 가난한 지역에 발을 디디고 있어서 늘 위험에 노출되어 있다면 이 상황의 심각성이 크게 와 닿지 않을 수도 있어요. 하지만 지금은 그 어느 때보다 위험합니다. 보석과 금 시장을 뒤엎을 만큼 용감하고 잘 조직된 도둑 패거리가 있다면⋯⋯."

아무르가 말했다.

"좋은 지적이군요. 모든 소란이 잠잠해지면 다 같이 머리를 맞대고 이 문제를 해결해보는 건 어때요? 아그라바의 문제는 우리 모두의 문제이고, 우린 모두의 도움이 필요하니까요."

자스민이 생긋 웃으며 대꾸했다.

아무르와 모르지아나가 서로를 한동안 노려보았다.

"그러지요."

아무르가 이윽고 말했다.

"그러죠."

모르지아나가 실룩대며 말했다.

"좋아요!"

자스민이 안도의 숨을 내쉬었다.

"전 가봐야겠어요. 충성 맹세를 거부한 가족들에게 빵을 나눠 줘야 하거든요. 자신들이 내린 결정으로 인해 굶게 된 사람들이에요. 같이 가볼래요, 아무르? 아그라바에서 친분이 전혀 없었던 계층이 처한 현실을 마침내 직접 살펴보는 거죠."

"좋은 생각입니다. 그리고…… 나는 돕고 싶소."

아무르가 흔쾌히 동의했다. 아무르의 말에는 진심이 담겨 있었다.

Chapter 18

"자스민 공주님?"

노파는 화들짝 놀라며 자스민의 얼굴을 올려다보았다. 대여섯 명의 손자들이 노파의 발 주위로 종종거리며 다가왔다.

자스민은 스카프로 머리를 가린 채 노파에게 빵과 치즈가 담긴 작은 가방을 건넸다. 모르지아나가 단검을 양손에 쥔 채 자스민 뒤를 지켰다. 그 뒤로는 아흐메드와 쉬린이 더 많은 빵을 들고 있었다. 아무르도 커다란 빵을 들고 있었다. 자스민이 미소를 지어 보였다.

"네, 저는 도움을 드리러 왔어요."

"하지만…… 공주님은 자파…… 새 술탄과 결혼하지 않으십니까?"

"아니에요. 그는 살인마에 강도죠. 저는 반드시 그에게 복수할 거예요. 그리고……."

모르지아나가 자스민의 옆구리를 살짝 찔렀다.

"그리고…… 자파와 저는 뜻이 맞지 않아요."

자스민이 다정한 미소를 날리며 재빨리 덧붙였다.

"그는 아그라바를 감옥으로 만들려고 하지요. 모두가 두려움에 떨면서 하고 싶은 일을 하지 못하고 잘못된 것을 잘못되었다고 말하지 못하는 곳으로 말이에요."

공주의 말에 노파가 멍한 갈색 눈망울을 끔벅이며 공주를 바라보았다.

"그는 악마입니다. 살인마 돼지 새끼. 공주님, 이전 술탄은 무능했어요. 우릴 위해 아무것도 하지 않았죠. 하지만 그렇다고 폭력을 가하거나 빵조각을 미끼로 충성을 강요하진 않았어요. 평화순찰대는 대체 무엇으로부터 우릴 안전하게 지켜준다는 거죠? 이제 아그라바에서 단검을 들고 다니지 않으면 멍청한 사람이 되는 거라고요."

노파가 말했다.

"저도 그렇게 생각해요. 거리가 자유롭고 안전하면 좋을 텐데요. 하지만 부탁이에요. 이 빵과 치즈를 받아주세요. 그 대가로 어르신께 제편이 되어달라고 강요하지 않을게요. 저는 그저 우리 민중께 끼니를 챙겨드리고 싶은 것뿐이에요."

노파는 조심스레 빵을 바라보았다. 그녀가 미소를 짓자 얼굴에 수많은 잔주름이 졌다.

"공주님……. 미래의 술탄님께서 내게 빵과 치즈를 주셨어. 내 집으로 친히 오셔서 말이야."

"어르신께 평화가 임하기를!"

자스민이 목례를 했다.

"공주님께도 평화가 임하기를."

노파가 진심으로 말했다.

다시 밖으로 걸어 나온 자스민은 깊이 한숨을 내쉬었다. 그녀는 머리 스카프를 좀 더 세게 죄어 머리를 가려야겠다고 생각했다. 그럼에도 잠깐이라도 머리 스카프를 벗어던지고 싶다는 생각도 간절했다. 맑은 공기가 절실했기 때문이다. 머리를 완전히 가리고 다니는 것이 아직도 익숙하지 않았다. 게다가 거친 질감의 스카프가 새로 올려 묶은 머리카락에 밀려나 자꾸만 벗겨지려고 했다.

자스민과 모르지아나는 타오르는 듯한 백색 울타리를 떠나 골목의 구석진 곳을 따라 나란히 걸어갔다. 나머지 무리는 몇 걸음 뒤로 물러났고, 아흐메드와 쉬린은 작은 돌멩이들로 땅따먹기를 했다.

아무르는 지금껏 단 한 번도 발을 디딘 적이 없는 지역을 흥미롭게 둘러보았다. 쉬린은 놀이를 잠시 멈추고는 그에게 쥐떼거리 마을에서 제대로 걷는 법을 일러주었다. 고개를 꼿꼿이 세우고 정면을 향한 채 두 눈으로는 사방을 두리번거려서 특정한 곳을 응시하고 있지 않다는 인상을 줘야 한다고.

"아저씨는 여행 온 사람 같아요."

쉬린은 인내심을 갖고 아무르에게 설명해주었다.

모르지아나가 두 사람을 바라보며 미소를 지었다. 그런 다음 깊이 한숨을 내쉬고는 자신의 말을 공주에게 어떻게 정중하게 전할까 고민했다.

"음…… 문제는…… 저희 중에 누구도…… 쥐떼거리 사람들 중에 누구도, 심지어 아그라바의 일반 시민 대부분도 누가 지도자가 되든 크게 신경 쓰지 않아요. 공주님의 아버지에 대해 불손하게 들리지 않았으면 해요. 세금이나 감옥 문제만 아니라면, 그 키 작은 어르신에 대해선 아무도 신경 쓰지 않았죠. 자파는 순찰대와 폭력을 앞세우기 때문에 누구도 좋아하지 않아요. 그러니 공주님은 이 부분을 공략하셔야 해요."

"맞아."

자스민이 머리에 스카프를 다시 쓰기 위해 머리카락을 매만지며 한숨을 내쉬었다. 몇몇 사람이 지나가다 그녀를 바라보았다. 도시 사람들은 이제 대부분 자파와 공주의 결혼이 성사되지 못했음을 알고 있었다. 그렇기에 그녀가 어떻게 그의 손아귀에서 빠져나갔는지, 지금은 어디에 숨어 있는지 다들 궁금해했다.

가난한 지역에서는 그녀가 그곳에 뒤섞여 있다는 소문이 파다했지만, 그녀의 정확한 행방을 아는 사람은 없었다. 소문에 따르면 마치 전설의 주인공처럼 그곳에서 그녀는 가난한 이들을 돕고 있다고 했다.

"비록……."

자스민은 자신을 뚫어져라 바라보는 이들에게 미소를 지어보이고는 말을 이었다.

"너와 모든 사람에게 평화의 메시지를 전달해야 해서 좀 놀랐지만……."

모르지아나가 헤죽거렸다. 그녀만의 굳은 표정과 노려보는 눈빛은 찾아볼 수 없었다.

"알라딘은 저희가 만든 '어린 도적들의 조직체'를 비웃을지 몰라요. 하지만 이건 조직체예요. 단순히 '그분'에게서 물건을 훔쳐 오는 일만 하는 게 아니라고요. 영토와 비율 그리고 평등한 몫에 관한 것도 아니에요. 이건 사람을 대하는 일에 관한 것이죠. 사람들을 평등하게 대하는 일에 관한 것이자 그들의 말에 귀 기울이는 일에 관한 것이에요."

자스민이 흥미롭게 귀를 기울였다.

"나는 그걸 이제야 몸소 깨닫기 시작했어. 너희들의 조직체가 없었다면 불가능했을 거야. 처음에 너희 조직을 장악하려 했던 것은 미안해."

"괜찮아요. 아그라바가 극단으로 치닫는 걸 막을 유일한 방법은 그것뿐이라고 생각하니까요."

모르지아나가 다소 유감스러운 듯 말했다.

"모든 일이 끝나면 뭘 할 생각이지?"

자스민이 물었다. 누군가에게 이런 질문을 던지는 것은 이번이 두 번째였다. 모르지아나는 놀란 눈치였다.

"모르겠어요. 당신은 술탄이 되시겠죠. 그리고 저는…… 아마도 도적으로 다시 돌아가지 못할 거예요. 당신이 우리에 대해 다 알아버렸잖아요."

모르지아나가 곁에 있던 아무르를 바라보더니 말을 이었다.

"아무르, 당신이 했던 말이 마음에 들어요. 모두가 다 함께 노력해서 아그라바를 만들어가자는 부분 말이에요."

"난 구제에 관해 말한 거요. 게다가 난 자네가 덧붙여서 하려던 말이 무엇이었을까에 관심이 있었을 뿐이었지……."

"엇, 저길 봐요."

아무르가 말을 마치지 않는데 모르지아나가 어딘가를 가리키며 소리쳤다. 모두의 시선이 그녀의 눈길을 따라갔다.

행인 한 명이 자스민을 계속 힐끔거렸다. 그저 한두 번 보는 것이 아니라 계속 뒤돌아보았다. 자스민은 그게 무슨 큰일이냐고 생각했지만, 모르지아나는 경계 태세로 들어갔다. 양손을 단검을 숨겨둔 곳에 넣었다.

그러자 사내는 세 사람이 자신을 주시한다는 것을 알아차리고는 황급히 내달리기 시작했다. 모르지아나 역시 튕겨나가서 그의 뒤를 쫓기 시작했다.

모르지아나는 그가 비좁은 외딴 골목으로 숨어 들어갈 정도로만 앞서가게 했다. 사내가 그녀에게서 빠져나갈 수 있을 거라고 착각하도록 말이다. 다른 이들의 눈에 띄지 않은 곳에서 자신보다 몸집이 훨씬 작은 계집아이 하나쯤은 쉽게 해치울 수 있을 것이라 생각하도록 말이다.

하지만 모르지아나는 쥐떼거리 출신이지 않은가. 골목에 두 사람만 남게 되자 모르지아나는 속도를 두 배로 끌어올린 뒤 마지막에는 놀라운 속도로 뛰어올랐다. 그녀는 팔로 사내의 목을 감고 그를 자신의 몸 쪽으로 끌어당겼다. 그녀의 왼손에 든 단검은 그의 옆구리를 향한 채였다.

자스민과 아무르, 그리고 나머지 무리들이 때마침 골목 어귀를 돌아 이 광경을 마주했다. 아무르는 깜짝 놀라서 뒷걸음쳤다.

"이봐, 무슨 일이지?"

"아무것도 아니오. 난 그저 장터로 가던 길이었소. 아무것도 없소. 날 놔주시오."

사내가 외쳤다.

모르지아나가 단검 끝을 그의 옷 안으로 쑤셔 넣어서 그가 칼 끝을 느끼게 했다. 그녀는 팔꿈치로 그의 목을 더욱 세게 죄었다.

"나는 위대한 자파님이 이끄시는 아그라바의 시민이오. 새로운 아그라바 말이오. 나를 보내줘, 이 쥐떼거리 녀석아. 혼쭐이 나기 싫으면!"

"우리를 왜 그렇게 빤히 쳐다봤던 거지?"

모르지아나가 캐물었다. 그녀가 칼을 쑤셔대자 그의 튜닉이 찢어졌다.

"저 사내는 공주님을 알아보고 놀란 게 아닌가. 그를 보내주게나."

아무르가 입을 열었다.

"맞아요, 공주 마마."

사내가 숨이 막혀 캑캑거리며 말했다. 모르지아나는 못미더운 표정을 지었다. 그녀가 사내의 목을 더욱 세게 죄자 그는 양손으로 목을 잡아채며 몸부림을 쳤다.

"모르지아나, 제발. 잠깐. 그의 손에 있는 게 뭐지?"

자스민이 말했다.

모두가 멈칫하며 그를 바라보았다. 쉬린이 달려가서 그의 왼손을 붙잡아 비틀자 그의 손바닥이 드러났다. 그의 살갗 위로는 요상한 표식이 불로 새겨져 있었고, 덴 자국에서는 물이 흘러내렸다.

"자파의 표식……. 그의 금화와 깃발처럼."

모르지아나가 바닥에 침을 뱉었다.

자스민이 손을 입에 가져다 댔다. 역겨워서였는지 혼란스러워서였는지는 알 수 없었다.

"미안하오, 모르지아나. 당신은 노련한 사람이군. 자넨 매의 눈을 가졌어."

아무르가 말했다.

"저건 뭐지?"

자스민이 좀 더 자세히 보려고 앞으로 다가갔다. 사내의 길게 찢어진 눈은 정신 나간 말의 눈동자처럼 이리저리 움직이고 있었다. 그는 발버둥치려 했지만 아흐메드가 그의 발등에 올라앉아 그를 꼭 붙들었다.

"낙인이에요. 염소한테 하는 것처럼요."

쉬린이 간단하게 말했다.

"누가 당신한테 이런 짓을 한 거지?"

자스민이 차갑게 물었다.

"덤을 줘요. 그분이 제 눈을 바라보시고는 진정으로 충성심이 있는지를 살피시죠. 그런 다음 표식을 받습니다. 그러면 고기와 금덩이를 얻죠."

사내가 징징댔다.

"하지만…… 서약만 하면 빵을 받을 수 있지 않나?"

자스민이 물었다.

"다들 거짓말을 하니까요."

"오, 신이시여."

아무르가 중얼댔다.

"이게 언제부터 시작된 거지?"

"저는 첫 백 명 안에 들었어요. 곧 아그라바 전체가 청정지역이 될 겁니다. 전 그중에서도 선두 주자에 속하고요."

사내가 자랑스럽게 말했다.

"마법이나 빵만으로 사람들의 환심을 살 수 없어. 그러니 고통이나 공포로 충성심을 쥐어짜내려는 거야. 자파는 어디서 이런 짓을 벌이고 있지?"

자스민이 말했다.

"궁전에서죠."

사내가 볼멘소리로 답했다.

"상관없습니다요. 전 당신을 봤습니다. 저는 자파의 눈과 귀인걸요."

"우린 이 남자를 죽여야 해요."

모르지아나가 말했다.

"안 돼!"

자스민이 말했다.

"자파는 내가 도시에 있다는 걸 알아. 어쩌면 진작 알았을 거야. 그가 모르는 것은 내가 다음에 나타날 곳이지. 왜냐하면…… 나는 가만히 있질 않거든. 난 같은 장소에 이틀 이상 머물지 않

아. 바람과 그림자처럼 떠돌아다니거든. 그리고 아그라바 전역과 모든 마을에서 선의와 양심을 지닌 자들의 거처에 묵지."

"네 주인에게 기어가거라, 인간쓰레기야."

모르지아나가 단검을 또 한 차례 짓누르자 이번에는 피가 흘러나왔다. 그러고는 사내를 풀어주었다. 사내는 몇 차례 허둥대고 주저앉다가 이윽고 자리에서 일어나 내달리기 시작했다. 그의 샌들이 바닥에 부딪혀 시끄러운 소리를 냈다.

"겁쟁이!"

아무르가 바닥에 침을 뱉었다.

자스민은 바닥에 주저앉고 싶었다. 살이 탄 냄새가 아직도 그녀의 코를 자극했다. 핏빛 서린 창백한 자파의 표식이 아직 그녀의 눈앞에 어른거렸다. 모르지아나가 공주의 어깨에 살포시 팔을 올렸다.

"자스민 공주님! 우리의 전략을 다시 한 번 생각해봐야 할 때가 온 것 같아요. 자파는 자신만의 권력 기반을 다지고 있죠. 위협과 보상으로 강력하게 말이에요."

"맞아. 이건 더 이상 게릴라식 저항이 아니야. 아그라바 민중의 마음과 영혼을 사로잡으려면 이렇게 넋 놓고 있어서는 안 돼. 우린 무언가를 더 해야 해. 우린 자파를 직접 공격해서 아그라바를 되찾아야 해."

자스민이 식식대며 말했다.

265

Chapter 19

달은 멀지 않은 곳에서 낮을 서서히 밀어내고 있었다. 그날 밤에는 기이한 주홍빛 초승달이 떠올랐다. 달의 끝자락이 출격을 앞둔 황소처럼 내리 치닫고 있었다. 옛 전설에 따르면 이건 마른 달이다. 흉조를 뜻한다.

이번 소탕전은 중요하다. 카르코사에서 오는 카라반에게서 《알 아지프》를 빼돌리는 것이 이번 소탕전의 핵심이다. 이 책이 자파의 손아귀에 들어가면 그는 망자를 깨울 것이고, 그러면 상황은 더욱 악화된다.

자파가 애지중지하는 무기를 빼앗아오는 것은 전지전능한 마법사에 맞선 승리 외에도 큰 의미가 있는 일이다. 선한 자가 승리한다는 것을 보여주는 상징이 되기 때문이다. 알라딘은 지붕 위에서 수평선 너머의 카라반이 점점 크기를 키우며 다가오는 것을 지켜보았다. 건조하고도 따스한 바람이 그의 얼굴을 휘감았다. 사막의 송진향도 바람결에 덩달아 풍겨왔다. 그는 자스민이 옆에 있었으면 좋았겠다고 생각했다.

지금 자스민은 은신처에서 궁전에 쳐들어갈 계획에 몰두하고 있었다. 아무르는 연금술사 중 최고로 꼽히는 이를 불러다가 폭발물에 대해 의논하고 있었고, 모르지아나는 새로운 군대를 모아 부대별로 배치하고 있었다. 두반은 궁정 병사로 근무하다 탈영한 소흐랍 장군과 함께 전술을 짰다. 마루프는 새로 합류한 부대원에 대한 물자 지원을 도맡았다.

전진하던 카라반이 성문에 들어서자마자 멈춰 섰다. 한 소녀가 바닥에 드러누운 채 도와달라고 울부짖고 있었다.

"제발요, 나리! 어디로든, 저 좀 태워주세요. 저기 보이는 첫 번째 빈집 근처까지만이라도요. 오늘 밤에 제 몸을 누이고 평화순찰대원을 피할 수 있게만 도와주세요."

신호였다. 알라딘은 가볍게 뛰어 내려갔다. 아부가 그 옆을 지켰다. 요상하리만큼 핼쑥하고 퀭한 눈을 한 기수들은 가던 길을 방해받은 것이 성가신 눈치였다. 이들은 짐마차에서 내린 뒤에 길을 가로막은 소녀를 몇 미터 옆으로 밀쳐냈다.

모르지아나와 두반의 의견대로 알라딘은 그늘을 따라 기수들을 따라가다가 소리 나지 않게 가죽을 감은 곤봉으로 기수들의 뒤통수를 휘갈겼다. 그다음 그들의 옷에 온갖 요상한 휘장을 그려 넣은 다음 기둥에 묶었다. 마치 이들이 라이벌이 될 만한 마법사에 의해 주술로 진압당한 것처럼.

알라딘은 기수들이 떠난 낙타의 고삐를 부드럽게 잡아당겼다. 급작스럽게 기수가 바뀌자 낙타들은 당황했지만 이내 새로운 주인을 따르기 시작했다. 아부는 낙타 한 마리에 올라타더니 자신이 마치 카라반 전체를 이끌기라도 하는 것처럼 신나게 찍찍거렸다.

알라딘은 카라반을 다시 성문 밖으로 몰고 나가서 성곽 어귀에 세웠다. 곤충과 도마뱀 그리고 밤에 울어대는 동물들까지 모두가 잠잠하기만 했다. 들리는 유일한 소리가 있다면 건초 사이로 불어오는 바람의 속삭임 정도였다.

뜨거운 열기에도 불구하고 알라딘은 떨고 있었다. 알라딘이 성벽의 틈새에 도착하자 쥐떼거리 무리들이 나타났다. 그들은 서적과 골동품을 옮기기 위해 길게 인간 사슬을 이루고 있었다. 알라딘은 선봉에 선 낙타의 목덜미를 쓰다듬었다.

"곧 물을 줄게."

카라반 뒤편으로 향하기 전에 알라딘이 약속했다. 그러고는 짐마차의 덮개를 열어젖혔다. 그곳에는 상자와 항아리들이 있었다. 긴 여행을 버텨내도록 잘 포장된 서구 양식의 큰 단지도 있었다. 누군가가 알라딘에게 금속 재질의 날카로운 건축용 후크를

268

건네자 그는 첫 번째 상자의 뚜껑을 열어젖혔다.

안에는 썩어빠진 물건들과 돌들이 가득했다. 알라딘은 희끄무레한 잿빛이 감도는 사막 암석과 두툼하고도 낡아빠진 물건들을 바라보았다. 알라딘은 재빨리 다른 상자도 열어보았다. 더 많은 돌이 들어 있었다. 성수나 묘약, 심지어 포도주나 맥주 대신 개울물에서 퍼 올린 모래가 가득 들어 있었다.

"철수해!"

알라딘이 외쳤다. 그는 몸을 돌리고는 자신 앞에 있던 어린 쥐떼거리 아이들을 떠밀었다.

"덫이야. 철수해. 뛰어! 숨어!"

곧 음흉한 웃음소리가 사방에서 울려 퍼졌다. 그 소리는 모래폭풍처럼 커져만 갔다. 사막에서, 성벽에서, 거리에서, 아니 공기 그 자체에서 울리고 있었다.

"언제까지나 내 눈에 띄지 않을 거라고 생각했더냐?"

알라딘은 자파의 목소리를 외면하고 아이들을 피신시키는 데만 집중했다. 그는 어린아이 두 명을 낙타에 태운 뒤 짐승의 옆구리를 후려쳤다. 낙타는 비명을 지르더니 이내 도심 속으로 내달렸다.

"나는 이 도시의 술탄이자 이 세계의 가장 위대한 마법사지. 네가 내 눈을 영원히 피할 수 있을 거라 생각했더냐?"

자파의 목소리가 울려 퍼지는 가운데 두반과 모르지아나가 나타났다. 은신처에 대기하고 있던 그들은 불안한 마음에 근처에 숨어 있었던 것이다. 두반과 모르지아나는 남은 쥐떼거리 무리들을 피신시켰다.

"공주님은 너희들 은신처로 돌아가셨냐?"

자파의 목소리에 이번에는 자스민이 어둠 속에서 걸어 나왔다.

"알라딘, 미안해. 네 말을 듣지 않고 이곳에 와버려서."

알라딘은 뜻밖의 만남에 반가운 마음이 먼저 들었다.

"아니에요. 난 그저 당신이 저와 함께 안전하게 계셔서 기뻐요."

"하지만 마루프와 쉬린, 아흐메드와 다른 사람들은 은신처에 있어. 우린 돌아가야 해……."

자스민이 말했다.

"아직 은신처의 위치가 들통나진 않았을 거예요."

모르지아나가 자신 없게 말했다. 이들의 대화를 듣던 자파가 말했다.

"쥐떼거리 녀석들, 어떻게 내 코앞에서 지니와 수작을 부릴 생각을 했지? 내 손아귀에 있는 지니와? 그는 아무 말도 하지 않더군. 지니를 설득하느라 꽤 애를 먹었다네. 시간도 필요했지. 고문도 필요했고. 내가 예상했던 것보다 훨씬 더 많이."

자스민이 충격에 몸서리치자 알라딘이 그녀의 손목을 붙들었다.

"하지만 결국 지니는 자네들의 계획에 대해 모조리 털어놓더군. 물론 내 표식을 지닌 자들의 도움도 받았지만. 난 그렇게, 뭐 굳이 표현하자면 '본거지'가 있다는 걸 알게 되었지. 내 수하들은 이미 카르코사에서 돌아왔다네.《알 아지프》는 이미 내 수중에 있어. 이건 그저 너희들을 꾀어낼 미끼이자 너희들의 은신처를 완전히 무방비 상태로 만들기 위한 작전일 뿐이었어."

"내 아버지와 아이들은……."

두반이 눈을 동그랗게 뜨며 말했다.

"우린 돌아가야 해."

모르지아나가 슬프게 말했다. 알라딘도 고개를 끄덕였다. 어쩌면 이건 또 다른 덫일지도 몰랐다. 하지만 이들에게 무슨 다른 선택지가 있단 말인가. 마루프와 아이들을 죽게 내버려둘 수는 없었다. 네 사람은 이내 달리기 시작했다. 자파의 비웃는 목소리가 그들을 뒤따라왔다.

"너희들은 아직도 깨우치지 못했구나, 어린 쥐떼들아. 진정한 권력은 민중의 의지에서 나오지 않지. 가혹한 힘, 묘수, 침탈, 계략도 필요 없어. 모든 것은, 이 모든 것은 마법으로 극복될 수 있거든. 아그라바의 네 이웃들은 그런 사실을 이미 알고 있지. 마법이 그들에게 금과 빵과 안전과 평화와 번영을 가져다준다는 것을. 마법은 고통과 복종을 가져다주지. 마법은 썩어빠진 체제를 갈아엎을 유일한 방법이야. 마법이야말로 이 세상에서 유일하고도 진정한 힘이지."

알라딘은 지금껏 이렇게 빨리 달린 적이 없었던 것 같았다. 하지만 자신보다 가볍고 날렵한 모르지아나는 작은 영양처럼 저만치 앞서 달리고 있었다. 그리고 자스민이 뒤따랐다. 두반은 후방을 지켰다. 그는 씩씩대고 헉헉거리기는 했지만 절대 달리는 속도가 줄어들지는 않았다.

"아그라바 시민이여, 그대들의 삶을 시궁창으로 몰아넣는 자들을 보라. 그들은 스스로 일컫듯이 쥐떼처럼 날뛰다가 자신들이 친애하는 이 나라의 비천하고도 병든 곳으로 숨어들 것이나. 만약 그대들이 아그라바의 평화와 번영을 보려거든, 그 발전을 해치려 드는 이 악독하고 몹쓸 것들을 고발할 것을 촉구하노라."

네 사람이 마을에 다다랐을 무렵, 이상한 냄새가 공기 중에 퍼지기 시작했다. 냄새는 쓰레기더미나 뚜껑이 열린 하수구에서 나는 것처럼 사라질 줄을 몰랐다. 은신처 근처로 갈수록 악취는 더욱 심해졌다. 끔찍한 냄새였다. 썩은 고기, 토사물, 부패가 시작된 시체 등이 태양의 열기 속에서 뒤섞인 듯했다.

알라딘은 고개를 가로저으며 달리기에만 집중했다. 넷은 정면에 있는 평화순찰대원과 부딪히지 않기 위해 재빨리 왼쪽으로 몸을 피했다. 순찰대원이 몸을 돌려서 그들을 뒤쫓았다. 하지만 병사는 도시의 다른 지역을 순찰할 때와 마찬가지로 여전히 일정하지만 느릿한 보폭을 유지하고 있었다.

알라딘과 자스민이 은신처의 비밀 통로를 밀치고는 본회의실로 미끄러져 들어갔다. 이곳에서 끔찍한 악취가 유독 심하게 나며 주변 방들까지 위협하고 있었다. 자스민은 코를 틀어막고 재빨리 전략실로 달려갔다. 알라딘은 조끼를 끌어올려서 얼굴을 가리고 그녀를 바짝 뒤따랐다.

아그라바의 지도가 사라졌다. 바닥에서 완전히 지워져버렸다. 조약돌로 세운 건물들은 거대한 바람이 휘몰아친 듯 사방에 흩어져 있었다. 벽에 걸린 라자의 표식은 누군가가 일부러 지운 듯 흐릿해졌다.

알라딘은 인상을 찌푸렸다. 자파의 병사가 왔다 갔거나, 쥐떼 거리 무리가 계획이 노출되지 않게 모든 것을 파기한 것이겠지. 어느 쪽인지는 알 수 없었다.

"텅 비었잖아."

두반이 숨을 참으며 말했다.

"전부 다 벌써 빠져나간 거야?"

자스민이 코를 틀어막으며 미심쩍은 듯이 말했다.

"이 냄새는 뭐지?"

모르지아나가 물었다. 알라딘은 알 수 없었다. 하지만 일이 갈수록 꼬여가는 것만은 싫었다. 분명 무언가가 잘못되고 있었다. 자파의 목소리는 벽을 뚫고 여전히 울려 퍼지고 있었다.

"우리가 너희 테러 집단을 진압하기 전까지 나는 너희 모두를 주시할 것이다. 나는 지금까지 당근을 주었지. 하지만 이제부터는 채찍이다. 너희 쥐떼거리 녀석들에게 동조하다가 우리에게 붙들리면 어떤 꼴이 되는지 성문으로 와서 직접 보도록 하라."

자스민은 새하얗게 질렸다. 두반은 구역질이 나는 듯했다. 모르지아나는 분노에 차서 바닥에 침을 뱉었다.

"우린 여기서 나가아야아아 돼애……."

알라딘이 악취로 인해 숨이 막힌 듯 말했다. 네 친구는 단검을 꺼낸 뒤 출입구 밖으로 뛰쳐나왔다. 길 아래로 내려오자 궁정 병사들이 다가왔다. 공중으로 떠오르면서.

"이게 무슨 괴상망측한……."

두반이 눈을 비비며 말했다.

"자파의 묘술이 더 있단 거야?"

모르지아나가 말했다. 병사들은 건물 주위를 맴돌며 날았다. 손에는 검을 들고서. 그들의 제복은 붉은색과 검은색인 다른 병사의 제복과는 다소 차이가 있었다. 그들의 소맷자락은 두툼하고 화려했다. 그리고 제복에는 어울리지 않는 조금 요상한 구석이 있었다.

"아, 안 돼."

알라딘이 문양을 알아보고는 공포에 떨며 외쳤다.

"저건 마법 양탄자의 문양이야!"

자스민이 속삭였다.

"자파가 양탄자를 찢어버린 게 분명해."

알라딘은 속이 메스꺼웠다. 알라딘은 친구를 배신한 것만 같았다.

병사들에게서 악취가 진동했다. 이들이 끔찍한 냄새의 원인이었다. 자파는 이제 무슨 짓을 벌이고 있는 것일까? 금지된 세례식이라도 거행하는 것일까? 자스민이 공군 부대의 대장을 손으로 가리켰다. 몸집이 커다란 그는 말없이 능숙하게 부대원들을 통솔하고 있었다.

"라······ 라줄······. 그는 죽었어. 그날 죽었다고."

자스민이 믿기지 않는 듯이 말을 더듬었다.

공군 부대를 이끄는 이는 라줄이었다. 그의 눈에서는 붉은빛이 새어나왔다. 검붉은 색깔로 인해 그의 눈은 더욱 작고 한없이 깊어 보였다. 그의 살갗은 유충이나 오래된 손톱 또는 오래전에 도살된 양의 지방덩이처럼 창백했다. 그의 팔다리는 몸뚱이에 붙어 있었지만 움직이지는 않았다.

"그는······ 죽음에서 깨어난 거야······."

모르지아나가 말했다. 난생처음 알라딘은 모르지아나의 목소리가 두려움에 기어들어 가고 있음을 알아차렸다. 네 명의 쥐떼거리 무리들은 저 멀리에서 움직임이 느린 병사들을 태운 비행중대가 계속 늘어나는 것을 지켜보았다.

자파의 목소리가 들렸다.

"멍청한 지니는 모든 것을 알지는 못하지. 나는 이제 마법의 법칙 세 가지 중에 한 가지를 완전히 깨버렸어. 그리고 망자를 되살리는 법을 알아냈지. 영원히 망자를 내 손으로 주무를 방법을 말이야. 내 병사들이 쓰러지면 다른 망자로 교체될 거야. 너희들의 병사들이 쓰러지면 그들은 내 병사가 되는 거야. 아그라바를 위한 전쟁에서 죽음은 나의 벗이라네."

모르지아나가 욕설을 퍼부었다.

"쥐떼거리 녀석들 그리고 자스민. 설령 그대들이 나의 군사를 피해갈 방법을 알아낸다고 해도 내일 동틀 때까지는 자수하는 게 좋을 거야."

자파의 목소리에서 농담기가 사라지고 사뭇 건조해졌다.

"어림없어. 그럴 바엔 차라리……."

자스민이 하늘에 대고 소리치자 알라딘이 그녀의 팔을 잡고는 어딘가를 가리켰다. 사막에서부터 토네이도처럼 거대한 모래 삼각주가 소용돌이쳤다. 하지만 토네이도와는 달리 그것은 넓은데다 끝자락에는 깃털이 달려 있었다. 모래가 보이지 않는 바람 속에서 요상하고도 덜컥이는 뭔가가 이리저리 움직여댔다. 이윽고 어떤 형상이 나타났다.

거대한 모래시계였다. 밑바닥에는 마루프와 쉬린 그리고 아흐메드가 유리를 두드리며 절박하게 침묵의 아우성을 내지르고 있었다. 그들은 거기서 빠져나오려고 발버둥 쳤다. 두반은 터져 나오려던 비명이 목구멍에 턱 막혀버린 느낌이었다.

"내일 동틀 무렵이 되면 이 단란한 쥐떼거리 가족은 더는 이 세상에 없겠구나. 대단한 손실도 아닐 거라고 생각한다만. 혹시 그대들이 보잘것없는 제 몸뚱이 말고도 중히 여기는 바가 있다면 해가 밝는 대로 자수하도록 하라."

그러고는 어떠한 소리도, 여운도 없이 자파의 목소리가 뚝 끊겼다. 모래시계 형체를 이룬 모래더미는 비처럼 쏟아져 내려 흔적도 없이 사라졌다.

"자파는 칼 한 번 베지 않고 우리를 굴복시켰어. 두반, 우린 자수해야 해. 우리 사람들을 이렇게 죽게 할 수는 없어."

모르지아나가 암울하게 말했다.

"그런 다음에는? 그렇게 하면 정말 모든 게 달라질 거라고 생각해? 자파가 약속대로 풀어줄 것 같아? 바로 몰살시킨 다음에 망자 부대의 병사 넷을 늘리겠지. 그럼 이제 아그라바에는 자파와 맞서 싸울 사람이 아무도 없는 거야. 도시 전체가 그에게 넘어가는 셈이지. 그가 쥐락펴락 멋대로 가지고 놀 거대한 장난감으로 변해버릴지 누가 알겠어? 그리고 이 세계는?"

알라딘이 모르지아나에게 물었다.

"전 세계는 관심이 없어. 난 아버지와 내 조카들이 걱정될 뿐이야."

두반이 끼어들었다. 자스민이 무슨 말을 하려고 하자 두반이 손을 들어 막았다.

"하지만 네가 맞아. 자파는 우리 가족을 풀어줄 이유가 없어. 그는 모든 패를 쥐고 있으니까. 만약 우리 가족이 살아나더라도 자파가 만들려는 세상에 우리 가족을 살게 하고 싶지는 않아."

"그럼 어떡할 건데?"

모르지아나가 재촉했다.

"우리가 처음부터 했어야 했던 일. 램프를 가져오고 가족을 구하는 거지. 지니의 도움을 받아 모든 것을 원래대로 되돌려놓는 거야. 그러면 모두가 행복할 수 있어."

알라딘이 말했다.

"그게 다야?"

모르지아나가 눈알을 굴렸다.

"자파가 했던 말 기억 안 나? 자파는 우릴 반역자나 반란군 또는 폭도라고 부르지 않았어. '아그라바를 위한 전쟁에서 죽음은 나의 벗'이라고 했지. 자파는 이걸 합당한 전투라고 생각하고 있어. 그리고 우리가 전쟁을 치르는 중이라고 생각하지. 그와 대등하게 말이야. 만약 자파가 원하는 게 전쟁이라면…… 원하는 대로 해주지 뭐!"

자스민이 말했다.

Chapter 20

네 사람은 침묵 속에서 아그라바 거리로 되돌아갔다. 자파에게 전쟁을 선포하던 초반의 열정은 현실 앞에서 슬금슬금 뒷걸음쳤다.

아그라바는 이제 완전히 어두워졌다. 평화순찰대의 움직임이 활발해지면서 도시는 긴장감과 요상한 기운에 가득 차 있었다. 사람들은 굳게 닫힌 문 뒤에서 수군거리거나 일부러 뚫은 구멍 또는 찢긴 문풍지 사이로 이웃들과 이런저런 이야기를 주고받았다. 이따금 골목에 대자로 뻗어 있는 시체들을 피할 수는 없었다. 경고 차원에서 누군가가 일부러 놔둔 것들이었다.

네 사람은 알라딘의 은신처에 도착한 뒤 문을 걸어 잠갔다. 가장 먼저 입을 연 사람은 모르지아나였다.

"아이들을 납치한다고? 세상에서 가장 강력한 마법사가 대체 왜……?"

"마법이란 그저 마음먹기에 달린 거지."

자스민은 어디선가 읽은 것을 읊었다. 그녀는 많은 염소떼를 원했던 지니의 이전 주인을 떠올렸다. 그는 자신이 이미 누리고 있는 것에 만족하던 행복한 사내였다.

"자파는 내가 생각했던 것보다 훨씬 끔찍해."

자스민이 덧붙인 말에 두반은 말없이 바닥에 주저앉아 얼굴을 두 손에 파묻었다.

"정말 유감이야. 우린 네 가족을 꼭 데려올 거야. 약속할게."

알라딘이 무릎을 꿇고 친구의 어깨를 토닥였다.

"당신을 완전히 신뢰하지 못해서 미안했어요, 자스민 공주님. 망자의 부대라느니…… 모든 걸…… 전 그저……."

모르지아나가 말했다.

"넌 내가 널 꾀어내려고 말을 부풀린 줄 알았구나?"

자스민이 물었다. 기분이 나쁜 것은 아닌 듯했다.

"음, 사실 그렇잖아요. 할머니한테서나 들을 법한 이야기라고요. 하지만 하늘에 있던…… 그 악귀들…… 게다가 라줄이 직접……."

"대책을 세워야 해. 전술 말이야."

자스민이 한쪽 주먹을 움켜쥐고는 반대편 주먹에 힘껏 맞부

덮혔다. 두반이 마침내 입을 열었다.

"자파에게 전쟁을 선포한 건 좋아요. 하지만 우리가 뭘 할 수 있죠? 우린 노석이에요, 자스민 공주님. 병사가 아니라고요. 아그라바에 전례 없던 훌륭한 병력을 갖추고 궁전에 쳐들어가야 제 가족을 구할 수 있다고요."

알라딘은 친구의 힘없는 목소리를 듣고 근심이 커졌다.

"하지만 이미 너와 모르지아나가 나에게 줬는걸? 쥐떼거리 부대 말이야."

자스민이 말했다.

"저희에겐 검이 없다고요. 있다고 해도 쓸 줄 모르고요. 죄다 애들뿐인걸요."

모르지아나가 두 사람 사이에 끼어들었다. 그녀는 두반을 등지고 섰다. 그를 무시하는 것이 아니라 오히려 그를 보호하려는 것 같았다.

"우리에게도 부대가 있죠. 소리 없이 움직이고, 자물쇠를 따고, 물건을 빼돌리는 데는 탁월한 부대요. 어쩌면 자파의 코앞에서 궁전에 있는 주술서를 죄다 빼내올 수 있을지도 몰라요. 하지만 이 전략이 먹힐지는 모르겠어요."

두반이 중얼댔다.

"우린 네 가족을 구할 거야. 방법을 찾기만 하면 돼. 그걸 지금 하고 있는 것이고."

자스민이 약속했다.

"우리에겐 시간이 별로 없어요."

모르지아나가 초조한 듯 창밖을 내다보며 말했다. 황혼녘의 어스름한 풍경은 이미 흑색으로 짙게 물들고 있었다. 자스민과 두반도 언쟁을 멈추고는 창밖을 내다보았다. 자스민은 강인해 보이려고 노력했지만 눈빛에 드러나는 실망감은 감출 길이 없었다.

"잠시만! 둘 다 맞는 말이야. 그리고 두 사람 모두 부정적으로 보고 있지."

알라딘이 침묵을 깨며 갑자기 입을 열었다.

세 사람 모두 그를 바라보았다. 어리둥절한 표정이었다. 그는 자리에서 폴짝 뛰어올랐다. 그의 얼굴에는 미소가 걸리기 시작했다.

"자스민 공주님, 마법은 생각하기 나름이라고 하셨죠. 그리고 우린 이미 자파가 제정신이 아님을 봤어요. 당신을 뒤쫓고 아이들을 인질로 잡기나 하면서요. 그러니 우린 이런 질문을 던져봐야 해요. 자파는 대체 우리에게 무엇을 바라는가?"

모르지아나가 조금 짜증나는 듯 말했다.

"알라딘, 너도 들었잖아. 우리 전부 다 들었다고. 그래서 우린 지금 전쟁 준비를 하는 거잖아. 하지만 우리에겐 시간이 필요해. 만약 지금 맞붙는다면……."

"두반이 말한 대로 꽤나 처참한 꼴이 되겠지. 하지만 자부심과 열정은 넘치겠지. 자, 근데 우린 뭘 잘하지?"

알라딘이 말했다.

"도적질. 알라딘, 너 바보야? 너 지금껏 우리 얘기를 듣기는 한 거야?"

모르지아나가 잽싸게 답했다.

"그러니까……."

알라딘이 그녀의 입술에 손가락을 대며 말했다.

"우리는 자파와 전쟁을 치르는 거야. 결과가 뻔한, 거대하고 추악한 전쟁을 말이야. 그동안 우리 중에 몇몇은 마루프와 쉬린, 아흐메드를 구출하는 거야. 램프도 말이야. 책도 그렇고. 유용한 다른 것들도 빼오는 거지. 자파의 바로 코앞에서 말이야."

한동안 누구도 말이 없었다. 알라딘의 계획을 곰곰이 생각해 보던 자스민은 이내 두 눈이 초롱초롱해졌다. 모르지아나마저도 그의 생각이 그럴듯하다고 여겼다.

"괜찮은걸."

모르지아나가 마지못해 답했다.

"전쟁은 엄청난 견제 전술이지. 자파도 넋 놓고만 있지는 않을 거야. 그러면 우리는 조심스레 불을 지핀 다음……."

"궁전에 불을 지르는 방법도 있고. 혼란을 가중시키는 거지."

두반이 결국 참지 못하고 끼어들었다.

"훌륭해! 성공할 것 같아!"

자스민이 손뼉을 치며 말했다.

"하지만 자파는 어쩌지?"

모르지아나가 재촉했다.

"우린 언젠가 자파와 대면하게 될 테지. 난 자파가 램프나 주술서를 자신의 손이 닿지 않고 눈에 보이지 않는 곳에 보관할 것 같지는 않아. 그의 모든 역겨운 마법과 주술은 시간과 집중력이 필요한 듯해. 근접 전투를 하다 보면 자파의 빈틈을 발견할 수 있을 거야."

알라딘은 선원들의 중심가에서 있었던 일들을 떠올렸다.

"넌 거기에 네 목숨을 거는 거야. 자파가 우리 계획을 알아챌 가능성은?"

모르지아나가 능글맞게 말했다.

"미래는…… 그에게 허락되지 않은 영역이야. 그가 무언가를 예견하려 했던 순간이 있기는 했어. 그에게 소중한 누군가가 희생되는 복잡한 '혈의 주술'과 연관된 것이었어."

자스민이 불확실하다는 듯 말했다.

"자파에게 소중한 누군가라니요? 그는 누구도 사랑하지 않잖아요."

알라딘이 참지 못하고 물었다. 모르지아나가 뭔가를 깨달은 듯 말했다.

"앵무새! 자파의 멍청한 앵무새. 그러니 금화며 깃발이며 온갖 곳에 죄다 새겨놨겠지. 그 녀석이 자파에게 가장 소중한 것인가 보군. 정말 미치광이야."

알라딘은 몸서리를 쳤다. 자스민을 만나기 전까지 아부는 자신에게 가장 소중한 단짝 친구였다. 아부의 목숨과 맞바꿀 만큼 그를 현혹시킬 만한 것은 없으리라.

"만약 마법사와 직접 맞붙어야 한다면 정말 상황은 추악해져. 그리고 우린 그런 상황은 피해야 해. 그러니 계획은 자파와 그의 망자 부대, 그리고 궁전으로 직접 돌격해올 그의 추종자들의 시선을 어지럽히는 거야. 그러는 동안 베테랑 도적들은……."

"우리 셋!"

모르지아나가 끼어들었다.

"넷!"

자스민이 바로잡았다.

"셋. 공주님은 도적이 아니잖아요. 우린 후방으로 몰래 들어간다. 우리에겐 각자 임무가 있지……. 난 램프를 가져올게."

알라딘이 말했다.

"난 책을 가져올게. 넌 마루프와 아이들을 빼올래?"

모르지아나가 두반에게 물었다. 그는 속을 알 수 없는 표정을 지었다.

"내 생각에는 임무를 바꾸는 게 좋겠어. 내가…… 책을 가져올게. 넌 내 가족을 구출해줘."

두반이 천천히 말했다.

"왜? 네가 가족을 구하고 싶지 않아?"

모르지아나가 어리둥절한 표정을 지으며 물었다.

"내가…… 판단력이 흐려질 것 같아서 그래……. 내가 조직에 부담이 되고 있잖아. 우리의 대의보다 난 내 가족을 먼저 생각하고 있거든. 게다가 난 널 믿기도 하고."

두반이 불안하게 주먹을 쥐었다 펴기를 반복했다.

모르지아나가 장난스럽게 웃어 보였다. 그건 의외의 모습이었다. 그건 다정함의 표현이자 어쩌면 더욱 깊은 감정의 발현이었다.

"좋아! 난 도적은 아니지만 자파의 시선을 어지럽히는 데는 도움이 될 거야. 아니면……."

두반과 모르지아나의 대화를 잠자코 듣던 자스민이 말했다.

"자스민 공주님! 공주님은 저항세력의 표상이시죠. 사람들, 즉 당신의 추종자들은 당신을 봐야 한다는 말입니다. 당신이 그들에게 무엇을 해야 할지 명령해야 한다는 걸 잊지 마세요. 공주님은 이곳에 계셔야 하고 궁전에서 벌어질 격전에 대비해 전술을 짜셔야 해요. 공주님이 아니면 누가 하겠어요?"

알라딘이 그녀의 어깨에 손을 얹으며 말했다.

"네 말이…… 맞아. 이건 술탄으로서 내 첫 임무지. 난 그저…… 너희들이 걱정되어서 그래. 그리고 난 궁전에 오래 살았잖아. 자파도 상대해봤고. 그래서 그곳에 가서 모두를 돕고 싶었던 것뿐이야."

모르지아나가 미소를 지었다.

"우린 괜찮을 거예요, 자스민 공주님. 당연히 그래야 하고요."

알라딘은 두반의 얼굴에 다시 그늘이 지는 것을 보았다. 그는 망가진 테라스 쪽으로 건너가 하늘과 궁전을 바라보았다.

"우린 네 가족을 반드시 구할 거야."

알라딘이 오랜 벗의 등 뒤에 다가가 조용히 속삭였다.

"물론이지, 알라딘. 난 쉬린과 아흐메드는 그들의 아버지가 떠나고 나면 안전할 거라고 생각했어. 배는 곯아도 내 아버지와 지내면 안전할 거라고……. 우린 이걸 끝내야 해. 아그라바를 사로잡은 이 광기를 말이야. 무슨 수를 써서라도."

두반은 고개를 돌리고 제 친구를 바라보았다. 그는 두 눈을 크게 뜨고 무언가를 찾고 있었다.

"맞아, 두반. 나도 그렇게 생각해. 우리가 하려는 일이 그거야. 네 가족을 구하고 자파를 쓰러뜨리는 거지."

알라딘이 천천히 대꾸했다.

자스민과 모르지아나가 조용히 알라딘과 두반을 기다렸다. 자스민이 알라딘을 향해 한쪽 눈썹을 치켜떴다. 알라딘은 어깨를 으쓱해 보였다. 자스민이 큰 소리로 말했다.

"좋아. 우리끼리 계획을 다시 검토해보자. 모르지아나가 아주 훌륭한 아이디어를 몇 개 생각해냈거든. 다 같이 이야기해보면 좋을 것 같아. 그런 다음에 믿을 만한 분대장들을 뽑아 위원회를 소집하자. 즉시!"

"여기서는 안 돼요. 우리의 이전 본거지도 안 되고요."

모르지아나가 말했다.

"빵 창고! 그…… 바게트 빵 창고……."

알라딘이 제안했다.

그가 두반에게 희망 찬 미소를 지어 보였다. 하지만 그의 오랜 벗은 대꾸하지 않았다. 도시의 전경을 내려다보며 한 손으로 자신의 단검을 만지작거릴 뿐이었다.

Chapter 21

먼지 쌓인 낡은 빵 창고의 바깥으로는 도시 곳곳에서 몰려온 사람들이 명령을 기다리고 있었다. 이들은 평화순찰대를 엿보며 불안하게 서성거렸다. 저마다 낮은 목소리로 속삭이거나 칼을 다듬거나 횃불을 준비했다.

창고 안에서 두반, 모르지아나, 자스민, 알라딘은 찌그러진 대형 탁자의 모퉁이에 서 있었다. 흐릿한 등불이 숨 가쁘게 그린 아그라바 지도를 어렴풋이 비추었다.

몇몇은 낯이 익거나 잘 알려졌지만 대부분은 새로운 사람들이었다. 쥐떼거리 출신이 아닌 이들도 많았다. 아무르는 보석과 고가 장신구를 취급하는 길드를 대표했다. 이들은 저항 세력에게 보석 박힌 단검과 같은 아름답지만 치명적인 무기를 공급했다. 자파 정권에 불만을 품은 근위대, 병사들, 참전병을 대표해서는 소흐랍 장군이 나섰다. 종교계는 코스로우 사제가 대변했다. 그는 기이한 학문을 연구하는 학자들, 그리고 자신들의 학문이 금지되어 분개한 백여 명의 학생들을 데려왔다. 연금술을 대변한 이는 흉터가 있는 얼굴의 외눈박이 키미야였다. 다소 무서운 외모와는 달리 그녀는 입꼬리를 한쪽 귀에 걸고 모든 이들에게 상냥하게 인사를 건넸다. 그녀는 소이탄을 챙겨왔다.

놀라울 만큼 많은 사람들이 다른 누구도 아닌 자신들, 즉 자파가 도시에 저지른 일에 분개한 젊은 남녀들을 대변하고 있었다. 그들은 자신에게 있는 것이라면 무엇이든 챙겨왔다. 무기, 음식, 맨 주먹까지. 알라딘은 휴일에 장터가 열리는 날을 제외하고 이렇게 다채로운 군중이 한데 모인 것을 난생처음 봤다.

"계획은 꽤 단순하다. 알라딘과 엄선된 도적 군단이 궁전으로 몰래 잠입할 것이다. 하지만 자파가 예상할 법한 후방으로는 진입하지 않는다. 대신 측방으로 잠입한다. 공주의 정원으로 향하는 최단 경로이기 때문이다."

자스민이 막대 끝으로 그 지점을 짚었다.

"자파는 아마도 지니의 램프, 지니, 그리고 다른 죄수들을 자신의 비밀 지하 감옥에 가뒀을 것이다. 바로 이곳."

그녀는 알라딘이 도망쳐 나왔던 곳을 톡톡 두드렸다.

"이곳은 지금 잠겨 있고 악마의 보물 방처럼 덫이 놓여 있을 것이다. 램프가 그곳에 있을 거라고 생각하지는 않는다. 어제 하늘에 비춰진 모래시계 형상으로 자파는 본의 아니게 몇 가지 중요한 단서를 노출했다. 이를테면 왕좌의 방에 걸린 어느 장식 술의 끝자락 같은 것 말이다. 자파는 지니와 램프, 마루프와 아이들을 곁에 두고 감시하고 싶어 할 테니까. 도적 군단은 마루프와 아이들을 구출하고 책과 램프를 빼돌린 다음 지니를 구출한다. 그런 다음 우리는 자파의 모든 권력과 힘이 사라지기를 기원하며 그를 타도한다."

"그게 다예요? 악귀로 가득한 도시를 뚫고 궁전으로 들어가서, 호위병들이 에워싸고 있을 왕좌의 방에 몰래 들어가 마법사의 코앞에서 물건을 빼내오란 거네요."

십대로 보이는 한 도적이 비꼬듯 말했다.

"기본 계획은 그렇다. 자파는 우리와 전쟁 비슷한 것을 기대하고 있어. 아마 궁전에서의 전면전 같은 것 말이야. 그러니 그가 원하는 대로 해줄 참이다. 포위작전으로 그의 시선을 어지럽히는 거지. 그동안 도적 군단은 작전을 수행하고."

자스민이 인내심을 갖고 말했다.

그 자리에 모인 이들은 번뜩이는 계획에 만족하는지 고개를 끄덕이고 뭔가를 중얼댔다.

"하지만 마법사는 너무 강하잖아요. 그는 하늘에서 빵과 금덩이를 쏟아지게 할 수도 있다고요!"

어린 쥐떼거리 소년인 하잔이 걱정스레 재잘댔다.

"아니! 그건 지니만이 할 수 있어요. 여러분이 행렬이나 축제에 가보았다면 지니가 자파와 항상 함께 있는 걸 보셨을 거예요. 자파가 마법의 빵과 금덩이로 생색을 내는 동안 지니가 그 뒤에서 늘 손을 흔들고 있었죠. 중요한 문제는 지난 며칠 동안 지니가 어디로 갔냐는 거예요."

알라딘이 웃으며 반박했다.

"고문당했어. 감옥에 갇혔고. 왜냐하면 그는 우리를 도와주고 있었거든."

자스민이 침울하게 답했다. 알라딘은 다른 사람들의 얼굴에서 의구심을 읽었다.

"자, 여길 보세요. 정면에서 맞붙어 싸우면 자파는 강력한 적수예요. 하지만 마법을 빼면 그는 다른 술탄보다 강력하지 않아요."

"더군다나 그가 불경스러운 힘을 취한 뒤로 더 영리해지거나 현명해진 것도 아니지. 그는 아직도 이전의 자파처럼 생각하고 있소. 전략이나 군사전술에 대해 무지한 이전의 자신처럼 말이오."

아무르가 지적했다.

"전술에 대해 말이 나와서 말인데…… 두반?"

자스민이 입을 열었다.

체격이 다부진 도적, 두반이 앞으로 걸어 나왔다. 두반은 인질로 잡혀간 가족에 대한 걱정은 잠시 제쳐두고 대규모의 실행 계획에 대해 설명했다.

"우리 예상에 따르면 자파의 충성 표식을 받은 자와 망자 부대를 합치면 약 오백 명이 됩니다. 이들은 지난 며칠 동안 징집된 자들이지요. 그중 아직 남아 있는 자들은 6인조 평화순찰대나 일반 10인조에 배치됩니다. 그중 적어도 백 명은 성곽 내부를 호위할 것으로 예상됩니다. 이 말은 사오십 명으로 구성된 개별 분대가 자파의 시선을 분산시키는 동안 알라딘과 저 그리고 모르지아나가 궁전에 잠입해야 한다는 말입니다."

"악귀는요? 이미 죽은 사람들과는 어떻게 싸우죠?"

누군가가 물었다.

"일단 살아남는 것에 치중하게. 시체가 되어 자파의 병력을 늘리지는 말자는 거야."

소흐랍 장군이 가볍게 덧붙였다.

이 말에 다들 걱정스러운 침묵으로 답했다.

"모두들 기억하라! 이건 전쟁인 동시에 시선 분산이 목적이라는 것을! 우린 자파의 책과 램프를 가져와야 해. 그의 명령을 따르는 모든 이들을 반드시 죽일 필요는 없다. 스스로를 불필요한 위험에 노출시키지 마라."

자스민이 재빨리 지적했다.

"악귀와 맞닥뜨렸을 때의 대처법을 알려주겠노라. 망자에게 생기를 불어넣은 주술은 그대들이 생각하는 것만큼 강력하지 않나니. 육체는 본디 자연에 귀속된 것인즉, 죽음을 갈망함이 옳도다. 정신을 영혼으로부터 분리하라. 심령을 심장에서 도려내라. 그리하면 그들이 쉼을 누리리라. 그것이 신이 뜻하신 바이니라."

코스로우 사제가 입을 열었다. 그의 갈색 눈망울에 슬픈 기색이 어렸다.

"머리를 베어라. 아니면 망자의 목에 있는 척수를 따라 베어라. 그러면 된다."

소흐랍 장군이 말을 옮겼다.

"저는 여러분을 소분대로 나눠서 도시의 사분면에 배치하고 보직을 배정해드리겠습니다. 그런 다음 제가 다른 이들을 돕는 동안 소흐랍 장군께서 모든 업무를 총괄할 겁니다. 여기 아르테미스는 무기 배분을 담당할 거고요."

두반이 입을 열었다.

"우리 병력은 어느 정도지?"

자스민이 물었다.

"삼백 명 정도 됩니다."

"그걸로는 부족한데. 우린 사내가 더 필요할 것 같군."

소흐랍 장군이 암울하게 말했다.

"왜 사내만 찾지?"

가운을 걸친 땅딸막한 여인이 사람들을 밀치며 앞으로 나왔다. 많은 대표들과 어깨를 맞부딪치며 앞으로 나오는 굴바하르 아주머니를 보고 알라딘은 화들짝 놀랐다.

"내 뒤로는 아그라바에 사는 모든 어머니와 할머니들, 과부와 노처녀들이 있소. 우리도 끼워주겠소?"

"여자들이 뭘 할 줄 안다는 거요?"

굴바하르 옆에 서 있던 남자가 무시하듯 쏘아붙였다. 그러자 굴바하르는 나무국자를 꺼내들어 그의 머리통을 후려갈겼다.

"좀 더 잡숴보시겠소? 난 누더기를 50년째 빨아온 사람이오. 내 팔뚝이 그걸 증명하지."

"하지만 악귀를 만나면 어쩌시려고 그러십니까, 아주머님?"

아무르가 물었다.

"제가 보여드리죠. 그를 앞으로 끌고 와!"

그녀가 입에 힘을 주며 말했다.

몇몇 나이 든 여인이 엄청 긴 옷자락 사이로 발을 질질 끌며 들어왔다. 굴바하르가 그들 사이에서 뭔가를 들어 자신의 어깨에 걸쳤다. 작은 소년이었다. 소년은 아홉 살도 안 된 듯했다. 얼핏 그는 평범해 보였다. 조금 기운이 없고 아픈 듯도 했다. 하지만 알라딘은 얼마 지나지 않아 그의 눈에 붉은빛이 감돌고 창백한 살갗이 푸르게 변하는 것을 알아챘다.

"세상에! 저 아이는…… 악귀야……"

자스민이 외쳤다. 과부가 소년의 고개를 옆으로 돌려서 그의 슬프고도 흉측한 얼굴을 깜박이는 불빛에 비추자 사람들은 경악

했다.

"불쌍한 것."

알라딘이 중얼댔다.

"이 아이는 병사들이 반역자를 수색한답시고 동쪽 장터를 죄다 파헤쳐놨을 때 목숨을 잃었어요."

굴바하르가 말했다.

"누구든 목숨을 잃으면 악귀가 된다."

코스로우 사제가 슬프게 말했다. 그때 소년이 생기 없는 눈을 크게 뜨며 말했다.

"자스민 공주다. 나는 너를 자파에게 데려가야 한다. 나는 쥐떼거리 사람들을 죽여야 한다."

소년이 서서히 팔을 들어 올려 공격하려 했다.

"자릴! 그만해!"

굴바하르가 단호하게 명령하며 소년 자릴의 등을 후려쳤다. 소년은 움찔 놀라더니 이내 팔을 도로 내려놓았다.

"싸움질은 안 된다고 내가 몇 번이나 말했니!"

"죄송해요."

굴바하르의 말에 소년이 무미건조하게 답했다.

"저 아이는…… 당신 말을 듣잖아? 당신이 누군지 알고 있어."

놀란 자스민이 말하자 굴바하르가 고개를 끄덕였다.

"저들은 기억해요. 조금은요."

"하지만 그게 무슨 도움이 된다는 거지?"

머리통을 얻어맞은 사내가 물었다. 그의 머리에는 커다란 혹이 솟아 있었다.

"악귀가 된 자들 중에 어느 어미의 자식이 아닌 이는 없소. 엄마는 제 자식을 집에 데려올 수 있지. 그게 안 먹히잖아? 그럼 그걸 가로막는 상대와 맹수처럼 맞붙어야지."

굴바하르가 식식대며 말했다.

알라딘은 부모를 잃는다는 것이 누군가에게 일어날 수 있는 가장 큰 불행일 거라고 생각해왔다. 반대의 경우는 생각해보지 못했다. 부모가 자식을 먼저 보내는 경우 말이다. 그리고 앞서 떠난 자녀를 다시 마주해야 하는 심정, 더군다나 더는 이전과 같지 않은 자녀를 다시 마주해야 하는 심정 말이다.

"지구상의 어떤 막강한 힘도 제 자식을 보호하려는 어미를 두려움에 떨게 하지 못할 테니."

코스로우 사제가 중얼댔다.

"좋소. 적어도 이백 명은 넘겠구려. 이제 자파는 상대해야 할 병사들이 더 많아졌소. 그러니 성별이나 동기를 놓고 왈가왈부하지 맙시다."

소흐랍 장군이 말했다. 그가 두반에게 고갯짓을 했다.

"제가 여성분들께는 조금 후에 자세히 말씀드릴게요."

"저희는…… 창고로 잠시 쓸 만한 곳이 필요해요. 죄 없는 망자들이 자파에게 돌아가지 않도록 붙들어둬야 하거든요."

굴바하르가 고상하게 말했다.

소흐랍 장군은 미심쩍은 눈치였지만 반대하지는 않았다.

"한번 알아보겠소."

"좋습니다. 그럼 다시 전시작전으로. 라자는 소부대 한두 개는 혼자 감당할 수 있어요. 염소치기 나비드는 우리 편을 모아서 서쪽 장터를 막아주세요."

두반이 말했다.

"공군부대는 어쩌지?"

누군가가 질문했다.

"우리에게는 활 쏘는 이들이 있어요. 손꼽히는 명사수죠. 산자르와 그의 사냥꾼들 말이에요. 게다가 소흐랍 장군이 데려온 탈영병들도 있고요. 이들은 여기, 여기, 여기…… 여기에 배치되죠."

두반은 도심의 중산층 지역에 위치한 거대한 지붕들을 가리켰다.

"그리고 저희가 몇 가지 고안해낸 것도 있어요. 파편이 장착된 소이탄을 몇 발 날려주면 모조리 흩어질 거예요. 이건 저희가 무작위로 다른 시각, 다른 장소에 터뜨릴 화염 폭탄과는 별개예요. 혼란을 가중시키기 위해 성벽에 최대한 가까이에서 터뜨릴 거고요."

키미야가 신난 듯 말했다.

"불 이야기가 나와서 말인데……. 우린 자파의 '달의 사원' 중 가장 높은 곳에 불을 지를 거예요. 알라딘의 도적떼에게서 시선을 더욱 분산시키기 위해서죠. 자파가 머리를 굴려서 공군병사들을 활용할 거란 생각도 들지만."

자스민이 지도를 가리키며 말했다.

"그걸 언제 하는지 어떻게 알죠? 언제 누가 누구를 공격하나요? 라자는 언제 풀어주면 되는지, 그리고 할머니들은요?"

키 큰 젊은 여성이 물었다.

"음, 그것도 좋은 질문이에요. 우린 그 얘기를 곧 다루려던 참이었거든요."

모르지아나가 즐기듯 한 발 나왔다.

"활 쏘는 이들은 공중의 악귀를 쏘아 떨어뜨릴 뿐만 아니라 신호도 알릴 겁니다. 소분대 배치를 받으면 화살 신호를 어떻게 활용할지 알려드릴게요. 몇 발의 불화살이 무엇을 뜻하는지 말이에요."

"다른 질문 있어요?"

자스민이 물었다. 아무도 답하지 않자 아무르가 주위를 둘러본 뒤 목을 가다듬었다.

"자파여 물러나라!"

그가 외치자 사람들이 일제히 한목소리로 따라했다. 함성은 더욱 커졌다.

"자파여 물러나라!"

"잘될 것 같군!"

알라딘이 희망 찬 미소를 지었다. 자스민이 손가락 하나를 그의 입술에 가져다 댔다.

"아직 모를 일이야!"

Chapter 22

회의가 끝난 뒤, 소흐랍 장군과 두반 그리고 나머지 사람들은 병사들을 배치하기 시작했고 알라딘은 마침내 혼자만의 시간을 갖게 되었다. 알라딘은 밖에서 서성이다가 허물어질 듯한 담벼락에 걸터앉아 아그라바를 밝히는 희끄무레한 등불들을 바라보았다. 궁전도 평소보다 어두워 보였다. 마치 그가 사랑하는 도시에 요상한 어둠이 다가와 짙게 덧칠한 듯했다.

알라딘은 두 손으로 눈을 비볐다. 딱히 몸이 지친 것은 아니었다. 오히려 열의가 넘쳤다. 하지만 알라딘은 자스민에게 우선 작별 인사부터 건네야 했다. 지난 몇 주는 요상하게 흘러갔다. 그동안 자스민과 둘만의 시간이 너무도 간절했었다.

마치 지니에게 소원을 빌어 이뤄진 것처럼 자스민이 알라딘의 등 뒤에 나타났다.

"여기 있을 줄 알았어."

자스민은 폴짝 뛰어올라 알라딘 근처에 앉더니 도시 전경을 한눈에 담았다.

"공주님, 아니, 자스민 술탄님. 머지않아 다스리게 되실 왕국을 감상하러 오셨나요?"

알라딘이 웃으며 물었다.

"맞아. 난 변화를 좀 주고 싶거든. 좀 더 불을 밝혀야겠어. 횃불은 저곳, 저곳, 저곳에. 그리고 이번에는 조금 다른 흰색을 칠해 볼까 해. 달걀껍데기나 달빛에 가까운 걸로 말이야. 모래는 덜 사용하고."

자스민은 손가락을 자신의 턱에 대고는 생각에 잠겼다.

"모래는 당연히 덜 사용해야겠지요."

알라딘이 동의했다. 자스민은 그의 어깨에 머리를 기댔다.

알라딘은 자스민이 겉으로는 쾌활한 척해도 조바심을 내고 있다는 걸 느꼈다. 그녀의 심장은 알라딘의 심장만큼이나 불안하게 요동치고 있었다. 어쩌면 그가 느낀 건 자신의 심장이었는지도 모르겠지만.

"우린 마루프와 아흐메드, 쉬린을 구해야 해. 나머지는…… 실패하면 나중에 다시 시도할 수도 있어. 하지만 그들을 저버릴 순 없어."

"알아요."

알라딘이 그녀의 어깨에 두른 자신의 팔에 힘을 주었다.

"난 그의 얼굴이 자주 떠올라. 모래더미에 갇힌 쉬린과 아흐메드도…… 그런데……."

"그런데 뭐요?"

알라딘이 그녀를 부드럽게 일으키며 그녀의 고개가 자신을 향하게 했다.

"넌 내가 하려는 말이 바보 같다고 생각할지도 몰라. 이상하다고 여기겠지. 이기적이라고 생각할 테고."

"알려줘요."

알라딘이 차분하게 재촉했다. 자스민이 한숨을 내쉬었다.

"적어도…… 그 셋은 함께 있잖아. 아이들에게는 자신들을 보살펴줄 마루프가 계시지. 마루프에게는 자신과 아이들을 구출하려고 애쓰는 우리가 있어. 거기에 갇힌 게 나였다면. 난 완전히 혼자였을 거야. 내가 널 만나기 전까지, 내가 모르지아나와 두반, 쥐떼거리 사람들과 함께하기 전까지 난 완전히 외톨이였다고. 내가 도망치기 전까지 내 단짝 친구는 호랑이뿐이었어."

알라딘이 부드럽게 웃었다.

"전 당신을 만나기 전까지 단짝 친구라곤 원숭이 한 마리뿐이었어요. 우린 꽤 통하는 한 쌍이군요."

자스민이 그의 손을 잡았다. 따스하게 보듬어지고 보호받는 느낌이었다. 그녀가 커다랗고 흔들리는 눈망울로 그를 올려다보았다.

"알라딘, 사랑해."

그녀가 속삭였다.

"나도…… 사랑해요, 자스민. 우리가 도시를 구하든, 아니면 우리에게 무슨 일이 생기든 난 우리가 함께하는 순간을 절대로 바꾸지 않을 거예요. 당신은 제 인생에서 가장 좋은 유일한 것이니까요."

알라딘은 그녀의 손을 힘껏 쥐었다.

그때 반쯤 잠이 덜 깬 녀석이 찍찍거리며 바위 그림자 밖으로 나왔다.

"넌 빼고 말이야, 아부!"

알라딘이 웃으며 말했다. 자스민도 미소를 지었다. 자스민은 몸을 굽혀 원숭이에게 입을 맞춰주었다.

"이제 네 친구들은 다 내 친구들이야. 갑자기 난 친구가 생긴 거지."

알라딘이 웃었다.

"당신이 오기 전까지 저희는 서먹한 관계였어요. 당신이 우리를 도운 거죠……. 과거의 응어리는 걷어내고 다시 친해지게요. 아시다시피 왕국을 구하고 굶주린 사람들을 먹이는 일들 때문에 말이죠."

"맞아. 음. 난 너와 네 친구들이 아니었으면 굶주린 사람들에 대해 알지 못했을 거야. 내가 아그라바에 대해 알지 못하는 부분은 분명 더 있겠지. 내가 술탄이 되면 현실 감각을 가질 수 있도록 쥐떼거리 사람들에게 도움을 달라고 할 거야."

"정말요?"

"물론이지. 내가 도시를 제대로 이끌려면 내 시민에 대해서 잘 알아야 해. 그리고 우리가 여기까지 온 것도 쥐떼거리 사람들이 꾸려온 조직체 덕분이지. 어쩌면 나는 이걸 대규모로 활용할 수 있을 거라고 생각해."

"훌륭한 생각이에요. 그리고 모르지아나와 두반은 아그라바에서 이뤄질 미래의 활동에 참여하고 싶어 하겠군요."

"오, 이 모든 일이 빨리 이뤄지면 얼마나 좋을까. 난 이 모든 일이 어떻게 끝날지 너무 궁금해. 난 승리하고 싶어. 우리가 마루프와 램프, 책을 빼내면 모든 게 시작되는 거야."

자스민이 급하게 자리에서 일어나며 말했다.

"맞아요. 그런데 책은 불태우는 것 맞죠?"

알라딘이 조심스레 말했다. 그녀가 내뱉은 단어 중 하나가 유독 귀에 박혔다.

자스민이 갑자기 말을 멈추고 그를 바라보았다.

"아니, 알라딘. 이미 얘기했잖아. 그건 중요한 자원이라고. 자파를 무찌르는 데 쓸 수 있어."

"사악한 마법사를 굴복시키기 위해 악령 주술서는 필요하지 않아요. 좋은 생각 같지 않아요."

"넌 주술이라면 끔찍이 싫어하는 의심 많은 노인같이 말하는구나."

"지니 이야기를 잠깐 해도 될까요?"

알라딘이 열이 올라 대꾸했다.

"지니는 전혀 사악해 보이지 않죠. 하지만 그가 우리 세상에 나타난 순간 그의 힘은 끔찍한 일에 사용되었어요. 그가 나쁜 것도 아니고 그의 마법이 사악한 것도 아니에요. 하지만 사람들은 그럴 수 있다는 거예요."

"나는 자파가 아니야."

"물론 아니죠. 하지만 당신도 인간이에요. 만약 누군가가 당신에게 다가와 시민의 안전과 건강을 위해 평화순찰대가 반드시 필요하다고 말한다고 해보세요. 만약 슬픔에 빠진 엄마가 당신에게 다가와 악귀라도 좋으니 죽은 아이를 제발 살려달라고 빌기라도 하면요? 당신은 안 할 자신이 있으신가요?"

두 사람은 매우 가까이에 서서 서로의 눈을 바라보았다. 자스민은 두 손을 허리에 얹었다.

모르지아나가 저 아래에서 모습을 드러냈다. 그녀의 발걸음은 물론 조용했다. 모르지아나는 두 사람이 침묵 가운데 서 있는 것을 보고는 초조하게 헛기침을 해댔다.

"음, 난…… 방해할 생각은 없었는데. 시간이 되었어."

"곧 내려갈게."

자스민이 알라딘에게서 눈을 떼지 않은 채 말했다. 알라딘도 마찬가지였다.

"좋아……. 하지만 서둘러. 별들을 보아하니 제3 교대도 다 돌았겠는걸."

모르지아나가 발꿈치를 들고 재빨리 왔던 길을 되돌아갔다. 알라딘은 팔을 휘저으며 깊이 한숨을 내쉬었다.

"그거 알아요? 이 부분은 말이죠. 우리가 마루프와 아흐메드, 쉬린을 구출하고, 램프를 훔치고, 책을 빼돌리고, 자파를 무찌르고 나서 살아 돌아오면 그때 이야기해도 늦지 않아요."

"좋은 지적이야. 일단 우리의 논쟁은 잊지 말자."

자스민이 말했다. 그녀는 두 손을 알라딘의 두 볼에 대고는 그에게 입을 맞췄다.

"정말 헤어지고 싶지 않네요."

그렇게 말한 알라딘은 마지막으로 그녀를 힘껏 끌어안았다.

Chapter 23

다시 알라딘은 지붕 위에 앉아 있었다. 하지만 이번에는 궁전의 북쪽에 위치한 가죽 공방이었다. 주위에는 아그라바의 지붕 위에서라면 일상적으로 보일 법한 것들이 있었다. 과일을 말리는 돗자리, 옷과 깔개를 말리는 빨랫줄, 작은 닭장, 제멋대로 던져둔 판자와 사다리 같은 것들 말이다. 염소 한 마리도 있었다.

알라딘 곁에는 엄선한 도적인 모르지아나와 두반, 그리고 알고 보니 특기가 방화였던 파리사가 있었다. 자스민은 빵 창고에 돌아온 소흐랍 장군과 함께 아그라바 포위작전을 이끌고 있었다. 자스민은 이 도적들이 언제 작전에 나서면 되는지 신호를 주기로 했다. 네 명의 도적은 두려움이 잠식해버린 도시의 상공에서 기다리기만 하면 되는 것이다.

"자스민과 난《알 아지프》를 손에 넣으면 어떻게 할지 완전히
생각이 달라."

알라딘이 가까이에 앉은 모르지아나에게 속삭였다.

"오, 그거라면 쉽지. 난 그 책으로 대저택이랑 수백 명의 하인
을 가질 방법을 알아낼 거니까."

모르지아나가 소녀처럼 다리를 흔들며 말하자 알라딘이 그녀
를 힐끗 보았다.

"농담이야. 돈에 대한 내 꿈들은 미치광이 자파 때문에 망가져
버렸거든. 무엇을 해야 할지 모르겠어. 사막에 묻어버릴까?"

알라딘의 시선을 의식한 모르지아나가 말했다.

알라딘은 다시 신비의 동굴, 파묻힌 보물과 램프가 떠올랐다.
반복되는 역사……

"모르지아나, 이건 램프나 지니 같은 게 아니야. 소원을 들어
주지 않아. 그 책은 죽은 자를 되살리고 살아 있는 사람을 죽여.
기존의 마법을 깨버리는 고대 악마의 주술서라고. 그건 불태워
야 해. 하지만 자스민 공주님은 그 책이 유용하게 쓰일 거라고 생
각해."

알라딘이 한숨을 내쉬며 건물의 가장자리를 걷어찼다.

모르지아나는 고민에 잠긴 듯 얼굴을 찌푸렸다.

"어렵구나. 하지만 내가 너라면 그냥 공주님께 져주겠어. 자스
민 공주님은 네 일생에서 최고로 값진 거야. 그분을 곁에 두고 싶

으면 넌 뭐든 해야 한다고."

"그래야 할까? 그럼 너는?"

알라딘이 의미심장한 미소를 지었다.

"네가 두반에게 마지막으로 져준 것이 언젠데?"

"우린 안 사귀거든!"

그녀가 곧장 대꾸했다. 알라딘이 한쪽 눈썹을 치켜떴다.

"공식적으로는. 아, 그만해. 그 앤 제멋대로라고!"

그녀가 짜증을 내며 알라딘을 때렸다.

"난 두반이 걱정돼."

알라딘이 친구를 바라보며 말했다.

"나도 저 애가 걱정돼. 두반은 요상하게 행동하거든. 도통 털어놓질 않지. 자신 안에만 갇혀 있어. 만약 내가 잘 몰랐다면…… 잠시만…… 저길 봐!"

모르지아나가 손가락으로 가리켰다. 네 발의 불화살이 밤하늘을 가로질러서 거대한 호랑이 발자국을 그리며 정원 지구 위를 날아갔다.

"신호야!"

저 멀리 어딘가에서는 횃불을 든 소란스러운 군중이 궁전을 향해 진격하려는 듯이 떼 지어 모여들고 있었다. 도심 전역에서 어수선하게 빛나던 붉은빛들이 즉시 소란이 벌어지는 곳으로 나아갔다. 마치 제 집이 위험에 처했음을 갑자기 알아차린 개미떼처럼 소부대별로 상공을 돌던 공군과 악귀들이 순찰을 멈추고 모조리 같은 방향으로 돌진했다.

알라딘은 머릿속에서 숫자를 세고 있었다. 그가 스물을 세었을 때 옛 장터에서 폭발음이 들렸다. 공군병사들은 주춤하며 허둥지둥했다. 정찰병 한 명이 궁전 쪽으로 날아갔다. 모르지아나와 알라딘은 모든 장면을 성벽 너머와 중간에 위치한 거대한 창문을 통해 또렷이 지켜보았다. 얼마 지나지 않아 대발코니의 셔터를 열어젖히며 자파가 뛰어나왔다. 도시에서 무슨 일이 벌어지고 있는지 보기 위해서였다.

"가자!"

알라딘이 명령했다. 네 명의 도적은 한 손으로 빨랫줄을 붙잡고 앞으로 나아가며 길을 건넜다. 그들은 맞은편 테라스에 내려앉았다. 그곳에서 그들은 땅으로 뛰어내린 뒤, 성벽의 그늘진 곳을 따라 이동했다.

계획대로 잘 돌아가고 있는 듯했다. 이곳에는 아무도 없는 듯했다. 이곳을 지키고 있던 유일한 병사는 바깥 내리닫이문을 열기 위해 중앙 성문으로 달려갔다. 알라딘은 다른 쪽으로 멋지게 내려갈 준비를 하며 기둥에 단단히 밧줄을 맸다.

모르지아나의 머리가 그의 옆에서 튀어 오르더니 이윽고 새처럼 가볍고 날렵한 그녀의 몸통까지 모습을 드러냈다. 그녀는 쉴 틈 없이 궁전을 탐색하더니 사원과 정원들, 숨겨진 뜰과 목욕

물을 대는 물길들까지 완벽하게 궁전의 지리를 익혔다.

모르지아나는 고개를 젓고 낮게 휘파람을 불었다. 그러자 두 반과 파리사도 마침내 그곳에 도착했다. 모두가 도착하자 알라 딘은 궁전에서 가장 높은 사원을 가리켰다.

"저게 자파 것이지? 달의 사원?"

파리사가 물었다. 모르지아나가 고개를 끄덕였다.

"행운을 빌게."

"난 행운은 필요 없어. 부싯돌과 불쏘시개만 있으면 충분해."

그렇게 말한 파리사는 조용히 성벽의 꼭대기로 달려갔다. 알 라딘은 남은 사람들에게 속삭였다.

"가자!"

세 명의 도적은 성곽 내부의 밧줄을 타고 가뿐히 내려간 뒤 향 기 나는 보드라운 잔디 위에 조용히 착지했다. 궁전은 수백 년 동 안 버섯 무더기가 자라나듯 확장되어 있었다. 한 줄기에서 새 건 물이 하나씩 싹 트는 듯했다. 알라딘은 조심스레 숫자를 세며 달 의 사원에 가까운 나지막한 건축물을 골랐다. 그곳에는 자파가 술탄이 되기 전에 지어진, 경비가 좀 느슨한 도서관이 있었다.

알라딘이 모르지아나와 두반에게 앞으로 오라고 손짓한 뒤 화살 구멍보다 넓어 보이는 가장 낮은 창문을 가리켰다. 세 도적 은 확 트인 광장에서 가장 짧은 경로를 따라 내달리기 시작했다. 그때 알라딘이 무언가를 감지한 듯 갑자기 멈춰 섰다. 요상한 붉은빛이 그의 앞을 스쳐 간 것이다. 그가 위를 올려다보았다.

허공에 죽음처럼 적막한 두 명의 악귀가 걸려 있었다. 그들의 생기 없는 눈동자가 앞의 공간을 훑고 있었다. 그중 한 명은 섬세한 갈고리에 고정된 기이한 흑색 등불을 느지막이 흔들었다. 거기서 붉은 빛줄기가 새어나오고 있었다. 세 명의 도적은 이내 얼어붙고 말았다. 모르지아나는 낮게 욕설을 내뱉었다.

망자들이 극도로 느린 속도로 뜰을 오가는 동안 시간마저 얼어붙고 말았다. 도적들이 등진 하늘은 죄악같이 어두웠다. 밤 가운데서도 가장 어두운 시각이었다. 동틀 녘이 멀지 않았다는 뜻이기도 했다. 알라딘은 꼼짝 않는 제 몸뚱이 안에서 심장이 쿵쾅거리는 걸 느꼈다.

빛줄기는 이들을 지나치더니 계속 앞질러 나아갔다. 악의 램프를 든 악귀들은 소리 없이 한밤중의 순찰을 이어갔다. 세 도적은 사원에서 상대적으로 안전하고 그늘진 곳으로 들어갔다.

"저 끔찍한 새 마법은 뭐지?"

두반이 울상을 지었다.

"지옥에는 자파만을 위한 특별 공간이 있을 거야. 그의 수하들도."

모르지아나가 중얼댔다.

"저 두 악귀가 살아생전에 누구였는지 모르겠지만 정말 안타까워."

알라딘은 사람들이 폭발로 인해 되살릴 몸뚱이를 남겨두지 않고 죽는 것도 아주 나쁘지는 않겠다는 생각을 했다.

모르지아나는 가장 좋아하는 도구 중 하나인 작은 갈퀴를 꺼냈다. 그러고는 가느다란 비단 노끈을 묶어 아래로 늘어뜨린 다음 여러 차례 흔들었다. 갈퀴는 깔끔하게 창문 안쪽에 걸렸다. 그녀가 노끈을 당기자 갈퀴 부분이 회반죽을 파고들었다. 두반은 나머지 두 사람에게 손짓을 하여, 자신이 노끈을 당기고 있는 동안 먼저 들어가라고 했다. 모르지아나와 알라딘이 원숭이처럼 날쌔게 몸을 밀어 넣었고 두반이 마지막으로 뒤를 따랐다. 그가 다부진 몸을 창문 안으로 밀어 넣은 뒤 잠시 멈추고는 휘둥그레 주위를 살폈다.

"와우, 내 성에 채우고 싶은 물건들은 아니야……. 하지만 인상적이긴 하네."

그곳은 책꽂이와 서랍, 보관함이 가득한 거대한 방이었다. 방구석과 틈새는 오만가지 작은 조각상들로 가득 채워져 있었다. 오래전에 죽은 사람의 시신과 불가사의한 짐승들 그리고 해괴망측한 건축물 같은 것들이었다. 나머지 공간은 책으로 메워져 있었다. 책들은 바닥과 탁자 그리고 선반 위로 켜켜이 올려졌고, 벽을 따라 일렬로 세워졌다. 열댓 개의 항아리 안에는 수백 개의 두루마리가 들어 있었다. 기이한 문자가 새겨진 서류는 밀랍판, 점토판과 함께 열린 서랍에 보관되어 있었다. 형형색색의 해양과 기이한 국가들이 표시된 지도들은 비스듬히 기운 특별한 탁자에 펼쳐져 있었다.

실내는 어두침침했다. 두 개의 작은 램프만이 불이 잘 붙는 양 피지나 귀한 두루마리에서 멀리 떨어진 문가에서 타오르고 있을 뿐이었다. 도서관이 얼마나 큰지, 서적이 얼마나 많은지는 가늠할 길이 없었다. 알라딘은 자스민에 대해 좀 더 알게 되었다. 그녀는 이 모든 지식을 습득해왔던 것이다. 세상의 모든 축적된 지혜와 지식을. 그녀는 그저 밖으로 나가서 이들을 직접 눈으로 확인하지 못한 것뿐이었다.

알라딘이 딴생각에 잠긴 사이 두반은 문가로 기어가 귀를 기울였다.

"알라딘! 병사들이 오고 있어. 두 명인 것 같아."

"벌써?"

모르지아나가 저주를 퍼부었다.

"빨리!"

알라딘이 모르지아나에게 방의 다른 곳으로 이동하라고 손짓했다. 알라딘이 숨을 만한 곳은 없었다. 탁자와 책상은 모두 가늘고 맵시 있는 형태라 다리 뒤로 숨기가 쉽지 않았다. 이곳은 궁전에서 긴 의자나 소파가 없는 유일한 방인 것 같았다. 결국 알라딘은 두루마리 하나를 뽑아들고는 읽는 척하기 시작했다.

두 명의 인간 병사가 출입문으로 다가와 실내를 훑다가 알라딘을 보았다. 그들이 그를 노려보며 언월도를 꺼내들었다.

"재미있군. 난 줄곧 극북에 사는 사람은 북에 사는 줄로만 알았지 뭔가. 남쪽이 아니라……."

알라딘이 두루마리를 거꾸로 돌리고는 인상을 쓴 채 천천히 말했다.

왼쪽에 있는 병사가 먼저 입을 열고 알라딘에게 무언가를 말하려고 했다. 그때 모르지아나와 두반이 거대한 놋 항아리를 집어 들어 병사들의 머리를 내리쳤다. 두 병사가 즉시 앞으로 고꾸라지자 두 도적이 그들을 붙잡았다. 두반이 욕을 퍼부었다.

"이 병사들이 복귀하지 않으면 다른 병사들이 찾아다닐 거야."

"죽여야겠어."

모르지아나가 재빨리 말했다.

"이 사람들을 고통을 못 느끼는 망자 병사들로 되살리자는 거야? 좋은 생각은 아닌 것 같아. 가자, 나한테 계획이 있어."

알라딘이 속삭였다.

Chapter 24

창고에서 자스민은 하늘을 바라보며 쥐떼거리 부대의 여러 지휘관들에게 지시를 내리고 있었다. 그녀 곁에는 소흐랍 장군이 있었다. 연로한 종교지도자인 코스로우마저도 부대 조직에 놀라운 재능을 보였다.

"난 제자들을 50년 동안 가르쳤다네. 그건 전쟁은 아니지만 유사점이 있지."

그가 인자한 미소를 지으며 말했다.

"자스민 공주님, 횃불 든 성난 민중이 작전을 개시했습니다. 비둘기거리와 오래된 유대교 회당으로 가는 길을 폐쇄했습니다. 민중이 열다섯 명의 완전무장한 병사와 세 명의 악귀를 진압하는 모습을 제 눈으로 확인했습니다."

전령이 달려와 말했다.

"좋은 소식이구나!"

자스민이 손뼉을 치며 말했다.

"아울러, 주로 악귀로 구성된 스무 명 이상의 병사들이 진화 작업을 위해 불에 휩싸인 옛 장터로 파견된 것으로 보입니다. 야흐야는 몇몇 소부대와 스무 명가량의 강인한 사내들이 악귀들을 쫓기 위해 가죽 공방 지구로 향하는 걸 봤다고 합니다."

"알려줘서 고맙구나. 물과 먹을 것을 좀 들고 숨을 좀 돌린 다음 다시 상세히 알려다오. 아이자, 데니!"

자스민의 부름에 모습을 드러낸 두 사람은 여덟 살도 채 되지 않아 보였다.

"활 쏘는 사람에게 두 번째 신호탄을 쏘라고 전해. 라자가 나서 때야."

두 꼬마가 고개를 끄덕이더니 계단을 뛰어 내려갔다. 자스민이 혀를 차자 라자가 그녀 앞으로 튀어나왔다. 열띤 기운을 감지한 호랑이는 평소처럼 자신의 앞발을 자스민에게 내밀지 않고 꼿꼿이 서서 그녀를 바라보기만 했다. 이제 호랑이는 신난 듯이 힘줄과 근육을 늘이고 줄이기를 반복했다. 마침내 사냥 준비 완료. 자스민은 두 팔로 라자의 목을 끌어안았다.

"행운을 빌어, 나의 오랜 벗!"

그녀가 그의 보드라운 귀에 대고 속삭였다. 그런 다음 대의를 이루기 위해 손에 넣은 물건들을 꺼냈다. 터번, 조끼, 부츠 등 병사 대장들의 소지품이었다. 자스민은 그 물건들을 들어 올려 라자에게 냄새를 맡게 했다. 라자의 커다란 코가 벌렁거렸다.

"가! 공격해!"

자스민은 호랑이가 냄새를 맡은 뒤에 명령했다. 라자는 포효하더니 한번에 열 계단씩을 내려갔다. 그의 꼬리가 획획 움직였다.

자스민은 걱정하거나 애도할 틈이 없다고 스스로에게 되뇌었다. 너무도 많은 사람이 희생되고 있었다. 가여운 소년 자릴. 그의 부모. 라줄. 자스민은 어깨를 흔들고는 탁자 위에 놓인 지도에 최근 변동 사항을 표시했다.

갑자기 어디에선가 폭발물이 터지면서 은신처가 흔들렸다. 마른 점토 조각과 나뭇조각, 조약돌들이 마구 쏟아지자 자스민은 벽을 붙잡았다.

"뭐지? 아무나 대답해봐. 이 신호는 너무 빠른데."

소흐랍 장군이 어두운 표정을 지으며 한걸음 나왔다.

"우리 쪽의 소행이 아닙니다. 무언가가 두반과 모르지아나의 옛 은신처 근방을 공격한 것으로 보입니다. 하잔을 불러서 무슨 일인지 들어봐야겠습니다."

"자파!"

자스민이 궁전을 바라보며 욕을 퍼부었다.

어두컴컴한 궁전 복도에서 알라딘과 두반은 멋진 대리석 계단의 한가운데를 조용히 걸어내려 갔다.

"자스민 공주에 따르면 욕실 궁은 이 방향이야. 그리고 왕좌의 방은 위층이고 욕실 궁을 지나서래. 가다 보면……."

알라딘이 속삭였다.

두 병사가 모서리를 돌아서 그들을 향해 다가오고 있었다. 알라딘과 두반은 복도 끝을 등진 채였다. 이들은 언월도를 들어 올린 뒤 격자로 맞댄 다음 딸깍하는 소리로 경례를 보냈다. 알라딘이 지난번 궁전에 몰래 잠입했을 때 목격한 신호였다. 그러자 두 명의 진짜 병사는 한 치의 의심도 없이 이들을 스쳐 지나갔다.

알라딘은 그들이 사라지자 안도감에 바닥에 주저앉을 뻔했다. 두반은 자존심이 상해서 셔츠 앞쪽을 매만졌다. 그들은 자신들이 포박해서 벽장에 가둔 병사들의 제복을 입고 있었다. 보이지 않는 곳에 숨어 있던 모르지아나가 이들 앞으로 달려 나왔다.

"내가 병사로 변장한다고 했잖아!"

그녀가 식식댔다.

"터번이 너한테 안 맞는다고! 이미 얘기 끝났잖아."

알라딘이 대꾸했다.

바닥에서 엄청난 진동이 느껴졌다. 마치 거인이 발로 내리찍거나 사막에서 지진이라도 난 듯했다. 진동에 박살난 물건은 별로 없는 듯했다. 하지만 도적들은 머리가 어지러웠다.

"성벽 안에서 발생한 걸까?"

두반이 불안한 듯 물었다.

"아니. 먼 곳인 것 같아."

알라딘이 말했다. 그들이 사용할 폭발물 중에 거대한 것은 없었다. 대체 저 밖에서 무슨 일이 벌어지고 있는 것일까? 알라딘은 고개를 가로저었다. 그는 램프와 책을 훔치고 두반의 가족을 구출할 때까지 자스민과 쥐떼거리 부대가 자파와 그의 병사들을 상대로 시간을 벌어주기를 바라는 수밖에 없었다. 그의 임무는 지금 눈앞에 닥친 일에 집중하는 것이었다.

"너한테 더 좋은 계획이 있다면, 말해봐."

알라딘이 말했다.

"없어, 친구."

"좋아. 그럼 지금 계획대로 밀고 가는 거야. 아그라바의 운명, 두반의 가족은 우리 손에 달려 있어."

그리고 이들은 서둘러 나아갔다.

"무시무시한 포탄 같은 것이었습니다. 옛 은신처가 있던 곳을 바로 공격했습니다. 모조리 불에 탔습니다. 보라색과 붉은색……."

하잔이 숨을 헐떡이며 보고했다. 그의 눈썹은 화상을 입은 듯했다.

"보라색? 마법이 쓰인 것 같구나. 연금술사가 손을 썼거나……."

소흐랍 장군이 말했다.

"하지만 연금술사들은 자파와 연합하지 않았잖아요."

자스민이 말했다.

"하지만 왜 그 은신처를 공격했을까요? 자파는 이미 그 지역을 끝장냈습니다. 바보가 아니고서야 이미 인질까지 잡아들인 곳을 기어이 다시 찾아가겠습니까? 여기, 여기, 여기를 쳤으면 모두에게 눈에 띄는 실질적인 피해를 입힐 수도 있었을 텐데요."

소흐랍 장군이 인상을 찌푸리고는 분필로 그린 아그라바의 지도를 가리켰다.

"그저 화풀이를 하고 싶었을 뿐이겠죠. 우리가 전에 말했던 것처럼 자파는 영리한 전술가가 아니에요. 그는 마법사이고 수상이죠. 그리고 전쟁 경험도 없고요. 이건 우리가 노리는 바이기도 합니다. 그는 혼란에 빠지고 화가 난 거예요. 그리고 등잔 밑도 어둡고요. 그는 우리가 생각한 것보다 처리하기 쉬울 수도 있어요."

"자스민 공주님!"

젊은 청년이 누군가를 부축한 채 실내로 들어왔다. 그의 팔에는 부상당한 다른 젊은 청년이 기대어 있었다. 검붉은 깊은 상처가 그의 이마를 도려놓았고 그의 얼굴은 죽음처럼 창백했다. 그의 눈알은 뒤집어져서 보이지 않았다.

"여기 눕혀라."

자스민이 급히 외치고는 방석과 옷가지가 놓인 바닥을 가리켰다.

"진료소를 갖춰야 한다는 생각을 미처 못 했어⋯⋯. 하잔, 잠깐 아주머니들께 가서 진료소를 만들 수 있을지 알아봐줘."

"네, 자스민 공주님."

소년은 인사를 하고는 재빨리 걸어 나갔다. 소흐랍 장군은 상처를 살펴본 뒤 얼굴이 돌처럼 굳었다. 그는 청년의 생존 가능성이 희박하다고 생각하는 듯했다.

"물 조금이랑 반창고!"

자스민이 명령했다. 소흐랍 장군이 무슨 말을 하려다가 이내 생각에 잠겼다.

"자스민 공주님, 만약 저 병사가 죽으면⋯⋯."

"가둬야겠지요. 다른 악귀들과 함께."

소흐랍 장군이 고개를 가로저었다.

"이 사람은 그냥 청년이 아닙니다, 자스민 공주님. 악귀가 되면 상대하기가 쉽지 않습니다. 그를 위해서라도 끝내주는 것이 좋을 것 같습니다."

자스민은 가슴 아픈 진실에 눈을 감았다.

"알겠어요."

그리고 은신처에서는 또 다른 폭발이 일어났다.

알라딘과 두반은 혹시라도 발각되면 병사로 위장할 준비를 하며 앞으로 기어갔다. 모르지아나는 조용히 그들을 뒤따랐다. 대발코니로 올라가는 계단 중에는 비밀스러운 것이 없었다. 그들은 시큼한 오렌지나무들이 심어진 작은 뜰을 마주했다. 건너편에는 왕실 욕실이 있었다. 이곳은 알현실이나 연회장과 직접 연결되어 결국 왕좌의 방과 이어지는 곳이었다. 알라딘은 술탄들이 종종 박하향이 나는 욕실에서 목욕을 즐기면서 외국 사신들과 어울리고 고위 책사들과 대화를 나눈다는 말을 자스민에게 듣고는 이상하다고 생각했었다.

"멋지군."

알라딘이 중얼댔다. 그때 2인조 병사가 뜰을 가로질렀다. 순찰 중인 병사들이었다. 모르지아나가 초조하게 침을 삼켰다. 그들이 지나가자 두반이 입을 열었다.

"난 저 사내들을 언제든 악귀로 만들 수 있어."

"잠시만…… 그리고 보니 궁전에서는 악귀를 한 번도 본 적이 없네……. 궁전에 있는 병사들은 전부 인간이야. 산 사람들. 밖에서 등불을 들고 공중전을 하는 악귀들을 제외하고는."

알라딘이 천천히 말했다.

"자파 곁에는 독립적으로 생각하고 행동할 수 있는 병사들이 필요하니까."

모르지아나가 고개를 끄덕이며 말했다. 그때 인간 병사 두 명이 또 나타났다. 세 도적은 입을 다물었다.

"심장박동 45회. 그게 순찰조의 간격이야. 우리가 움직일 수 있는 시간이기도 하고."

병사들이 떠나자 두반이 말했다.

모르지아나는 그녀의 갈고리를 집어 들어 빙글빙글 돌린 뒤 길 건너 욕실 궁으로 향하는 광장까지 거리가 어느 정도 되는지 가늠해보았다. 그녀는 그렇게 갈고리를 돌리다가 그만…… 갈고리가 날아가는 바람에 놓쳐버리고 말았다. 그녀의 갈고리가 외딴 벽에 부딪히고는 바닥에 달그락거리며 떨어졌다. 모르지아나는 최대한 소리를 내지 않고 낚싯줄을 감아올리려는 어부처럼 노끈을 번갈아가며 내리쳤다. 그녀가 벽을 따라 갈고리를 끌어올리자 할퀴는 소리가 조금 났다.

그때 병사 2인조가 나타났다. 모르지아나는 얼어붙고 말았다. 기다란 밧줄을 매단 갈고리는 새하얀 대리석 벽면의 정중앙에 걸려 있었다.

병사들이 곧장 걸어왔다. 다행히 밧줄이 병사들의 머리보다 한참 위에 걸려 있어서, 병사들이 바로 아래를 지나갈 때에도 그들 눈에 띄지 않았다. 병사들이 떠나자 모르지아나는 가볍게 뛰어올라 곡예사처럼 밧줄을 타고 재빨리 사라졌다. 두반이 뒤따랐다. 속도는 느렸지만 실수는 없었다. 그는 속도를 가늠하며 맞은편에 다다랐고, 병사들이 들이닥칠 무렵에는 창문으로 미끄러져 들어갔다.

326

마지막은 알라딘 차례였다. 그는 앞선 두 사람을 위해 노끈을 잡고 있었다. 이제 자신을 위해서는 노끈을 잡아줄 사람이 없었다. 그는 의자 하나를 집어 들어 창문 가까이로 끌어온 뒤 빠르게 노끈을 의자의 팔걸이에 감았다. 그가 안으로 들어갈 무렵이면 매듭이 풀릴 것이다. 그는 다음 병사들이 사라질 때까지 기다렸다가 선반으로 뛰어올라 밧줄을 탔다.

그가 밧줄을 절반 정도 건넜을 때 의자가 넘어지면서 노끈이 느슨해졌다. 알라딘의 몸이 앞으로 휘청거렸다. 그는 균형을 잡기 위해 필사적으로 팔을 버둥거렸다. 하지만 실패였다. 그는 바닥으로 굴러떨어졌다.

다음 순찰조가 모서리를 돌고 있었다.

Chapter 25

죽어가는 사내의 호흡은 불안정했다. 자스민은 그의 곁에 무릎을 꿇은 뒤 왼손으로 그의 한 손을 잡고는 오른손으로 그의 이마를 불안하게 두드려댔다. 자스민은 무엇을 해야 할지 몰랐다. 자신의 부모가 돌아가셨을 때와는 또 다른 두려움을 느꼈다. 자스민은 눈물을 애써 참고 침착한 표정을 유지했다.

소흐랍 장군은 그가 편히 쉬도록 보내주자고 자스민을 설득하려고 했다. 하지만 그녀가 장군에게 말했었다.

"괜찮아질 거예요."

사내는 두 눈을 멍하니 뜬 채로 그녀 너머의 무언가를 응시하는 듯했다. 날카롭게 반짝이는 긴 검이 그의 옆에 놓였다. 가파른 호흡 속에서 사투를 벌이고 멍하니 침묵하던 시간이 한없이 이

어지던 어느 순간 그가 갑자기 경련을 일으켰다. 그는 갑자기 무언가를 찾는 것처럼 고개를 앞으로 내밀었다. 그런 다음 다시 뒤로 널브러지더니 움직이지 않았다. 그의 눈은 여전히 치켜뜬 채였지만 이제는 아무것도 찾고 있지 않았다.

자스민은 입술을 깨물었다. 그녀는 고개를 숙이고는 이 상황에 적합한, 자신이 아는 유일한 기도문을 되뇌었다. 코스로우 사제가 이윽고 문가에 모습을 드러냈다. 그가 다가와 젊은 청년을 향해 어떤 동작을 했다. 그러고는 눈을 감고 자스민과 함께 기도하기 시작했다.

죽은 사내 또한 눈을 감았다. 그러다 다시 눈을 치켜떴다. 이제 그의 눈동자는 어둡고 사악한 붉은색으로 변해 있었다. 코스로우 사제는 눈을 휘둥그레 떴지만 기도를 멈추지는 않았다. 그저 목소리를 좀 더 높였을 뿐이었다.

자스민이 검을 집어 들었다. 악귀가 몸을 일으키고는 목구멍 너머로 소리를 냈다. 자스민은 이를 악물고 악귀의 목을 칼로 베어버렸다. 악귀는 비명을 지르지 않았다. 그녀에게 고마워하지도 않았다. 그냥 몇 차례 소리를 내고는 다시 잠잠한 무생명의 상태로 돌아갔다.

병사들이 알라딘이 있는 뜰로 오고 있었다. 알라딘은 떨어지면서 밧줄을 잡아보려고 안간힘을 썼다. 바람개비처럼 팔을 흐느적대던 그는 마지막 순간에 간신히 끈을 잡아챘다.

"빨리!"

알라딘이 바닥으로 떨어지려는 순간 모르지아나와 두반이 노끈을 주먹에 휘감아 그를 끌어올렸다. 알라딘은 장터의 재주꾼처럼 상체를 굽혔다. 천천히, 눈에 띄지 않게 자신의 팔을 잡아당겨서 제 무릎을 가슴팍으로 끌어올렸고 발가락은 밧줄에 걸쳤다. 마치 박쥐처럼 그렇게 거꾸로 매달려 있었다.

병사들이 알라딘 아래로 계속 전진해오고 있었디. 한 병사가 알라딘 아래로 지나가자 그의 터번에 꽂힌 빨간 깃털이 알라딘의 등을 간질였다. 병사는 아무 생각 없이 제 빨간 깃털을 매만졌다. 그러고는 가버렸다. 알라딘은 움츠린 상체를 서서히 펼쳤다. 긴장이 풀리는 기분이었다.

알라딘은 두반과 모르지아나가 있는 곳을 향해 밧줄을 타고 나아갔다. 두반이 상체를 뻗어 그를 붙잡았다.

"아슬아슬했어."

모르지아나가 속삭였다.

"난 바나나를 훔치면서 더한 일도 겪었는걸."

알라딘이 말했다.

"말이 나와서 말인데, 아부는 어디 있어? 그 앤 항상 네 모험에 동행했잖아."

"……그 녀석은 집에 두고 왔어. 혹시 일이 잘못되면, 그 앤 자유로웠으면 해서."

침묵과 이성이 교차했고, 세 사람은 차오르는 감정을 억눌렀다.

소흐랍 장군은 자스민의 등을 다독인 뒤 다시 자신의 일에 몰두했다. 그는 부대의 활약과 성과에 대해 보고했다. 종교계 학생들이 죽은 청년의 시체를 치웠지만 자스민은 아직도 그의 존재를 느끼고 있었다.

"죄송해요. 몇 명이 진압되었다고요?"

자스민은 자신이 집중하지 못하는 것을 깨닫고는 되물었다.

"두 번째 폭발에서 몇 명이 피해를 입었는지 정확한 숫자는 아직 파악되지 않았습니다."

소흐랍 장군이 다소 초조하게 말했다.

"숫자? 저들은 사람이에요. 사람들이 죽어가고 있고, 죽었다가 되살아나고 있어요. 누군가가 저들에게 영원한 안식을 주지 않는다면, 저들은 자파의 편이 되고 말아요. 우린 사람들이 목숨을 잃는 걸 막아야 해요. 당장이요."

자스민이 떨리는 목소리로 뱉어냈다.

"자스민 공주님, 이건 전쟁입니다. 사람들이 부상을 입고 목숨을 잃지요. 아그라바와 마루프, 아이들을 구하고 싶으십니까?"

소흐랍 장군이 차분히 말했다.

"물론이에요."

자스민이 말했다. 그녀는 문가로 걸어가 하늘을 올려다보았다. 먼지 속에서도 거대한 붉은 행성인 호르모즈드가 산 너머로 지는 것이 보였다. 그 반대편의 하늘은 조금 전보다 밝은 빛을 띠는 듯했다. 태양이 떠오를 준비를 하고 있었다.

"나는 할 일을 해야 해."

"물론입니다, 공주님. 공주님께서는…… 옛 전사들을 자랑스럽게 해주셔야 합니다."

소흐랍 장군은 경례를 하고는 자신의 일을 하기 위해 안으로 되돌아갔다. 그가 등을 돌리자, 자스민은 재빨리 어둠 속으로 달려 나갔다.

흩어진 횃불 사이로 불완전하게 드러난 시민들의 모습에서는 기이한 흥분감이 엿보였다. 자스민은 가운으로 얼굴과 전신을 가리고는 전투 중인 쥐떼거리 시민들을 피해 거리로 나왔다. 평소라면 서로 대화를 주고받지 않았을 사람들이 머리를 맞대고는 논쟁하고 전투를 준비했다. 자스민에게는 낯선 광경이었다. 그녀도 그곳에서 그들과 함께하고 싶었다. 하지만 그녀 앞에는 다른 운명이 놓여 있었다. 아그라바의 운명은 이제 그녀에게 달렸다.

자스민은 뒷골목을 골라 다니며 겁에 질린 시민, 화난 무리들, 언월도를 휘두르는 궁정 병사 등 누구든 다가오면 곧장 몸을 숨겼다. 거리가 너무도 복잡해서 공군은 걱정할 필요가 없었다. 상공에서 저들이 그녀를 본다고 한들, 횃불도 무기도 없이 그저 겁에 질려 달아나는 여인으로만 보일 테니까.

'치잇' 하는 소리에 자스민은 위를 올려다보았다. 네 발의 화살이 밤하늘을 가르며 거대한 라자의 발자국을 상공에 남겼다. 파리사가 불을 지를 때라는 뜻이다. 모든 것은 계획대로 진행되고 있었다. 자스민만 예외일 뿐.

자스민은 자신이 찾던 것을 발견했다. 붉은 눈의 악귀가 어둠 속에서 언월도를 들고 홀로 서 있었다. 명령을 기다리는 듯 그는 길을 막고 있었다.

"무기를 거두어라."

자스민이 자신의 모습을 드러내며 명령했다. 악귀가 천천히 고개를 들었다.

"나를 기억하는가? 나는 자스민 공주다. 자파가 결혼하고자 하는 신부다. 나는 자수하려고 한다. 나를 그에게 데려다 다오."

알라딘은 궁전에서 이곳에 살면 얼마나 좋을까라는 생각을 떨쳐낼 수 없었다. 왕실 욕조는 아그라바의 유명한 사원이나 회교당보다도 컸다. 아치형의 천장은 파도 문양의 백색과 청색 타일로 꾸며졌다. 몸을 식히는 공간에는 부엌과 와인 창고가 있었다. 황금 수도꼭지는 욕조 안 물의 흐름을 조절했고, 보석이 박힌 분수대에서는 완벽한 다이아몬드와 같은 물방울이 사방으로 튀었다. 물방울들은 자그마한 푸른 기름 램프 위에 걸쳐진 실제 다이아몬드 줄에 반사되었다.

알라딘이 창밖의 별들을 바라보며 정신을 차리고 말했다.

"파리사는 지금쯤 임무를 마쳤어야 하는데……. 그러니까 여기가 알현실과 연회장 그리고 왕좌의 방으로 가는 길이란 거잖아. 그런 다음에 힘든 부분이 나오고."

"맞아. 램프와 책을 훔치고 두반의 가족을 세상에서 가장 강력한 마법사의 코앞에서 구출해내야 하지."

모르지아나가 한숨을 내쉬었다.

"네 입으로 전하게 될 이야기를 생각해봐. 무엇을 뽐내게 될지를 생각해보라고. 그리고……."

알라딘이 대꾸했다.

다음번 대형 욕실로 들어선 그들은 두 명의 순찰대원과 거의 정면으로 부딪힐 뻔했다. 어리둥절하게 그들을 바라보는 순찰대원에게 알라딘이 재빨리 둘러댔다.

"죄수입니다."

그러자 모르지아나가 두반에게 좀 더 가까이 다가갔다. 두반은 그녀가 도망가지 못하게 막는 듯 재빨리 자신의 팔을 그녀의 어깨에 둘렀다.

"무슨 일이지? 병사들?"

나이 많은 병사가 물었다. 그의 검은 터번에 박힌 보석은 유백

광이 나는 황색이었다. 분명 자파가 미쳐서 새로 조직한 부대에서 대장쯤인 듯했다.

"저희는 이 여인이 다이아몬드 비누접시를 훔쳐가려는 것을 붙들었습니다. 바깥의 혼란을 틈타 뻔뻔하게 궁전털이에 나선 거죠."

알라딘이 신나게 말했다. 모르지아나가 훌쩍이며 그럴듯하게 몸을 움츠렸다.

"저를 그냥 보내주세요. 매를 때리셔야 하면 그리 하시던가요. 제발 술탄님께만은 데려가지 말아주세요."

노란 보석을 머리에 박은 병사가 가소롭다는 듯 코웃음을 쳤다.

"우리는 쥐떼거리 녀석 따위로 지체 높으신 분을 성가시게 하지 않아. 너희 쥐떼거리 녀석들은 오늘 밤 왕실을 타도하려고 하지. 그런데 넌 저들과 함께할 담대함마저 없는 거냐? 소심하고 추잡한 것 같으니!"

알라딘은 대장의 어투를 알아차렸다. 그것은 딱히 술탄에 대한 공경심에서 우러나온 것이 아니었다. 그렇다고 반란에 대한 직접적인 비난도 아니었다.

"저자를 나에게 넘겨라. 지하 감옥에서 몇 밤을 보내고 나면 두려움이 무엇인지 깨달을 것이다."

모르지아나가 걱정스러운 눈초리로 알라딘을 바라보았다.

"음…… 제 생각에는 저희가 이자를 직접 데려가는 것이 좋을 것 같습니다."

알라딘이 둘러댔다.

"저희는 이자를 체포한 공을 인정받고 싶습니다."

두반이 헛기침을 했다.

"아니. 너희는 순찰을 하면서 이자와 함께한 무리가 있는지 살펴보도록. 모든 도시의 죄수는 표식을 받은 군인들만 처리할 수 있다, 알겠나?"

대장이 모르지아나의 어깨를 붙잡아 끌어당기고는 눈을 가늘게 뜨고 알라딘을 바라보았다. 알라딘은 심장이 세차게 쿵쾅거리는 것을 느꼈다.

그때 모르지아나가 알라딘에게 눈치를 줬다. 아주 살짝, 그녀가 고개를 끄덕였다.

'날 보내줘.'

그녀는 그렇게 말하고 있었다.

"물론입니다. 대장님!"

알라딘은 두반에게 그녀를 풀어주라는 눈짓을 했다.

"그저 제가 이자를 체포한 공을 인정받게만 해주십시오."

'너를 구하러 갈게.'

모르지아나가 두 병사에게 질질 끌려가자 알라딘이 입모양으로 그렇게 말했다.

자스민은 두 명의 악귀가 그녀를 불길하게 번뜩이는 높은 건물로 데려가는 동안 아무런 감정도 표시하지 않으려 애썼다. 그들은 두 팔로 그녀의 팔꿈치를 꽉 붙들었다. 그녀는 그들의 발 위에 서 있었다. 떨어질 위험은 없었다. 그저 높은 곳의 밤공기가 조금 서늘하다고 느꼈을 뿐이었다. 하지만 그녀 아래로 아그라바는 불타고 있었다.

달의 사원은 불길에 휩싸여 있었다. 자파의 개인 서재는 고대 관망대의 가장 높은 층과 가장 낮은 층에 있었다. 그의 물건들, 그가 소장한 유물과 기념품, 책과 두루마리들은 물론 그곳에 있었다. 계획대로 잘 진행되고 있었다. 그가 반란군에 대해 무엇을 욕하든 그 순간만큼은 어안이 벙벙해졌을 터였다.

자스민은 공포에 휩싸이지 않도록 악귀가 차고 있는 두툼하고 화려한 소매 등에 시선을 두었다. 가여운 마법 양탄자. 아그라바를 향한 자파의 전쟁이 낳은 또 다른 희생양. 그녀는 마법 양탄자가 작게나마 지녔던 지각이 찢기고 다시 꿰매진 이음새 어딘가에 남아 있지 않을까 생각했다.

자스민은 어린 소녀처럼 바보 같은 소원을 빌었다. 만약 여전히 양탄자라면 꼭 한번만 그것을 타고 하늘을 날고 싶다고. 알라딘과 함께. 지금은 양팔이 붙들린 채였지만 그때는 그의 따뜻한 팔을 붙잡고 밤하늘을 가로지르며 전 세계를 누비고 싶다고.

이들은 대발코니에 착륙했다. 자스민의 아버지가 연설을 하던 곳, 자파가 아버지를 살해한 곳이기도 하다. 이제 이곳은 자파가 새로 만든 끔찍한 새 부대인 망자공군유격대의 착륙기지가 되어 있었다.

솜씨 좋고 꼴사나운, 거대하고도 흉측한 벌레들처럼 악귀들은 땅바닥에 세차게 내려앉았다. 그들은 말없이 자스민을 대기실로 밀어 넣었다. 아버지를 모시던 몇 안 되는 사람들이 그녀가 고개를 꼿꼿이 세우고 그곳에 서 있는 것을 보고는 깜짝 놀랐다. 시종한 명이 자파에게 알리기 위해 뛰쳐나갔다.

얼마 지나지 않아 자파가 방문을 박차고 들어왔다.

"자스민?"

검고 붉은 옷깃, 겉옷, 조끼를 걸친 그는 눈부시게 빛나거나 우스꽝스러웠다. 자파는 검은 코브라 지팡이를 태연한 척 쥐고 있었다.

"난 자수하러 왔어요, 자파. 이미 너무 많은 사람들이 죽었어요. 전 평화를 원해요. 당신과 결혼하겠어요."

자스민이 차분한 목소리로 말했다.

Chapter 26

"이건 계략이야."

자파가 외쳤다. 그가 앞으로 다가와 목을 비스듬하게 기울인 뒤 그럴싸한 먹잇감을 요리조리 살피는 도마뱀처럼 그녀를 살폈다.

"이건 묘수예요. 원하시면 저를 어디 뒤져봐요, 자파. 제게는 마법 지팡이도, 지니도, 반지도 없으니까요. 심지어 단검이나 아주 작은 화살도 없어요."

자스민은 그렇게 답하고는 어디 한번 살펴보라는 듯 가운을 열어젖혔다. 하지만 그가 시큰둥한 반응을 보이자 이제는 바지를 벗는 시늉을 했다.

"아니오, 아니오. 그럴 필요는 없소."

자파는 손을 내밀며 재빨리 사방을 두리번거렸다. 누군가 보고 있는지 살피려는 것이었다. 다행히 아무도 없었다.

"난 당신이 갑자기 마음을 바꾼 것이 믿기지 않소, 공주."

자파가 말했다.

"바꾼 적 없어요. 난 당신과 결혼할 마음이 없어요. 하지만 당신이 이 도시를 분열시키고 있잖아요."

자스민이 재빨리 답했다.

"이 도시를 분열시키는 건 당신이오. 당신의 쥐떼거리 무리들이 건방을 떨기 전까지 모든 것이 잘 돌아갔소. 모두가 안전했지. 누구도 굶주리지 않았어. 도시에는 평화가 있었지. 나의 아그라바는 당신 가족이 지배할 때보다 훨씬 더 행복했단 말이오."

자파가 그녀에게 바짝 다가와 소리쳤다.

"사람들이 집 안에서 두려움에 떨고, 염소 떼처럼 당신의 낙인이 찍히고, 밤에는 밖에 나가지도 못하고, 당신에 대해 나쁜 발언을 할 수 없는 세상에서요? 게다가 당신의 망자 부대는 하늘을 날아다니며 온 동네를 순찰하죠. 그건 행복이 아니에요. 노예와 죄수나 다름없다고요."

"사람들이 당신의 말에 동의할지 모르겠소, 공주. 하지만 어쨌든 아그라바는 전 세계를 변화시키기 위한 일종의 시험대라고 여기시오. 난 내 통치 방식을 조금 더 다듬는 중이오."

"전 세계에 대해서는 나중에 이야기해도 될 것 같네요. 당신이 아그라바에서 벌인 짓거리 중 절반은 나를 되찾는 것이 목적이잖아요. 자, 난 여기 있어요. 그러니 당신 군대를 철수해줘요."

"흠······."

자파는 의자에 묶어둔 생쥐를 이리저리 관찰하는 고양이마냥 그녀 주위를 서성댔다.

"흠······."

자파가 다시 말했다. 실내에는 적막이 감돌았다.

"하지만 난 당신이 나를 사랑해주었으면 하오."

자파가 마침내 놀랍도록 치분한 어조로 말했다.

"우리는····· 다른 사람들이 내가 당신을 흠모한다고 생각하게는 할 수 있지요."

"흠······."

그가 잠시 침묵하더니 이어 말했다.

"그대의 솔직한 발언은 신선했소. 물론 그 핵심은 별로 와 닿지 않았지만 말이오. 그대의 제안은 고려해보겠소. 그동안 내게 거짓을 고한 자들이 어떻게 되는지 소소하게나마 증명해 보이도록 하지. 아니면 나를 상대로 음모를 꾀한다거나······."

자파는 과장되게 팔을 펼치더니 왕좌의 방으로 향했다. 자스민은 방 안의 다양한 장면에 기겁했다.

한구석에는 거대한 모래시계가 있었다. 모래시계의 절반 즈음에 마루프와 두 아이가 있었다. 그는 겁에 질린 두 손자를 제 어깨 위에 올리고 끊임없이 움직이며 가파른 속도로 쌓이는 모래더미의 가장 높은 곳으로 옮겨가고 있었다. 하지만 이제 모래시계에는 빈 공간이 거의 남아 있지 않았다.

안에 갇힌 세 사람이 자스민을 보았다. 아흐메드와 쉬린이 고개를 들어 기쁜 듯이 소리쳤다. 아마 그랬던 것 같다. 유리병에 가로막혀 아무 소리도 들리지 않았으니까. 자스민은 충동적으로 저들에게 울면서 달려갈 뻔했다. 모래시계를 마구 두드리고 저들을 꺼내려고 달려들 뻔했다.

"그리고 이곳을 보시오. 혹시나 잊었을까 봐……."

자파는 망토가 휘날리도록 팔을 크게 뻗어 왕좌의 반대편을 가리켰다. 지니였다. 인간보다는 덩치가 컸지만 어쩐지 창백했고 야윈 듯했다. 그는 침대에 못이 박힌 채였다. 각각의 못은 그의 푸른 살갗을 뚫고 들어갔다. 그의 손목을 두른 거대한 금 족쇄가 그의 머리 위에 있는 판자에 감겨 있었다. 모든 것은 희미한 보랏빛으로 빛나고 있었다.

"공주님……."

지니가 다 죽어가는 목소리로 말했다.

"괜찮은 거예요?"

"아, 물론입니다. 더할 나위 없이 좋지요. 공주님은요?"

"꽤, 어리석지."

자파가 받아쳤다. 그는 방 안을 빙빙 돌다가 쿵쿵거리며 왕좌가 있는 곳으로 다가갔다. 그런 다음 왕좌에 앉아 지팡이를 자신의 무릎 위에 올려놓았다. 그리고 옆에 있는 개나 고양이를 팽개치듯 한 손을 휘저었다. 하지만 섬세한 황금 탁자 위에 있는 낡은 구식 기름 램프는 소중하게 쓰다듬었다. 램프. 그 옆으로는 살아 있는 인간의 눈이 박힌, 표지가 검게 변한 가죽 장정의 책이 있었다. 《알 아지프》였다.

"난 나의 뒤통수를 치는 이들에게 관대하지 않지. 당신 눈으로 똑똑히 보다시피 말이야. 그러니 마지막으로 묻겠소, 공주. 단지 나에 대한 영원한 사랑과 약혼만을 공표하기 위해 이곳에 온 것임을 맹세하는가?"

자파가 소리쳤다.

"사랑 부분은 약속할 수 없어."

자스민은 최대한 용기를 내어 말했다. 음흉한 미소가 자파의 입꼬리에 걸리기 시작했다.

알라딘과 두반은 더는 별다른 일 없이 알현실에 도착했다. 욕실 궁보다 작고 절제된 형태였지만 마찬가지로 인상적이었다. 아그라바와 대서부 사막과 아트라작 산맥을 묘사한 모자이크화가 가장 큰 벽을 메우고 있었다. 프레스코화는 최신 모습으로 계속 바뀌는 듯했다. 반대편 벽면에는 아그라바의 비교적 최신 지도가 걸려 있었다. 알라딘은 지도 안의 외딴 길들을 좀 더 자세히 살펴보고 싶었다. 알라딘이 낮은 목소리로 말했다.

"모자이크화에서 떠돌아다니는 수도승 좀 찾아줘…… 전설에서처럼 사막에서 길을 잃었을 거야."

두반은 어리둥절해하면서도 알라딘과 함께 그림 사이를 더듬어댔다.

"아하!"

알라딘이 어깨에 가방을 멘 노인의 형상을 발견했다. 모두 아주 작은 갈색 타일로 되어 있었다. 그는 손가락들을 깨진 타일에 대고 밀었다. '째깍' 소리가 나더니 낮은 벽을 가로막은 미닫이문 하나가 사라지고 어두운 통로가 나타났다.

"자스민 공주님이 그러는데 술탄님은 종종 회의에 늦으셨다더군. 그래서 알현실로 바로 가기 위해 이곳을 만드셨다더군."

두반이 낮은 휘파람 소리를 냈다. 두 사람은 안으로 발을 들이고는 등 뒤의 미닫이문을 닫았다. 작은 기름 램프가 저 멀리서 깜박이며 어렴풋이 길을 안내했다.

"여기서부터는……."

알라딘은 말을 하려다 어둠 속에서 뭔가 움직임을 느끼고 멈췄다. 두반과 알라딘은 입을 떡 벌린 채 서로를 바라보았다. 자스민은 이곳이 비밀 통로라고 했다. 그 말인즉 술탄과 그의 최측근만이 이곳을 알고 있단 뜻이었다. 그런데 어둠 속에서 걸어 나온 것은 검을 찬 두 명의 건장한 병사였다.

"나와 알리 그리고 내 부하들을 제외하고는 누구도 비밀 통로에 들어올 수 없다."

오른쪽 병사가 소리쳤다.

"저희는 알리 병사님과 같이 있었습니다. 알리 병사님께서
지하 감옥에 죄수 한 명을 집어넣어야 한다고 했습니다. 그래
서⋯⋯."

알라딘이 재빨리 둘러댔다.

"거짓말. 자파 술탄님께 보고드릴 것이다. 사기꾼들."

그들은 분명 힘만 세고 어리석은 병사들이 아니었다. 통로는
검술을 펼치기에는 너무 비좁았다. 도적 출신인 두반과 알라딘
은 언월도를 잘 다루는 편도 아니었다. 그들은 훔쳐 입은 제복을
벗어던진 뒤, 자신들의 단검을 집어 들었다.

왼쪽 병사는 머뭇거리지 않았다. 병사는 언월도를 들고 곧장
알라딘에게 달려들었다. 알라딘은 상체를 뒤로 굽혔다. 치명적인
검의 날이 바로 코 위를 스쳤다.

알라딘은 병사가 다시 공격하기 전에 재빨리 상체를 세우고
자신의 단검을 엄지로 돌렸다. 그런 다음 마지막 순간에 병사의
팔을 휙 그었다. 이 병사는 일반 병사들보다 영리할 뿐만 아니
라 민첩하기도 했다. 병사는 언월도를 옆으로 가볍게 내리치더
니 알라딘의 단검을 깔끔하게 뒤집었다. 하지만 알라딘이 손에
서 단검을 놓칠 정도는 아니었다. 그는 자세를 바로잡은 다음 위
로 뛰어올라 통로 벽에 박힌 쐐기를 잡고 10미터가량 뒤로 이동

했다. 잠깐 동안 숨을 돌릴 틈이 생겼다.

두반은 양손에 각각 단검을 쥔 채 다른 병사와 옥신각신하고 있었다. 그는 능숙한 푸줏간 주인처럼 상대의 언월도가 가까이 위협해올 때마다 칼날을 막고 밀어냈다.

두반이 잘 싸우고 있음을 확인한 알라딘은 자신의 전투에 집중하기로 했다. 그는 자신의 단검을 손목으로 돌려서 허공에 날렸다. 병사가 이를 보고는 공격 방향을 바꾸려고 했지만 한 박자 늦고 말았다. 그는 피를 쏟고 있었다. 그는 거의 반응하지 않았다. 고통스럽기보다는 당황스러운 듯 움찔했을 뿐이었다. 병사는 자신의 언월도를 휘저은 뒤 갑자기 알라딘을 향해 돌진했다.

그토록 빠른 반격을 예상치 못했던 알라딘은 공중으로 뛰어오른 뒤 병사의 어깨에 양손을 짚고 그를 뛰어넘었다. 병사는 재빨리 몸을 돌려서 새로운 방향에서 알라딘을 공격하려고 했다. 병사의 검이 무시무시한 코브라의 송곳니처럼 번뜩였다. 하지만 알라딘이 더 빠르게 그의 정강이를 걷어찼다. 병사는 고통스럽게 주저앉았다.

알라딘은 병사의 옆구리를 힘껏 돌려 찼다. 병사가 옆으로 쓰러지자 알라딘은 양손을 포개어 그의 목을 내리쳤다. 바닥에 쓰러진 병사는 더 이상 움직이지 않았다. 의식을 잃은 그는 고개를 옆으로 축 늘어뜨렸다.

알라딘은 몸을 날려서 두반을 도우러 갔다. 다른 병사도 쓰러져 있었다. 하지만 두반도 쓰러진 채였다. 두반은 적수의 몸 위에 드러누운 채 자신의 옆구리를 움켜쥐고 있었다.

"두반?"

알라딘이 조심스레 친구의 몸을 뒤집었다.

"난 괜찮아."

그는 고통에 움찔하면서도 신음하지 않았다. 두반은 몸을 일으켜 세웠다. 비틀대며 한 손으로는 자신의 옆구리를 붙들었다.

"가자."

알라딘은 친구에게 무슨 말이라도 하고 싶었지만 그럴 수 없었다. 계획이 성공하려면 이들은 힘을 합치는 수밖에 없었다.

두 사람은 비틀대며 어두운 통로 끝까지 함께 걸었다. 그곳에서 그들은 미닫이문을 열어젖히고는 거대한 연회장 안으로 들어섰다.

지나치게 기다란 목재 테이블이 대부분의 공간을 차지하고 있었다. 음식도, 장식품도 없었다. 의자들은 비딱했고 램프도 없었다. 자파는 분명 이전 술탄처럼 만찬을 즐기는 타입은 아닌 듯했다. 이 버려진 방을 밝히는 유일한 불빛은 왕좌의 방으로 통하는 출입문 쪽에서 새어나왔다. 으스스한 붉은빛이었다. 눈이 적응되자 알라딘은 그 빛이 사실은 통로를 가로막은 한 망자의 얼굴에서 나오고 있음을 깨달았다. 그는 라줄이었다.

"우리에겐 시간이 별로 없어요. 몇 분 후면 쥐떼거리 군단이 당신의 중앙 성문으로 진격해올 거예요. 그리고 궁전을 파괴할 거라고요. 도시에서 당신의 군대를 철수시키세요. 이 문제로 더 이상의 사상자를 만들지 말자고요."

자스민이 자파를 재촉했다.

자파가 껄껄대기 시작했다. 그런 다음 명령을 기다리는 병사들 중에 대장 하나를 꼽았다. 그는 달가워하지 않는 눈치였다.

"수백 명이 목숨을 잃었습니다, 술탄님. 그리고…… 인간 병사들은…… 여성과 아이들은 죽이고 싶어 하지 않습니다. 도시는 이미 아수라장이 되었습니다. 저희 부대원들 중 상당수는 저들과…… 술탄님으로 인한…… 폭발과 화염을 진압하기 위해 총력을 기울이고 있습니다."

"도시를 불태워라."

자파가 양손으로 주먹을 꽉 쥐며 호통을 쳤다.

"누가 당신 같은 사람을 좋아해줄까?"

분노에 찬 자스민이 말했다. 자파가 눈을 가늘게 치켜뜨고는 병사를 바라보았다.

"사람들을 최대한 많이 궁전 앞으로 소집하라. 내가 방법을 구상할 때까지 성문 앞을 차단하라."

자파는 그렇게 말하고는 손가락으로 무릎을 두드리며 중얼대기 시작했다.

"거의 다 왔는데…… 이미 망자를 깨우는 법도 터득했고. 다른 마법의 법칙을 깨는 것도 시간문제란 말이다. 지니!"

자파가 갑자기 소리쳤다.

"네, 주인님?"

지니가 기운 없이 말했다.

"대중을 위해 거대한 쇼를 벌여야겠다. 공주와 나는 곧장 결혼식을 치러야 해."

지니가 힘없이 고개를 들어 자스민을 바라보았다.

"죄송합니다, 공주님."

지니가 말했다.

"그래, 그래. 웨딩드레스, 뭐 그런 거! 당장!"

자파가 다급하게 말했다.

"난 사제나 뭐 그런 사람들을 불러다가…… 상관없어. 대발코니는 모든 사람들이 볼 수 있으니까."

지니는 힘없이 손가락 끝을 빙글빙글 돌렸다. 자스민은 이내 지니가 이전에 만들었던 드레스를 입고 있었다. 지니의 아내가 한때 입었던 것이기도 했다. 꽃과 띠, 그리고 현수막이 방 곳곳을 둘렀고 궁전 바깥도 마찬가지인 듯했다.

자파는 대발코니로 가서 손을 머리 높이 들어 올렸다. 마법으로 증폭된 그의 목소리가 왕국 곳곳에 울려 퍼졌다.

"아그바라의 민중이여! 무기를 내려놓아라. 자스민 공주와 나

는 합의에 이르렀다. 우리는 바로 이 역사적인 순간에, 결혼하기로 결정했다. 싸움을 멈추고 궁전으로 와서 산증인이 되어라."

한 병사가 헐레벌떡 방으로 들어와 사제복을 걸치고 혼란에 빠진 작은 노인을 자파 앞으로 떠밀었다.

"죄송합니다, 군주여. 코스로우 사제를 찾을 수가 없었습니다. 이분이 아마도 대신……."

자스민은 심호흡을 하고 앞으로 나왔다.

"멈춰라."

망자 라줄이 말했다.

"라줄, 당신에게 일어난 일에 대해서는…… 진심으로 유감이에요. 당신을 죽게 할 의도는 정말로 없었어요."

알라딘이 침을 삼키며 말했다. 악귀는 무표정하게 알라딘을 바라보았다. 핏빛으로 빛나는 그의 눈동자에서는 용서도 분노도 아무것도 읽을 수 없었다.

"라줄, 제발요. 당신은 아그라바를 지키기로 맹세했잖아요. 저와 같은 도둑을 비롯해서 사람들을 해치는 위험에서요. 당신 병사들은 이제 아이들을 공격하고 있어요. 그리고 가족들에게는 자파에게 충성하라고 강요하고 있죠. 게다가 자파는 사람들을 한 줄로 세우고 충성 표식을 새겨요. 죽은 자들은 당신과 같은 악귀로 만들고 있고요. 이게 당신이 지키고 싶은 건가요?"

알라딘이 간곡하게 빌었지만 여전히 라줄은 아무 말도 하지 않았다.

"밖을 보세요, 라줄. 아그라바가 불타고 있어요. 당신의 도시가 불길에 휩싸였다고요."

알라딘이 창밖을 가리키며 애원했다. 라줄이 고개만 살짝 돌리고 밖을 바라보았다. 그의 생기 없는 창백한 살갗에 희미한 주황빛이 번뜩였다. 그중 일부가 떠오르는 태양빛이라는 것을 알아차린 알라딘은 공포에 휩싸였다.

"저들은 따르지 않았다."

라줄이 천천히 말했다.

"무엇을? 누구를 따르지 않았다는 거죠? 라줄, 생전의 일은 전혀 기억하지 못하는 건가요? 당신은 술탄을 모시기로 맹세했어요. 물론 그분은 최고의 지도자는 아니었을 수도 있습니다. 하지만 적어도 그는 자신의 백성을 공격하지는 않았어요. 자파는 지금 자신의 말에 동의하지 않는 사람은 모조리 죽이고 핍박하고 있습니다. 그는 자신이 쟁취하지 못하면 누구도 갖지 못하게 아그라바를 모조리 파괴할 사람이에요. 보고도 모르시겠어요?"

라줄은 말없이 밖을 바라보기만 했다.

"제발요."

알라딘이 창밖의 해안선을 다시 바라보며 라줄에게 속삭였다.

"당신에게 무언가를 간청한다는 게 매우 염치없는 일이라는 것도 잘 알아요. 당신에게 일어난 일에 대해서는 진심으로 사죄드립니다. 하지만 당신은 저를 아시잖아요. 저를 알아온 세월을 떠올려보세요, 라줄. 저는 도적이긴 하지만 사악하지는 않습니다. 저는 지금 거짓말을 하는 게 아니에요. 전 당신처럼 망자가 된 아홉 살짜리 소년을 봤어요. 아이들이 당신과 같은 운명이 되길 바라시는 겁니까?"

라줄이 천천히 고개를 돌려 알라딘을 바라보았다. 하지만 그의 생기 없는 붉은 빛줄기 너머로는 아무것도 없었다. 초점을 맞출 동공이 존재하지 않았다. 알라딘은 좌절했다. 그때 라줄의 언월도가 바닥에 닿아 달가닥 소리를 냈다.

"그만 끝내자, 쥐떼거리 녀석아."

그의 목소리는 이전처럼 생기 없고 공허했다. 그의 괴물 같은 머릿속에서 어떠한 두뇌 작용이 발생했는지는 알 수 없었다.

"고맙습니다. 부디 영면하세요."

알라딘이 안도하며 속삭였다. 하지만 라줄은 반응하지도, 길을 비키지도 않았다. 두반과 알라딘은 살금살금 그의 몸을 돌아 문을 빠져나갔다. 악귀는 칠흑같이 어두운 복도 사이에서 여전히 아무것도 응시하지 않고 있었다.

"그리고 자스민, 공주이자 술탄의 딸……."

작은 체구의 사제는 혼란스러운 듯 목소리가 기어들어 갔다.

"송구하오나 존함을 다 기억하지 못하겠습니다. 아그라바의 장미? 현자이신 엘리세바의 2대 증손녀?"

"엘리세바였던 것 같군요."

자스민이 곰곰 생각하며 말했다. 그녀가 그들 뒤에 위치한 왕좌의 방 연단을 바라보았다. 천장에서부터 내려온 값비싼 금빛 휘장이 왕좌를 드리웠다.

"저기……. 당신은 정식 이름이 뭐죠?"

자스민이 갑자기 자파에게 말을 걸었다. 자파가 눈을 깜박였다.

"뭐라고?"

"당신의 정식 이름 말이에요. 내가 기억하는 한, 사람들은 당신을 수상 아니면 자파라고 불러요. 다른 이름은 무엇인가요?"

자스민이 인내심을 갖고 말했다.

"그게 내 유일한 이름이오. 내 부모가 내게 지어준 유일한 이름이자 내가 관심 가져야 할 유일한 이름이오. 대중은 나를 '군주'라고 칭해야지. 그러니 계속하시오, 사제. 내가 당신의 장기에 불을 지르기 전에."

자파가 재빨리 말했다.

가련한 사제가 아그라바의 법령 등을 읊조리기 시작하자 자스민의 눈에서는 다시 불꽃이 이글대기 시작했다. 그러자 왕좌 뒤에 있던 휘장이 흔들렸다.

무더운 날 찬물에 풍덩 몸을 담근 것처럼 자스민의 몸에서는 안도감이 샘솟았다. 그녀는 티를 내지 않으려고 애썼다. 알라딘이 고개를 빠끔히 내밀고는 재빨리 주위를 둘러보았다. 그는 자스민을 보고는 한쪽 눈을 찡긋거렸다.

자스민은 왕좌의 왼쪽에 위치한 탁자에다 살짝 고갯짓을 했다. 그곳은 램프와 책이 올려진 곳이었다. 알라딘은 그녀에게 미소를 짓고 엄지를 치켜들었다. 그런 다음 바닥으로 뛰어내렸다.

자파가 사제를 향해 쏘아붙였다.

"서둘러라. 여자가 '알겠다'고 말하는 부분으로 빨리 넘어가."

알라딘은 최대한 소리를 내지 않으며 탁자 쪽으로 종종걸음을 쳤다. 집사 한 명이 자신이 보고 있던 어떤 무시무시한 리스트에서 눈을 떼고 고개를 들었다. 자스민은 숨이 턱 막혔다. 그동안에도 알라딘은 천천히 램프를 향해 다가갔다.

"높고도 위대하신 술탄의 은덕에 힘입어, 나는 이제 그대들에게……."

갑자기 찌를 듯한 비명이 주위를 메웠다. 마치 성난 독수리가 갈수록 크게 괴성을 지르는 듯했다. 부리를 지닌 요상한 것들이 벽의 그늘진 부분에서 뻗어 나오기 시작했다. 그들은 괴성을 지르면서 알라딘의 면전에서 날개를 푸드덕댔다. 자스민은 자파의 눈길을 막기 위해 순간 머릿속에 떠오르는 단 한 가지 행동을 실천에 옮겼다. 자파에게 다가가 입 맞추기.

자파는 그녀를 밀쳐내기 위해 몸부림을 치고는 고개를 돌려

작게 '퉤퉤' 소리를 냈다. 자스민을 완전히 밀쳐낸 그는 눈앞에 펼쳐진 광경을 보며 미친 듯이 웃어댔다.

자스민은 좌절했다. 램프와 몇 걸음 떨어진 곳에서 알라딘의 양손은 탁자 위에 그려진 그림에서 뻗어 나온 황금 덩굴 같은 것에 묶여 있었다. 그가 몸부림칠수록 덩굴손은 그를 더욱 강하게 옥죄었다. 더는 경고할 필요가 없어지자 괴물 석상의 그림자는 이내 희미해졌다.

"음, 봐줄 만한 연기였네."

방금 승리를 쟁취한 자가 관용을 베풀듯 자파가 말했다. 그는 망토를 위협적으로 휘날리며 알라딘에게 터벅터벅 걸어갔다.

"이런 것쯤은 이미 예상했지. 흠. 그래서 괴물 석상이 경고를 하고 덩굴손이 튀어나온 거지."

"자파……."

자스민은 자신 없게 입을 열었다.

"매우 영리했네, 그대여. 모든 것이 평화를 위한 거라고 지껄이다니. 만약 날 정말 사랑하는 척이라도 했다면 난 단 한순간도 믿지 않았을 테니까."

냉담한 그의 말투에는 농담기가 전혀 배어 있지 않았다. 뒤도 돌아보지 않고 줄행랑을 쳐버린 시종들과는 달리 아직 빠져나가지 못한 집사들과 하인들은 이런저런 이유를 들어가며 아주 자연스럽고도 재빠르게 자신들의 물건들을 챙겨서 방을 빠져나갔다.

"알라딘."

자파가 코브라 머리가 박힌 지팡이로 바닥을 한 번 두드렸다.

"놀랍도록 솜씨 좋고 거침없는 청년이군. 그 부분은 높이 평가하지. 진심이야. 어떤 면에서 자네는 나를 닮았거든. 그래서 거래를 제안하려고 하네. 나와 함께하지 않겠나. 자스민은 나와 결혼한다네. 자네는 쥐떼거리 사람들에게 포기하고 자수하라고 설득해주게. 그러면 우리는 새로운 아그라바에서 모두 행복하게 지낼 수 있지."

"있을 수 없는 일이야."

알라딘이 자신의 손목을 감은 황금 덩굴손을 잡아당기며 식식댔다.

"나는 이제 죽은 자를 되살릴 수 있다네, 젊은이. 진짜로 되살릴 수 있어. 오래전에 죽은 이도 말이야. 심지어…… 자네의 어머니도."

알라딘이 멈칫했다.

"그분은 이제 당신의 악귀가 되어 있겠죠."

"아니, 아니. 이보게, 젊은이."

자파가 음흉하게 말했다.

"난 《알 아지프》를 더욱 깊이 이해하게 되었다네. 이제 모든 종류의 삶과 죽음이 내게 열린 것이지. 자네 어머니는 온전한 육체와 정신으로 되돌아올 수 있다네."

알라딘은 자스민이 입술을 초조하게 깨무는 것을 보았다. 하지만 자스민은 걱정할 필요가 없었다.

"설령 제 어머니를 살려준다고 해도 난 당신과 연합하지 않아요."

"음, 상관없다. 내가 마법의 제3 법칙을 깨는 순간 아그라바의 모든 시민이 나를 흠모하게 될 테니까. 자스민은 나를 사랑하게 될 거고. 그리고 너는…… 음…… 너는, 아니다. 너에게마저 나를 흠모하라고 강요하지는 않겠다. 너는 아그라바에서 맨 정신을 지닌 유일한 인간으로 내버려두지. 네 주위의 모든 사람이 나를 경배하는 동안…… 너는 완전히 홀로 남게 될 것이다."

자파가 말했다.

"당신은 그게 잘못된 거예요, 자파. 쥐떼거리에서는 누구도 혼자가 아니거든요."

알라딘이 웃으며 말했다.

자파가 불쾌한 듯 그를 비웃으며 한쪽 눈썹을 치켜뜨기도 전에, 단검 하나가 허공을 가르며 내려오더니 알라딘의 손목을 감은 황금 덩굴손을 반 토막 냈다. 두반이 왕좌 뒤에서 모습을 드러냈다.

조금 뒤에는 누더기 바지 차림에 머리가 긴 누군가가 방 안으로 날아 들어왔다. 모르지아나는 피를 조금 흘리고 있었지만 양손에 단검을 쥐고 있었다. 오른손에는 언월도를 하나 더 들고 있었다.

"꽤 오래 걸린 것 같네."

알라딘이 놀리듯 말했다.

"네가 '살인 금지'라며. 그건 시간이 좀 걸린다고."

모르지아나가 어깨를 으쓱했다. 모르지아나가 돌아서서 자스민에게 언월도를 던져주었다. 자스민이 웃으며 그것을 낚아챘다. 자파가 소리쳤다. 그는 탁자 위에서 램프를 낚아챈 뒤 자신의 가운 안으로 밀어 넣었다. 그런 다음 지팡이를 들어 올렸다.

"내가 경고를 해야 할 것 같아. 상황이 갑자기 안 좋아졌거든."

지니가 작은 목소리로 말했다.

하지만 쥐떼거리 녀석들은 기다리지 않았다. 알라딘은 주술이 깃든 탁자에 뛰어올라 마법사의 머리를 돌려 찼다. 두반은 두 단검을 족집게처럼 집어 들고는 《알 아지프》를 공략했다. 모르지아나는 무시무시한 모래시계로 달려가서 검으로 내리치기 시작했다. 자파는 지팡이를 가로 세운 뒤 알라딘에게서 자신을 보호했다.

"이 발칙한 놈! 네가 감히 세상에서 가장 강한 마법사를 농락해?"

자파가 소리쳤다. 그의 눈동자는 붉게 변해 있었다.

그는 손을 들어 올렸다. 두반과 《알 아지프》 사이로 불기둥이 치솟았다. 가구가 공중으로 떠올라 둥둥 떠다녔다. 의자는 바닥에 긁혔고 화병은 균형을 잃었다. 두반은 자신의 얼굴을 겨냥한 놋과 황금으로 만든 물담뱃대를 피해 바닥으로 뛰어내렸다. 모르지아나와 자스민 역시 자신들을 노리는 작은 가구들을 이리저리 피해 다녔다.

알라딘은 쪼그린 채로 다리를 번갈아 바닥에 질질 끌면서 방 안을 빙빙 돌았다. 자파의 발목이 알라딘의 발에 걸리면서 자파가 휘청거렸다. 간신히 균형을 잡은 자파는 음흉한 웃음을 지으면서 부자연스럽게 몸을 일으켜 세웠다.

그는 망토를 펼치고는 그 안에 걸친 가운을 보여주었다. 알라딘은 그가 허리에 단단히 매고 있는 것이 양탄자의 마지막 조각임을 알아채고는 경악을 금치 못했다. 그건 장식 술의 끝부분이었다. 알라딘은 그 부분이 가련한 양탄자의 얼굴에 해당할 것이라고 늘 생각했었다.

알라딘이 얼어붙어 있는 동안 자스민은 언월도를 들고 자파에게 달려들어 그의 옆구리를 공략했다. 그는 자신의 지팡이로 쉽사리 그녀를 저지했다.

"자스민! 뭐 하는 거예요!"

알라딘이 울부짖었다.

"시선 분산! 그게 내 할 일이잖아? 기억나?"

자스민이 말했다.

자파는 너무 화가 나서 마법을 쓰는 것도 잊고 그녀의 머리를 벽에 처박으려고 했다. 자스민은 몸을 홱 굽혀서 그를 피했다.

"맞아요. 그리고 공주님은 정말 잘 해냈어요. 이제 죽기 전에 이곳을 빠져나가 줘요."

보아하니 자파는 꽤나 힘겹게 자신의 분노를 억누르며 애써 침착한 척하고 있었다. 그의 두 눈은 다시 붉게 변했다.

방 안의 물건들도 다시 화염에 휩싸이며 폭발하기 시작했다. 돌 화병이나 금속 장식품처럼 불에 타지 않을 물건들조차 불길에 휩싸였다. 왕좌도 폭발해버리자 두반은 바닥으로 내동댕이쳐졌다. 폭발의 파편과 잔재들이 불길과 연기를 꼬리처럼 물고 자스민의 머리 뒤편으로 날아들었다.

"자스민!"

알라딘이 외쳤다. 공주는 몸을 돌렸지만 날아오는 파편을 완전히 피할 만큼 빠르지는 않았다. 그녀는 파편들이 머리카락에 들러붙자 머리를 두 팔로 감싸고 비명을 질렀다. 방 안에는 머리카락과 살점이 타는 냄새가 진동했다. 성난 화염이 그녀의 살갗에 올라 붙어 그녀의 이마에서 살점을 뜯어가 버렸다. 또 다른 화병이 둥둥 떠오르더니 그녀를 향해 날아왔다.

모래시계를 부수던 모르지아나가 즉시 자스민 앞으로 몸을 날렸다. 쉬린과 아흐메드는 모래시계 표면에 생긴 거미줄 같은 틈새를 보고는 모르지아나가 자신들을 버린 줄로만 알고 조용히 흐느꼈다. 하지만 마루프는 자신들이 무엇을 해야 하는지 알아차린 듯했다.

마법사가 모든 분노를 공주에게 쏟아내는 동안 모르지아나는 자신의 양 검을 이용해 불타는 물체를 하나둘씩 강타하기 시작했다. 무기가 빠르게 날아들수록 그녀 역시 더 빠르게 움직였다.

자스민은 고통에 비틀거리면서 중심을 잡으려고 바동거렸다. 그러고는 이를 악물고 몸을 일으켜 세웠다. 그녀는 언월도를 치켜들어 자신을 방어했다.

"모르지아나! 나는 내버려두고 아이들을 구해."

자스민이 거칠게 명령했다. 모르지아나는 아주 잠깐 망설였지만 이내 고개를 끄덕이고는 다시 모래시계의 유리를 깨기 시작했다. 쉬린과 아흐메드가 마음이 놓인 듯 울먹였다.

두반이 《알 아지프》가 놓인 탁자로 다시 기어가기 시작했다. 알라딘은 물건들이 폭발하고 날아다니자 자파가 인상을 찌푸리는 것을 보았다. 그는 이 모든 공격에 온 신경을 집중하는 듯했다.

알라딘은 순간을 놓칠세라 마법사를 향해 뛰어올랐다. 하지만 그는 이내 아무것도 붙들지 못한 채 바닥에 굴러떨어지고 말았다. 손에 쥐고 있던 천 조각마저도 사라져버렸다. 어느새 방의 반대쪽으로 이동한 자파가 미친 듯이 웃어댔다. 자파가 손가락 하나로 무언가를 겨냥했다. 그러고는 허공에 불타는 번개를 쏘았다. 알라딘은 이리저리 뛰어다니며 번갯불을 피했다. 자파가 이번에는 손가락으로 다른 곳을 겨누었다. 두반이 고통스럽게 울부짖었다.

알라딘이 몸을 획 돌려 살펴보았다. 두반과《알 아지프》사이에는 불로 된 형상이 서 있었다. 쉬린과 똑같은 모습으로 심지어 쉬린과 똑같이 서 있었다. 수줍게, 왼쪽 다리를 오른쪽 다리에 꼬고 있었다. 하지만 그녀의 누르스름하고 붉은 얼굴에는 아무런 표정도 없었다.

알라딘은 두반의 조카가 아직 모래시계에 갇혀 있는지 살펴보았다. 그녀는 두려움에 떨며 모래시계 안에 갇힌 채였다. 자파가 두반에게 허상을 보여주었던 것이다. 모르지아나는 모래시계의 유리벽에 작은 구멍을 낸 듯했다. 하지만 그 구멍은 금세 다시 메워질 듯했다. 뱀의 비늘을 닮은 편평하고 포개진 석고들이 자라나 모르지아나의 공격을 무력하게 만들었다.

두반은 주춤했지만 자파의 속임수에 넘어가지 않았다. 그는 불타는 쉬린의 형상 너머에 있는 책으로 손을 뻗었다. 형상은 말없이 자신의 손을 뻗더니 그의 팔을 검게 그을렸다. 쉬린의 얼굴은 여전히 공허했다. 두반을 바라보던 자파가 알라딘에게 음흉한 미소를 지어 보였다.

"너희들은 사랑하는 사람이 없는 모양이구나."

알라딘은 이 마법사가 자신과 자스민에 대해 알아내지 못하기를 기도했다. 자파의 얼굴은 증오로 어두워졌다. 그의 윗입술이 분노로 바들바들 떨렸다.

"아, 그러고 보니 내가 깜빡할 뻔했구나."

자파가 자신의 황금 뻐드렁니를 과하게 드러내고 낄낄댔다. 그러더니 눈을 감고 주먹을 꽉 쥐었다. 보랏빛 원숭이가 화염에 뒤덮여 방 한가운데 모습을 드러냈다.

하지만 그건 전혀 아부를 닮지 않았다. 자파가 아부의 모습을 제대로 기억하지 못하여 그의 닮은꼴을 제대로 소환해내지 못한 듯했다. 이 원숭이는 소리를 지르며 자신의 날카로운 송곳니를 드러내고 있었다.

알라딘은 단검으로 그것을 베어버렸다. 그러자 역시나였다. 이 원숭이도 괴물 석상처럼 실체가 없는 것이었다. 칼날은 형상을 베고 지나갔지만 아무 일도 생기지 않았다. 그저 단검의 금속 손잡이 부분이 너무 뜨거워서 더는 잡을 수 없었을 뿐이었다.

알라딘은 단검을 떨어뜨린 뒤 재빨리 전략을 바꿨다. 그는 몸을 낮추고 묘기를 보여주려는 마법사처럼 양탄자 끝자락을 잡아 올렸다. 이 원숭이가 실제 짐승보다는 불처럼 행동해주기를 빌면서 알라딘은 양팔을 크게 벌려서 양탄자로 원숭이를 덮쳤다.

알라딘이 바닥에 부딪혔을 때 뜨거운 열기가 폭발음을 내며 사방으로 삐져나왔다. 알라딘의 왼팔 솜털이 지글대며 타버렸고, 그는 고통스럽게 울부짖었다. 하지만 다행히도 원숭이는 사라진 듯했다.

"모르지아나! 검을 던져줘!"

모든 광경을 지켜본 두반이 외쳤다. 모르지아나는 하던 일을 멈추고 주저 없이 두반에게 검을 던졌다. 하지만 불과 몇 초 사이에 모래시계를 에워싸던 석고 비늘이 더욱 높게 자라나더니 거대한 가시를 뻗어냈다. 두반은 불에 휩싸인 형상을 검으로 베기 시작했다. 화염에 싸인 쉬린의 형상이 두반을 공격했다. 그는 뒷걸음쳤지만 공격은 멈추지 않았다. 그는 손에 쥔 무기들을 매섭게 휘둘렀다. 쉬린의 형상은 소리 없는 아우성을 내지르듯 입을 떡 벌렸다. 그러고는 핏빛 화염을 하염없이 뿜어냈다. 두빈은 최대한 피하기 위해 애쓰면서도 검을 허공으로 겨누는 것은 잊지 않았다.

얼마 뒤에 형상은 차츰 사라지고 그의 칼날은 허공을 휘젓고 있었다. 검들이 일으킨 바람으로 마침내 화염의 심장부를 저격한 것이다. 형상이 조각나면서 고요하게 울부짖었다. 마침내 쉬린의 형상은 공중으로 재빨리 흩날리는 뜨거운 불꽃 파편으로 사그라졌다.

두반이 바닥에 주저앉아 한 손으로 다친 옆구리를 움켜쥐며 고통스러운 표정을 지었다.

"알라딘! 두반! 도와줘!"

모르지아나가 절박하게 외쳤다. 석고 비늘은 계속 자라나 들쑥날쑥한 소용돌이와 가시를 이루었다.

"우린……"

석고 가시 하나가 모르지아나의 오른쪽 어깨 아래를 뚫고 들어갔다. 그녀는 입을 벌렸지만 비명을 지르지는 않았다. 그녀의 얼굴은 새하얗게 변했고 고통스럽게 일그러졌다.

"모르지아나!"

두반이 외쳤다. 하지만 그는 자신의 몸을 가누기도 어려운 상황이었다. 불타는 듯한 고통 속에서 모르지아나는 제 몸에 박힌 날카로운 석고 가시를 칼자루 끝으로 부숴버렸다. 고통으로 신음하며 그녀는 자리에서 일어났다. 피는 흘리지 않았다. 가시를 만들어냈던 불의 주술에 의해 상처가 지져졌기 때문이다. 그녀의 팔은 축 늘어졌다.

분노가 치밀어 오른 자스민이 자파에게 다가가 욕설을 퍼부었다. 갑자기 몸이 가벼워진 알라딘이 두 사람이 있는 곳으로 몸을 던졌다. 그런 다음 자파를 덮치고 바닥을 굴렀다. 자스민은 찰나를 놓칠세라 자신의 몸을 자파에게 날리고는 팔로 그를 옥죄었다. 자파는 바닥에 주저앉고 말았다. 알라딘은 젖 먹던 힘까지 다하여 마지막으로 그의 지팡이를 낚아챈 뒤 홱 비틀어서 던져버렸다. 순간 알라딘은 숨이 턱 막히는 느낌이었다. 분노에 휩싸인 자파가 다른 주술을 시도하고 있었다.

"자스민!"

알라딘은 격격대며 말했다. 알라딘은 재빨리 자스민에게 지팡이를 던져주었다. 화들짝 놀란 자스민은 필사적으로 버둥거리다

간신히 지팡이를 낚아챘다.

"부숴버려요!"

알라딘이 외쳤다. 자스민이 자신의 양손에 거머쥔 긴 물건을 내려다보는 순간 시간이 멈춰버린 듯했다. 방의 한구석에서 모르지아나는 부러진 칼자루를 애써 잡으며 고통으로 몸부림치고 있었다. 마루프와 아흐메드, 쉬린은 모래더미 속에서 고군분투하고 있었다. 두반은 탁자로 기어가 떨리는 손으로 《알 아지프》를 낚아채려 했다. 지니는 제 몸뚱이가 묶인 곳에서 보는 광경을 힘없이 지켜보고 있었다.

자스민이 쥔 지팡이에 자파의 모습이 비쳤다. 자신의 아버지를 살해한 사내가 바로 그곳에 있었다. 아그라바 전체를 노예로 만들어버린 남자. 모두에게 고통만을 안겨준 남자. 자스민은 지팡이를 무릎 위로 들어 올린 다음 중얼대기 시작했다.

"라, 이아, 살, 알 야, 아하즈레드 마베나…… 라, 이아, 쉬브, 베나쓰키 아레 파 고서……."

자스민은 자파를 향해 지팡이를 겨눈 뒤 크게 외쳤다.

그 주문을 알아차린 자파의 눈이 휘둥그레지고 얼굴은 창백해졌다. 자파는 고통스러워하며 인상을 찌푸렸다. 다른 사람들도 모두 하던 일을 멈추고 충격 속에서 그를 바라보았다.

"그래, 자파. 난 당신이 세상 곳곳에서 훔쳐온 책들을 읽었지. 그리고 유용한 것들을 익히고 외워두었어."

자스민이 분노 서린 미소를 지었다.

자파가 고통으로 허덕이자 방 전체로 자라나던 석고 비늘이 녹아 없어지기 시작했다. 자스민은 포식자처럼 자파에게 다가갔다.

"이제 모든 걸 끝내야겠어. 당신은 죽어야 해. 무력감과 수치심 그리고 완전한 고독 속에서 말이야. 내 아버지처럼."

"안 돼, 자스민, 안 돼……. 제발…… 뭐든지. 나는 당신과 결혼하고 싶소……."

그녀가 주술로 자파를 공격하자 그는 고통 속에서 움찔대고 신음했다.

"당신은 공주를 원했어. 당신은 술탄이 되고 싶었으니까. 당신은 모든 것을 손아귀에 넣을 수 있는 왕실의 힘을 원했으니까. 하지만, 그거 알아? 당신은 수상으로 남았어야 했어. 왕실의 일원이 된다는 것은 당신에게 치명적인 독일 뿐이야. 이건 내 아버지가 깨우친 바이고, 또 내가 터득한 것이기도 하지. 당신도 곧 깨닫게 될 거고."

"난 교훈을 얻었소. 내가 어리석었소. 나를 추방하시오. 옥에 가두거나. 하지만 부디……."

"그대의 단검을 꺼내시오. 지금 당장."

그녀가 명령했다.

"자스민!"

알라딘이 조심스레 그녀에게 다가와 말했다. 방 안의 모든 사람에게는 자파를 증오할 저마다의 이유가 있었다. 그럼에도 자파가 눈물을 떨어뜨리자 그들은 고개를 돌려버렸다. 떨리는 손으로 마법사는 자신의 망토 안에서 낯익은 검은색 단검을 꺼냈다. 그는 훌쩍이며 그것을 자신의 목구멍으로 밀어 넣었다.

"자스민! 이러지 말아요. 이렇게 끝내지 말아요!"

알라딘이 크게 소리쳤다.

"뭐? 그럼 나더러 저 사람을 풀어주라는 거야? 옥에 가둘까? 저 사내는 자파야, 알라딘. 그는 사람을 꾀어 마법을 부린 뒤 도망갈 거라고. 내가 그를 죽이면 다 끝낼 수 있어. 지금 당장!"

자스민이 말했다.

"어떤 대가를 치를지는 알아요?"

알라딘이 물었다. 그가 대발코니 너머 군중을 가리켰다. 그들은 궁전을 타도해야 할지, 아니면 결혼식을 관람해야 할지 갈팡질팡하고 있었다. 이들 너머로는 도시를 지키기 위한 전쟁이 계속되고 있었다.

"당신은 새로운 아그라바를 원한다고 했죠. 더 나은 아그라바를요. 사람들은 자유롭고 법은 정의롭고 서로가 서로를 돌보는 곳 말이에요. 그리고 누구도 구렁텅이에 빠지는 일이 없는 도시를 원한다고 했어요. 그 말은 모두에게 해당돼요. 저 남자도 포함된다고요. 만약 저자를 처형하고 싶다면, 네, 좋아요. 단, 재판부터 하세요. 법이 공정하게 집행되는 것을 모두가 볼 수 있도록 시민 재판을 하시라고요. 이렇게 보이지 않는 곳에서 그를 살해하지 마세요."

자스민은 알라딘을 바라보지 않았다. 그녀의 눈은 자파를 향한 채였다. 그는 여전히 울먹이고 있었다. 그가 목구멍으로 욱여넣은 단검의 끝자락에 속살이 찔리면서 검은 피가 입 밖으로 흘러나왔다.

"제발요."

알라딘이 속삭였다. 자스민은 인상을 찌푸렸다.

"좋아."

자스민이 마침내 동의했다. 그녀는 여전히 분한 듯 지팡이를 휘둘러 모래시계를 깨부쉈다. 주술에 걸린 두 물체가 동시에 산산조각 났다. 모래와 유리, 목재와 석고가 서로 뒤엉켜 소용돌이치더니 이내 사라졌다. 이제 남은 것은 코브라의 루비 색깔 눈알들뿐이었다. 그것들은 마치 대리석처럼 바닥에서 빙글빙글 돌았다.

제 할아버지의 어깨에 바짝 달라붙어 있던 쉬린과 아흐메드는 마음이 놓였는지 이제야 노인에게서 떨어져서는 기쁘게 울먹이기 시작했다. 마루프는 불안정하게 서서 경례를 했다. 자스민은 알라딘을 바라보았다.

"얼마나 어려운 일인지 알고 있어요. 하지만 그게 옳은 거예요."

알라딘이 그녀의 손을 꼭 잡으며 말했다. 자스민이 한숨을 내쉬며 고개를 끄덕였다.

"알아. 하지만 우린……."

자스민이 무슨 말을 하려던 순간 죽음처럼 어두운 빛줄기가 방 안을 가르며 들어와 자파를 에워싸고 그녀의 말을 가로막았다.

"자스민 공주님에게는 당신을 죽일 만한 강심장이 없을지 몰라도 나는 그렇지 않아."

두반이 외쳤다. 모두가 고개를 돌렸다. 그는 우승한 듯《알 아지프》를 한 손에 움켜쥔 채 서 있었다. 허공에서 찢긴 흑단이 그 주위로 방향을 바꾸었다. 두반의 얼굴에는 분노와 증오가 서려 있었다.

"이걸로 당신의 악을 끝장낼 거야. 죽어, 자파! 당신이 내 가족을 죽이려 했던 것처럼."

회오리바람이 몰아쳤다. 책의 눈동자가 끔벅이며 눈알을 돌려댔다. 자파는 숨통이 죄어왔다. 그는 컥컥대고 기침을 하며 목을 부여잡았다. 하지만 아무런 소리도 내지 못했다. 그의 입가에서 피와 모래가 흘러나왔다.

자스민은 공포에 떨며 마법의 영역을 벗어나기 위해 뒷걸음쳤다. 알라딘과 모르지아나는 충격과 경악 속에서 두반을 바라보았다.

"이미…… 죽었어야 했어."

두반이 소리쳤다. 얼마 전까지만 해도 즐거워하던 쉬린과 아흐메드는 울기 시작했다. 어린아이들의 눈에 비친 삼촌의 표정은 끔찍했다. 하지만 자파는 거품을 물고 낄낄댔다. 침과 모래가 흩뿌려지고 피거품이 그의 검은 옷깃을 적셨다.

"난 아직 소원 하나가 더 남았지, 멍청한 녀석들."

자스민은 고개를 가로저으며 부드럽게 말했다.

"자파, 끝났어요. 이제 부디 안식을 찾으세요. 당신이 무슨 소원을 빌든 난 두렵지 않으니까. 당신이 떠나도 쥐떼거리 무리는 여전히 이곳에 남아요. 누군가는 램프를 손에 넣을 것이고 지니와 당신이 지금껏 벌여놓은 일을 바로잡을 거예요."

자파는 계속 웃어댔다. 하지만 이번 웃음은 고요하고 미약한 것이었다. 그는 마지막으로 기침을 하고는 목을 가다듬었다.

"들어라, 지니. 내 소원은…… 내가 죽거든…… 모든 마법이 나와 함께 사라지는 것이다."

Chapter 27

자파의 옷자락이 사그라졌다. 이제 그는 자신이 수상이던 시절에 입던 제복을 걸치고 바닥에 누워 있었다. 주변에는 바람이 소용돌이쳤고, 모래가 그의 몸통 위로 쏟아졌다. 그의 목소리는 불안정해서 잘 들리지 않았다.

"세상은…… 이제 영원히 평범하기만 할 것이다. 마법 없이, 아그라바의 모든 것을 바로잡아보시오. 행운을 빌겠소. 알다시피 행복한 결말을 위해서라면 그게 필요할 거요……."

한 차례 몸부림을 치고 숨을 헐떡인 다음, 그는 이 세상을 떠났다. 방금 일어난 일에 대해 무슨 수를 써보기도 전에 요상한 신음 소리와 둔탁한 괴성이 복도에서 들려왔다.

알라딘은 처음에는 무슨 소리인지 어리둥절했다. 하지만 머지 않아 알아차렸다. 악귀들이 원래 상태로 되돌아가고 있다는 것을. 바로 죽음으로. 그는 눈을 감고 라줄이 연회장에 있던 모습을 떠올렸다. 알라딘은 모든 망자들에게 읊어줄 적절한 기도문을 알고 있었더라면 좋았을 거라고 생각했다. 대발코니 너머로는 혼란과 승리의 함성이 울려 퍼지고 있었다.

"안 돼!"

기괴한 음성이 외쳤다. 방 안의 모든 이들이 고개를 돌려 지니를 바라보았다. 하지만 그는 그곳에 없었다. 그가 있던 자리에는 평범한 체구와 머리카락을 지닌 평범한 남자가 서 있었다. 물론 그의 살갗은 약간의 푸른빛을 여전히 띠고 있었다. 그는 자신의 팔을 바라보고 손가락들을 움직이고 발가락들을 씰룩거렸다. 그는 손가락들을 퉁겨보았다. 아무 일도 생기지 않았다. 그의 목구멍에서 억눌렸던 울음이 터져 나왔다.

"지니, 당신은 더 이상…… 마법을 쓸 수 없어요……."

자스민이 말했다. 그녀의 목소리에는 안쓰러움이 묻어났다. 그녀가 지니에게 다가가 두 팔로 그를 감쌌다. 그는 잠자코 있었다.

"난 다시 자유로워질 거라고는 상상도 못 했소. 게다가 이런 모습일 거라고는 더더욱 몰랐지. 난 인간이 되었어. 평범해. 지극히 평범해."

지니가 말했다.

"당신이 마법의 힘을 쓸 수 없다고 해서……."

375

알라딘이 입을 열었다.

"그건 단순히 힘이 아니었어! 그건 내 정체성이라고. 요정이라면 다 가진 것이었어. 당신네들이 직립보행을 하고 책을 읽는 것처럼 요정이라면 다 할 수 있는 것이었다고. 우린 그렇게 타고났어. 미안해. 그냥 받아들여야 할 게 많아서."

그가 재빨리 한 손으로 제 머리를 긁적였다.

"다 그렇지요 뭐."

알라딘이 말했다. 그러고는 주위를 둘러보다가 마침내 두반에게 시선이 닿았다. 그의 오랜 친구는 화나고 혼란스러운 표정으로 서 있었다. 그의 두 눈은 붉게 달아올랐고 얼굴은 창백했다.

모르지아나가 다가가 한 손으로 두반의 팔을 붙들었다.

"두반."

그녀가 중얼거렸다. 마루프가 자신의 아들에게 느릿느릿 다가갔다. 그는 두반의 어깨를 부여잡았지만 무슨 말을 해야 할지, 무엇을 해야 할지 확신이 없는 듯했다.

"아들아, 난 네가 나를 그토록 사랑한다는 것에는 감동을 받았다……. 하지만……."

"전 그저…… 그 남자는 죽어야 마땅하다는…… 생각뿐이었어요……."

하지만 그의 말투에는 자신감이 없었다.

"넌 처음부터 그럴 계획이었어. 그래서 역할을 바꿔서 모르지아나더러 네 가족을 구출하라고 했던 거야. 그래서 네가 그토록…… 말이 없고 예민했던 거야……."

알라딘이 느릿느릿 말했다.

"그렇게 해야만 했다고. 너희들도 알잖아. 자파는 죽어야만 했다고. 다른 무엇으로도 그나 그의 공포정치를 막을 수는 없었다고. 그는 형벌이 내려져도 요리조리 피해갈 사람이었어. 너희들도 알잖아……."

두반이 냉담하게 맞받아쳤다.

"이미 끝났어."

모르지아나가 말했다. 하지만 그녀의 목소리에도 확신이 없었다. 두반이 애원하듯 쉬린과 아흐메드를 바라보았다. 하지만 그들은 마루프의 옷자락 속으로 숨어버렸다. 노인은 아이들을 한데 모은 뒤 다정하게 달랬다. 그러고는 확신을 전하려는 듯 큰 소리로 말했다.

"아이들이 너무 많은 걸 겪었어."

하지만 두반은 아이들에게 눈길을 주지 않고 죽은 마법사 너머 어딘가를 바라볼 뿐이었다.

방 안의 광경을 둘러보던 자스민은 자신에게는 울 기운조차 없다는 걸 알아차렸다. 죽음, 난장판, 슬픔, 혼란이 사방에 퍼져 있었다. 이곳에서 무엇을 새로 시작할 수 있을까. 그녀는 대발코니를 서성이며 밖을 내다보았다.

"이 아수라장 속에서는 내 목소리가 들리지 않을 텐데. 정말 아쉬워."

그녀가 한숨을 내쉬었다.

"아그라바의 시민들이여! 그대들은 자유를 얻었다."

자스민이 최대한 목청을 높여 소리쳤다.

"우리가 승리했다."

그러고는 약간 작은 목소리로 덧붙였다. 사람들이 환호했다.

"밖으로 나가시는 게 좋겠어요. 공주님께서 군중이 있는 곳으로 내려가서 모두와 대면하는 것이 좋겠어요."

모르지아나가 두반에게서 잠시 고개를 돌려 자스민에게 제안했다.

"이 난장판에서 사람들이 나를 어떻게 알아본다는 거지? 나는 사람들보다 머리 하나가 작아. 가장 큰 왕관을 쓴다고 해도 말이야."

"저희가 공주님께 목말을 태워드리면 되죠. 저희 어깨 위로요. 그리고 승리의 행렬을 하는 거죠."

알라딘이 최대한 명랑하게 제안했다.

"승리의 행렬은 나도 마련할 수 있었을 텐데. 호루라기와 색종이조각 그리고 임시 술집 같은 거 말이야."

지니가 중얼댔다.

그리하여 친구들은 궁전에서 나온 뒤 급조된 행렬에 끼어들었다. 궁전 병사들은 상황이 반전된 것에 뛸 듯이 기뻐했다. 즉시 성곽의 문을 열고 자스민을 호위하며 자스민 술탄께서 행차하시니 길을 비키라고 소리쳤다.

자스민은 알라딘과 두반의 어깨 위에서 최대한 품위 있게 균형을 잡았다. 흰 비단 붕대가 그녀의 이마에 생긴 화상 흉터를 싸매고 있었다. 두반은 고개를 숙이고 입을 꾹 다물었다. 마루프는 다리를 절뚝이며 지니와 함께 이들을 뒤따랐다. 노인은 다른 이들과 보폭을 맞추기 어려웠음에도 곧게 다리를 뻗었다.

"걷는 건 정말 고역이야. 이곳의 중력은 일 년 중에 꼭 이맘때만 되면 날 골탕 먹인단 말이지!"

그가 투덜댔다.

쉬린과 아흐메드는 노인의 뒤에 수줍게 들러붙었다. 지쳤지만 행렬에 끼어 사람들의 이목이 집중되자 조금 신이 난 듯했다.

모르지아나는 가장 마지막에 섰다. 미소를 지으려 했지만 어색하기 짝이 없었다. 단지 축 늘어진 붕대 감은 팔 때문만은 아니었다. 도적들은 관심의 대상이 되면 안 되는 것 아닌가. 그녀는 멀쩡한 다른 손으로 단검을 쥐었다.

궁전 근처에 있던 군중은 더 이상 싸우지 않았다. 그들은 자파와 자스민 사이에서 무슨 일이 일어났는지 보기 위해 기다리고 있었다. 자스민이 웃으며 손을 흔들자 소식은 매우 빠르게 퍼져

나갔다. 누더기를 걸친 사람들이 물결을 이루어 환호하기 시작했다. 사람들은 저마다의 무기를 높이 치켜들고 승리를 외쳤다. 그런 다음 무리들은 노래하고 춤추며 행렬에 끼었다.

"거기 위에 괜찮아요?"

알라딘은 자스민을 제 어깨에 올린 채 무게중심을 다시 잡으며 물었다.

"물론이지. 쥐떼거리의 본거지로 향하라. 거기서 잔치를 벌이겠다!"

이들은 천천히 도시 주위를 빙빙 돌기 시작했다. 행렬에 끼어든 사람들은 더더욱 늘어났다. 좀 더 먼 길가에서는 오랜 친구가 군중을 가르며 새 술탄을 향해 뛰어왔다.

"라자!"

자스민이 라자를 부둥켜안으며 소리쳤다. 수염이 그슬린 호랑이는 그 외에는 좋아 보였다. 라자는 강아지처럼 그녀를 핥아댔다.

이제 자스민은 목말을 탈 필요가 없었다. 라자만으로도 사람들의 이목이 집중되었으니까. 그녀는 한 손을 라자의 등에 올린 뒤 다른 손을 사람들에게 흔들었다. 그녀는 맨발이었고 찢어진 옷을 걸치고 있었지만 어느 모로 보나 술탄이었다. 마침내 그들이 빵 창고에 도착했을 때 아그라바는 골목마다 축제 분위기에 휩싸인 듯했다.

파리사가 어둠 속에서 모습을 드러낸 뒤 마치 줄곧 그곳에 있었던 것처럼 무심하게 모르지아나와 두반 옆에 섰다. 그녀는 미소를 지었지만 몸에는 탄내가 배어 있었다. 어린 하잔은 친구 쉬린과 아흐메드가 안전하고 온전하게 돌아온 것을 보고 기쁘게 소리를 질렀다. 그는 친구들에게 달려갔고 세 사람은 어른들의 발 틈에서 즐겁게 춤을 췄다.

"아부?"

알라딘이 양손을 입에 모으고 소리쳤다. 화난 원숭이가 창고 꼭대기에서 오르락내리락하는 거친 갈색 공에서 뛰어내리더니 마구 찍찍거리기 시작했다.

알라딘은 입이 찢어질 것처럼 씩 웃어 보였다. 아부는 사람처럼 자신의 앞발로 팔짱을 꼈다. 아부는 라자가 자스민에게 했던 것과는 달리 알라딘에게 다가와 인사하지 않았다. 알라딘은 아부가 한동안 부루퉁하게 자신과 거리를 둘 것임을 알고 있었다. 그래도 상관없었다. 적어도 녀석이 여기 있기만 한다면.

집에 돌아온 쥐떼거리 사람들은 잔치 분위기에 휩싸였다. 그들은 황금 잔에 음료를 들이붓고 서로에게 건넸다. 악기 연주자들을 중심으로 밴드가 순식간에 결성되자 옥상에서는 시끌벅적한 댄스 음악이 울려 퍼졌다. 심지어 굴바하르 아주머니도 자신의 치마를 맵시 있게 들어 올리고는 옛날에 음악이 진짜 음악이었던 시절 사람들이 어떻게 춤을 췄는지 직접 보여주었다.

하지만 마침내 자스민이 나타나자 모든 사람이 일제히 하던 일을 멈추고 환호하기 시작했다. 그녀는 손을 흔들었다. 환호 소리는 더욱 커질 뿐이었다.

"감축드립니다, 술탄."

소흐랍 장군이 앞으로 나와 말했다. 그는 고개를 숙인 뒤 한쪽 무릎을 굽혔다. 아무르와 코스로우 사제, 키미야도 재빨리 절을 했다. 파리사와 모르지아나 그리고 쥐떼거리의 모든 사람들도 그녀 앞에 무릎을 꿇었다. 그런 다음 모두 나란히 서서 한목소리로 외쳤다.

"아그라바는 당신의 것입니다."

"아닙니다. 아그라바는 우리의 것입니다."

자스민이 길드 지도자들, 도적떼, 지니, 그리고 도시의 모든 이들을 바라보며 말했다.

Epilogue

아그라바 사람들은 되찾은 자유를 만끽하기 위해 새벽녘까지 밖에 머물며 오랜 이웃들, 새 친구들과 춤추고 노래하고 수다를 떨었다. 달은 잔치가 벌어지는 곳곳에 스며들었고 태양은 모두가 잠든 다음에야 떠올랐다.

두반과 자스민, 알라딘과 지니, 그리고 모르지아나는 장밋빛 햇살이 비추는 이른 아침, 궁전의 뒷문으로 갔다. 마루프, 쉬린, 아흐메드를 비롯한 아그라바의 어린아이들 절반쯤도 여기 동행해 그들의 옆방에서 옛 술탄의 장난감을 갖고 놀고 있었다. 어린아이들의 행복한 목소리는 왕국을 재건해야 하는 다섯 명의 고뇌 어린 침묵과 대조를 이루었다.

두반은 두서없이 《알 아지프》를 발로 걸어찼다. 이제 이 책은 불에 타서 잿더미나 다를 바가 없었다.

"램프네요."

알라딘이 갑자기 말했다. 램프는 찌그러지고 변색된 채 바닥에 내동댕이쳐져 있었다. 알라딘이 처음 그것을 보았을 때와 같은 낡은 놋쇠 램프였다. 모든 것이 너무나도 까마득한 옛날 일같이 느껴졌다.

알라딘은 한숨을 내뱉었다. 절대로 불가능할 것 같았던 일이 일어났다……. 그리고 알라딘 자신도 달라졌다. 알라딘은 램프를 집어 들어 지니에게 건네주었다. 지니는 슬픈 미소를 지으며 그것을 받아들었다.

"쓸모없는 것이로군. 그리고 내 인생 여정이 담긴 것이기도 하고. 내가 이 안에 만 년이나 갇혀 있었다는 게 믿어지지가 않아."

지니가 말했다. 그의 목소리는 잠겨 있었지만 어딘가 초연했다. 이내 그는 자스민에게 말했다.

"이봐, 공주! 세계 여행에 대해 말했던 것 기억하나? 내 민족이 몰살당한 곳에서부터 멀어지고 싶다고?"

"응."

자스민이 다정하게 말했다.

"난 밖으로 나가 세상을 볼 거야. 눈을 보러 갈 거야. 새 삶을 시작할 거야. 인간으로…… 어떻게 해서든지……."

자스민은 슬프게 고개를 끄덕였다. 그런 다음 그의 손을 잡아주었다. 그녀는 자신이 푸른빛의 사내에게 이토록 빨리 적응한 것이 놀라웠다. 그리고 이제 그는…… 더 이상 그런 존재가 아니었다.

"그간 고마웠어요. 그리고 정말 미안해요. 모든 것이오."

자스민이 발끝으로 서서 지니의 볼에 입을 맞췄다. 알라딘이 다가와 지니의 손을 움켜쥐었다.

"당신이 떠난다니 아쉽군요. 좀 더 친해질 수 있기를 바랐는데. 당신은 좋은 사람 같았거든요."

지니가 희미한 미소를 지어 보였다.

"그 정도면 됐어……."

자스민이 한숨을 내쉬었다.

"소원을 이루는 마법은 끝났어요."

그가 슬픈 미소를 지으며 속삭였다.

"어쩌면 그런 건 애초에 존재하지 않았는지도 모르죠. 정말요."

"지니."

두반이 갑자기 소리쳤다.

"나도 당신이랑 같이 가겠소."

"뭐라고?"

지니가 깜짝 놀라서 물었다.

"난 여기에 못 있겠어. 내 아버지가 옳았어. 나는 자파를 그렇게 죽이지 말았어야 했어. 그건…… 그런 식으로 끝낼 필요가 없었어. 내 가족은 이제 내 얼굴을 제대로 보려고 하지도 않아."

두반이 괴롭다는 듯 말했다.

"두반, 아니야. 그들은 아이들이잖아! 시간이 지나면 극복할 거라고. 여기에 있어. 괜찮아. 우리랑 함께 이겨나가면 돼. 그냥 한번 실수한 것뿐이야."

모르지아나가 애원했다.

"그건…… 큰 실수였어. 아니야. 나는 바로잡아야 해. 나만의 방식으로. 언젠가 돌아올게. 괜찮다고 느껴질 때."

두반이 슬픈 미소를 지으며 약속했다.

"제멋대로인 녀석!"

모르지아나가 훌쩍거리며 중얼댔다. 두반이 부드럽게 웃으며 그녀에게 다가가 이마에 입을 맞췄다.

"그래, 좋아. 우리는 과거를 피해 전 세계를 여행하는 거야. 속 죄의 벗. 짐을 싸서 가는 거야! 곧!"

지니가 조심스레 답했다. 그는 신이 난 듯했지만 어쩐지 당장 무엇을 해야 할지 모르는 눈치였다. 어쩌면 짐 가방 혹은 여행 가방을 소환해야 하나 고민하는 것처럼. 하지만 그의 앞에는 아무것도 나타나지 않았다. 그의 얼굴에는 묘한 표정이 감돌았다……. 알라딘은 곧 깨달았다. 그건 자신이 꿈을 꾸고 있음을 아는 사람은 꿈속에서는 당연히 원하는 모든 것이 이루어져야 한다고 느끼는 것과 비슷하다는 것을……. 하지만 현실에서는 불가능한 일이다.

마침내 지니는 머리를 가로저은 뒤 문가로 걸어갔다.

"긴 작별은 싫은데. 만 년 동안 자네 인간들이 살고 죽는 것을 봐왔거든. 그러니…… 안녕!"

"부디 평안하시길."

자스민이 속삭였다. 두반은 알라딘에게 작게 경례를 하고 자스민에게는 깊이 고개를 숙였다. 그런 다음 지니를 따라 밖으로 나갔다. 그렇게 끝이 났다. 저들은 떠났다.

모르지아나는 두 사람을 한동안 바라보며 훌쩍이지 않으려 애썼다.

"쟤들이 내가 앞으로 쓰게 될 사무실을 아주 찢어버릴 참이구나!"

모르지아나는 식식거리며 옆방으로 갔다. 마루프와 아이들에게 소식을 전하기 위해서였다.

자스민은 한숨을 내쉬며 발코니로 걸어가 그녀의 도시를 바라보았다. 소원을 빌 시간은 사라졌지만 눈물을 흘릴 시간도 사라졌다.

알라딘이 다가가 그녀의 어깨에 손을 올렸다. 두 사람은 군중이 서서히 흩어지는 것을 보았다. 화염 속에서 검은 연기가 아직도 솟아오르고 있었다.

"재건에 시간이 꽤 걸리겠어."

그녀가 말했다.

"맞아요. 하지만 당신은 잘할 겁니다. 당신은 훌륭한 술탄이 되실 거예요. 아그라바에 두 도시가 있다는 사실을 누구보다 잘 알고 계시니까요. 당신은 빈곤을 보았고 그것을 이해하죠. 무한한 힘을 경험했고 이제는 그 덫을 피할 방법도 알고 있어요. 그리고 당신에게는 우리가 있고요……. 당신은 잊더라도, 당신에게는 쥐떼거리 무리가 있답니다."

"나는 아그라바를 세상에서 가장 훌륭한 도시로 만들 거야. 그리고 쥐떼거리 무리와 길드 그리고 다른 지도자들 모두 이전 장관과 수상처럼 내 위원회에 속하게 될 거야. 이제 장관과 수상도 교체할 때가 되었고."

자스민이 부드럽게 말했다.

"맞아요, 특히 수상! 좋아요. 아그라바 1일 차. 시작하죠. 쥐떼거리 사람들 모두가 당신 위원회에 소속되나요? 심지어 마루프도?"

자스민이 웃었다.

"그분은 명예직을 드려야지. 반란군을 지원해주신 것에 대한 감사의 뜻에서 책사로 임명하는 거지. 하지만 난 이미 모르지아나에게 수상 자리를 주겠다고 이야기했어. 그녀는 아주 영리한 여성이니까……. 나는 모르지아나가 수상 역할을 아주 잘 해내리라고 믿어."

알라딘은 자신의 오랜 친구가 자신의 의견에 동의하지 않는 사람을 칼로 찌르지 않고 용케 참아낼지 의문이 들었다.

"그럼 나는요? 나도 똑똑해요. 거칠고요. 게다가 당신과 처음부터 함께했다고요."

알라딘이 뿌루퉁해졌다.

"당신은 정말 바빠질 거예요, 내 사랑! 왕자로서 당신에게는 다른 역할과 의무가 주어질 거예요. 그 역할들도 중요해요."

그녀가 그의 손을 잡았다.

알라딘은 대꾸를 하려다가 멈칫했다.

"잠깐만요……. 방금 뭐라고 했죠?"

자스민은 그저 그에게 다가가 입을 맞췄다.

알라딘은 미소를 지으며 그녀를 껴안았다. 왕자. 여기서 받아들일 수도 거절할 수도 있었다. 하지만 여생을 자스민과 함께한다는 것은 그가 세상 전부를 걸 만한 일이었다.